기황후

대륙을 호령한 고려 여인

기황후

초판 1쇄 발행 2013년 10월 21일
초판 2쇄 발행 2013년 11월 11일

지은이 이채윤
펴낸이 한익수
펴낸곳 큰나무
등록 1993년 11월 30일 (제5-396호)
주소 410-360 경기도 고양시 일산동구 백석동 1455-4 1층
전화 031-903-1845
팩스 031-903-1854
이메일 btreepub@chol.com
블로그 blog.naver.com/btreepub

값 13,000원
ISBN 978-89-7891-282-2 (03810)

이 도서의 국립중앙도서관 출판시도서목록(CIP)은 서지정보유통지원시스템 홈페이지 (http://seoji.nl.go.kr)와 국가자료공동목록시스템(http://www.nl.go.kr/kolisnet)에서 이용하실 수 있습니다(CIP제어번호: CIP2013021453).

잘못 만들어진 책은 구입하신 서점에서 교환해 드립니다

값 6,000원

서문

나는 기황후다

나를 기황후奇皇后라고 불러다오.

　나는 변방의 국가 고려에서 태어나 일개 공녀貢女로 원元나라에 끌려갔으나 세계 최대의 제국 원나라 황제의 비妃가 되었다. 나는 황후의 자리에 올랐을 뿐만 아니라, 37년 동안 황제에 버금가는 권력을 쥐고 대륙을 통치했고, 내 아들을 제국의 황제로 등극시켰다. '솔롱고스(고려인을 가리키는 몽골어)'가 어떻게 그런 일을 해낼 수 있었을까? 궁금해하는 이들에게 이제부터 내 삶의 이야기를 들려주고자 한다.

　내가 세상에 태어났을 때, 나의 조국 고려는 일곱 차례나 몽골의 침략을 버텨냈으나 나라 꼴이 말이 아니었다. 강산은

초토화되었고, 백성들은 침략자들의 약탈과 병화에 시달려 아사 직전에 내몰려 있었다. 그래도 고려는 몽골과 30년 동안 항전하며 굴복하지 않은 저력을 지닌 나라였다. 대륙에서 몽골에 복속되지 않은 나라는 남송南宋과 고려뿐이었는데, 내가 태어났을 때는 남송도 멸망해서 원나라는 중국 대륙을 모조리 평정한 후였다.

몽골 초원에서 일어난 칭기즈칸의 몽골 제국은 광대한 유라시아 대륙을 안마당처럼 넘나들며 종횡무진 대달렸다. 칭기즈칸은 '땅끝까지 정복하라'는 유언을 남겼고, 그의 후예들은 충실하게 유업을 이어나갔다.

14세기 초반, 칭기즈칸의 후예들은 당시 알려진 세계의 5분의 4를 지배하고 있었다. 동쪽 끝 고려에서부터 서쪽으로는 모스크바, 헝가리를 거쳐 독일까지 침공했다. 러시아 전역을 평정하고 발칸반도, 이라크, 이란, 아프가니스탄, 인도 북부, 미얀마, 타이, 베트남, 인도네시아를 짓밟고 중국 전토를 손아귀에 쥔 그야말로 동아시아에서 동유럽까지를 아우르는 세계 역사상 유례가 없는 거대한 제국이었다. 칭기즈칸의 후예들은 그 광대한 지역을 킵차크 칸국汗國, 일 칸국, 오고데이 칸국, 차카타이 칸국, 원나라로 나누어 분할통치하고 있었다.

몽골 제국의 5대 대칸大汗인 쿠빌라이 칸은 국호를 대원大元으로 정했다. '원'은 《주역周易》에서 따온 말로 '으뜸' 혹은 '우주의 근원'을 뜻한다. 중국 역사상 지역 이름에서 따오지 않은, 철학적 의미를 지닌 최초의 국호였다. 또한 쿠빌라이 칸은 수도를 몽골 초원의 카라코룸에서 대도大都 연경燕京(지금의 베이징)으로 옮긴다. 몽골인들은 이곳을 '다이두'라고 부르고, 서방에서는 '칸의 도시'라는 뜻으로 '칸발릭Khanbalik'이라고 불렀다. 대도 연경으로의 천도로 제국의 중심은 몽골 초원에서 중국 대륙이 되었다.

쿠빌라이 칸은 73세의 나이에도 코끼리를 타고 반란을 진압할 정도로 정력적인 정복 군주이기도 했으나, 그는 정복의 시대를 통치의 시대로 전환시킨 위대한 칸이었다. 쿠빌라이 칸은 할아버지 칭기즈칸과는 다른 인간이었다. 몽골 제국은 유라시아 대륙 대부분을 정복했지만 쿠빌라이 칸은 '정복은 말 위에서 할 수 있지만 통치는 말 위에서 할 수 없다'는 생각을 하고 있었다. 쿠빌라이 칸이 통치한 지역은 인류 역사상 전무후무한 것이었다. 로마 제국이나 알렉산더 제국도 쿠빌라이 칸의 대원 제국, 몽골 제국에 비하면 아무것도 아니었다.

하지만 이제부터 내가 하는 이야기는 몽골 제국의 서글픈 황혼의 이야기다.

나는 거대한 제국 원나라의 마지막 황후로서 제국이 저무는 모습을 안쓰럽게 바라보아야 했고, 그 후 얼마 지나지 않아 내 조국 고려가 무너지는 소식도 들어야 했다. 나는 열여섯 꽃다운 나이에 원나라의 황실에 들어가서 40년 이상 제국의 휘황한 영화와 권력의 달콤함과 인생의 비애와 몰락의 쓴 잔을 두루 맛보았다.

내가 태어났을 때, 원 제국은 위대한 제왕 쿠빌라이 칸의 손자들이 다스리던 시대였다.

나의 조국 고려는 30년 항쟁 끝에 독립을 유지할 수는 있었으나, 왕이 몽골 공주와 결혼을 해야 하는 부마국鮒馬國으로 전락해 있었다. 1259년 고려의 태자(후일 원종)가 쿠빌라이 칸을 찾아가 문안 인사를 하자 그는 매우 반기며 이렇게 말했다.

"고려는 만 리나 되는 큰 나라이다. 옛날 당나라 태종이 친정했어도 굴복시키지 못한 나라였는데, 지금 그 태자가 나를 찾아왔으니 이는 하늘의 뜻이라 할 수 있다."

그러나 쿠빌라이 칸은 자신의 둘째 딸을 고려로 시집보내고 고려를 부마국으로 만들어 버렸다. 그때로부터 고려는 충렬왕, 충선왕, 충숙왕, 충혜왕, 충목왕, 충정왕 등등 충忠 자를 딴 왕들을 줄줄이 배출했다.

고려는 약 1세기 동안 정치적으로 유례없는 간섭을 받아 자주성을 잃게 되었고, 원나라와 사돈 관계를 맺기 시작한 고려의 왕들은 계속해서 원나라 공주와 결혼해야 했으므로 고려는 반은 몽골족인 혼혈 왕들이 다스리는 나라가 되었다. 쿠빌라이 칸의 외손자이기도 했던 충선왕은 아예 몇 년 동안이나 대도에 머물면서 고려를 통치하기도 했으니 나라 꼴이 말이 아니었다.

내가 세상에 태어났을 때, 조국 고려는 원나라에 동남동녀童男童女를 바쳐야 하는 비운의 나라가 되어 있었다.

이야기는 고려 원종 15년인 1274년으로까지 거슬러 올라간다. 당시 원나라는 원에 투항한 남송 군인들의 아내감으로 공녀貢女(공물로 바치는 여자) 140명을 보내줄 것을 고려에 요구했다. 고려에서는 이 일을 위해 전례 없는 결혼도감結婚都監을 설치하고 과부, 역적의 아내, 파계승의 딸 등을 가까스로 찾아내 그 수를 채웠다.

하지만 원나라의 공녀 요구는 계속되었다. 고려는 1275년(충렬왕 1)부터 1355년(공민왕 4)까지 약 80년간 거의 해마다 공녀를 바쳐야 했다. 백성들이 자기 딸을 내놓지 않으려고 하자 고려 조정은 금혼령을 내리고 마을을 샅샅이 뒤져

그 인원을 채울 수밖에 없었다. 힘이 있는 자, 돈이 있는 자들은 뇌물을 써서라도 어떻게든 자기 딸을 빼내려고 노력했으므로 힘없는 백성의 딸들만 끌려가는 꼴이 되었다. 민가民家를 수백 채 뒤져서 여자들을 잡아가니 백성들의 원성은 천지에 진동했고, 끌려가는 자식을 지켜보며 안타까운 눈물을 흘리지 않는 사람이 없었다. 곱게 키운 딸을 이역만리 오랑캐들에게 빼앗기고 누군들 하늘을 원망하지 않았으랴!

그즈음 제국대장공주齊國大長公主가 나섰다. 쿠빌라이 칸의 둘째 딸로 본래 이름은 홀도로게리미실忽都魯揭里迷失이다. 그녀는 충렬왕과 결혼해서, 쿠빌라이 칸의 딸답게 기세가 하늘을 찌르고 있었다. 충렬왕과 제국대장공주와의 결혼은 고려 왕실과 원나라 사이에 이루어진 최초의 혼인이었다.

"대칸의 명이 지엄하거늘 그 누가 반대를 하고 누가 기피한단 말이오?"

서슬 퍼런 제국대장공주의 노기에 누구 하나 고개를 들고 나서지 못했다. 마침 쿠빌라이 칸이 원나라 황궁에 필요한 동녀童女를 고려 양갓집에서 뽑아 올릴 것을 지시한 때였다. 차출 대상은 농민이나 평민의 딸이 아니라, 권력 있고 문벌 좋은 집의 처녀들이었다. 쿠빌라이 칸은 고려의 여인들이 글을 읽고 똑똑하다는 것을 알고 그런 지시를 내린 것이었다.

제국대장공주는 본보기로 홍규洪奎를 잡아들였다. 홍규는 본래 성품이 활달하고 의지가 굳은 인물로, 마지막 무신 세력인 임유무林維茂를 제거하는 데 큰 공을 세웠다. 임유무가 그의 처남이었던 것을 생각하면 그는 대단한 충신이었다. 그는 공으로 추밀원부사樞密院副使라는 고위직을 제수받았으나 국정의 문란을 이유로 그 직책을 고사한 강직한 인물이었다. 그런 그가 자신의 딸을 원나라에 보내지 않기 위해 머리를 빡빡 밀어 여승으로 만들어 버렸다는 소문이 나돌자 제국대장공주가 잡아들인 것이다. 뿐만 아니라 홍규의 딸도 잡아들여 직접 문초를 했다.

"이년, 네가 언제부터 여승 행세를 했더냐? 누가 네 머리를 깎은 것이지?"

홍규의 딸은 아버지의 신상이 걱정되어 자기가 직접 머리를 깎고 절로 들어갔다고 고했다. 공주는 그 말을 믿지 않고 홍규의 가산을 몰수하고 외딴 섬으로 귀양을 보냈다. 딸은 머리카락이 자랄 때까지 기다렸다가 원나라 사신 아고대阿古大에게 주었다.

훗날 귀양 갔다 돌아온 홍규는 가산을 돌려받고, 다른 딸을 둘씩이나 고려 왕들에게 시집보내기도 했다. 충선왕의 순화원비順和院妃와 충숙왕비 명덕태후明德太后가 그녀들인데, 명덕태후는 충혜왕과 공민왕을 낳은 모친이다.

이처럼 공녀의 차출에는 지위의 고하가 따로 없었고 인정사정이 없었다. 잡혀온 동녀들 중에는 대장군 김지서金之瑞의 딸, 시랑侍郎 곽번郭蕃의 딸, 별장別將 이덕수李德守의 딸도 섞여 있었으니 공주의 명령이 얼마나 가혹했는지 알 수 있다. 이때 끌려간 여인 가운데 비파를 잘 타는 궁인 이씨李氏는 쿠빌라이 칸의 눈에 들어 특별한 총애를 받았다고 한다.

원나라 황실과 고관대작들에게는 고려 여인들이 인기가 많았다. 고려 양갓집에서 온 처녀들은 대부분 글을 알고, 피부가 고왔으며, 성격이 나긋나긋하고 착한 것이 몽골 여자들과는 천지 차이였다. 몽골 여자들은 어려서부터 초원에서 유목 생활을 한 탓에 피부가 거칠고, 글도 몰랐으며, 여자다운 부드러운 맛이 없었기에 몽골 남자들은 고려 여인들을 유독 좋아했다. 그리하여 원나라 귀족들 사이에는 고려 여인을 아내로 갖는 것이 일종의 유행처럼 되어갔다. 원 조정뿐만 아니라 원나라의 대신들, 관료, 장군들이 개인적으로 공녀를 요구하기에 이르러 고려 조정은 이만저만 골치 아픈 일이 아니었다. 원나라의 공녀 요구는 부모 자식의 천륜을 끊는 만행이었다.

원나라에서 사신이 들어오면 나라 안은 발칵 뒤집히고,

딸을 가진 사람들은 전전긍긍하며 어찌할 바를 몰랐다. 이러한 일이 80년이나 이어졌으니 힘없는 나라에서 백성의 삶이란 얼마나 비참했는지 상상이 될 것이다.

공녀는 한 번에 많게는 40~50명이 선발되었다. 1년에 한 번 또는 두 번, 아니면 2년에 한 번 바쳐졌으니 원 간섭기 동안 고려의 딸들이 수천 명이나 끌려간 셈이다. 정사에 기록된 것만 해도 간섭기의 약 80년간 원나라는 이른바 '처녀 진공 사신'을 50여 차례나 고려에 보내 해마다 약 150명의 여자들을 끌고 갔다. 원나라의 사신이나 귀족, 관리들이 개인적으로 데려간 여인들까지 합하면 그 수는 이루 헤아릴 수 없을 것이다.

자기 딸이 공녀로 뽑히게 되면 부모들은 밤낮으로 울부짖으며 세상을 원망하고 신세를 한탄했다. 성문 앞에서 자식과 생이별하며 서로의 옷자락을 붙잡고 자빠지며 울부짖었다. 비통과 분노를 이기지 못하여 우물에 몸을 던져 죽는 자, 목매달아 죽는 자, 도망치다 맞아 죽는 자들이 속출했다. 고려인들은 딸을 낳으면 그 사실을 숨기고 이웃이 찾아와도 보여주지 않았다는 당시의 기록이 과장만은 아니다.

어떤 묘지명에는 이렇게 새겨져 있다.

"아, 동방의 딸들이 창기娼妓처럼 뽑혀 서쪽 나라로 가기를 거른 해가 없었으니…… 모녀가 한번 헤어짐에 아득하여 만날 날을 기약하지 못하니, 아픔이 골수에 사무친 탓에 병에 걸려 죽음에 이른 자가 어찌 한두 명이던가! 천하에 무엇이 있어 지극한 원통함이 이보다 더하단 말인가!"

하지만 세상의 일이란 나쁜 점이 있으면 좋은 점도 드러나게 마련이다. 심성 바르고 똑똑한 고려 여인들이 원나라 고위층의 사랑을 독차지하면서 원나라에는 고려풍의 바람이 불기도 했다. 공녀들은 출신 성분에 따라 황실 또는 고위 관직의 처첩으로 배정이 되었다. 고려 여인으로 원의 황실에 들어가 궁녀가 된 이는 앞에 예를 든 쿠빌라이 칸의 후궁 이씨李氏와 인종仁宗 때 황후로 책봉된 화평군 김심金深의 딸, 영비英妃 달마홀도達麻忽都가 있었다.

그러자 고려의 고급 관리들 중에는 일부러 자신의 딸을 원나라의 실력자에게 바치는 풍조마저 생겨났다. 그렇게 바쳐진 딸들의 일부는 귀족이나 고관의 후실이 되어 부귀를 누렸고 그 영향력이 고려까지 미쳐서 집안의 영화를 가져오기도 했다. 내가 원나라에 공녀로 끌려갈 때가 바로 그 무렵이었다.

나는 억지로 공녀가 되었으나, 권력을 장악하려고 딸을 바친 자들이 더러 있었다. 그들이 앞으로 이 이야기책에서 만나게 될 좌의정左政丞을 지낸 노책盧頙, 삼사三司의 판사를 지낸 권겸權謙 같은 이들이다. 그들은 나의 오라버니 기철奇轍과 더불어 원나라 황실에 들어간 여인들의 치맛바람을 믿고 지나친 위세를 떨다가 허망한 종말을 맞이했다.

이렇게 세월이 지나서 회고하니 쓸쓸한 영탄조의 말투가 나오지만, 공녀로 선발되었을 당시 나의 각오는 새로웠다. 나는 공녀의 길을 피할 수 없다면 마냥 울고 있지만 않겠다고 결심하며, 눈물로 날을 지새우는 부모님을 달랬다.

"아버지, 어머니! 제가 지금 죽으로 가는 것은 아니잖아요? 제가 하기에 따라 좋은 일도 생길 거라고 믿어주세요."

부모님은 놀라는 표정이었지만 나는 오히려 담담했다. 비록 이 길이 내가 자원한 길은 아니지만 이왕 돌이킬 수 없는 길이라면 새로운 삶의 전기로 삼겠다고 결심했다. 병화와 가난에 쪼들리는 좁은 땅 고려보다는 세계 제국 원나라에 더 많은 기회가 있으리라.

나는 비파를 잘 타서 쿠빌라이 칸의 사랑을 독차지했다는 이씨 궁녀를 본보기로 삼았다. 나도 비파 솜씨 하나는 근방에서 소문이 자자한 터였다. 또한 황궁 안에서 미모와 솜씨를 발휘할 수 있을 것이라고 믿어 의심치 않았다. 그리고 마침내 나는 궁녀가 되어 나의 꿈을 실현해 나가기 시작했다.

나의 오라버니 기철奇轍은 역사에는 여동생 덕분에 지나친 권세를 누리다가 비명횡사한 패륜아 정도로 기록되었지만 실상 그가 있었기에 나는 기황후란 이름을 가질 수 있었다. 내 아들이 황태자가 되었을 때 나는 조국 고려를 위해 제국을 운영하고자 했다. 하지만 나는 시대를 잘못 타고 태어난 여자였다.

원사元史와 고려사 모두 나에 대해 부정적인 기록을 남긴 것을 잘 알고 있다. 하지만 나는 조국 고려를 위해 살신성인하는 마음으로 많은 일을 했다. 더는 피눈물을 흘리며 이역으로 끌려오는 처녀를 만들지 않기 위해 충렬왕 이후 80여 년간 계속되던 공녀 징발을 금지하는 영을 내린 것도 바로 나다. 뿐만 아니라 나는 원의 정치적 간섭이나 경제적 수탈을 축소시키는 데도 앞장섰다.

내가 가장 내세우고 싶은 것은 원나라에서는 물론 고려의 부원배附元輩들이 종종 재기하던 입성책동立城策動을 막아낸 것이다. 입성책동이란 고려를 없애고 원나라가 직속 관할하는 하나의 성으로 만들자는 매국노적 행위를 일컫는다. 그러한 논의를 폐지하도록 하여 고려의 주권과 독립을 보장한 것도 나다.

돌이켜 보면 회한의 눈물이 앞을 가린다. 나는 지금도 압록강을 건너다 강물에 몸을 던져 죽은 복례를 잊지 못한다. 나는 그녀를 바보라고 생각했으나 누가 바보인지 같이 불귀의 객이 된 지금도 가늠할 길이 없다.

지금부터 펼쳐질 나의 이야기는 피눈물을 흘리는 부모를 뒤로하고, 공녀로 차출되어 집을 떠나 압록강을 건너는 장면으로 시작된다.

나는 쓰라린 눈물을 쏟으면서도 세계 제일의 제국에 대한 꿈에 부풀었고 철이 오라버니는 내 뒤를 계속해서 좇으면서 자신의 야심을 내게도 전했다. 그리고 나는 담대한 마음으로 새로운 현실에 적응해 나가기 시작했다.

나의 운명이 결정지어진 것은 그때부터였다.

-차례-

서문
나는 기황후다 · 4

제1장 운명 · 19
전전긍긍하는 기씨 집안 · 20
운명의 날 · 27
수레에 몸을 싣고 · 34

제2장 여정 · 39
가자, 연경으로 · 40
압록강을 건너다 · 54
너르디너른 요동 벌판 · 59

제3장 연경 · 65
아름답고 장엄한 연경 · 66
오, 박불화 · 75
올제이 후투그라는 이름으로 · 93

제4장 황궁 · 101
입궁 · 102
비파여 비파여 · 109
황제는 불쌍한 사람 · 116
승은을 입다 · 128

향원재의 새 주인 · 138
황후의 질투 · 149
황제 폐위 음모 사건 · 158

제5장 황금 씨앗 · 171

새로운 황후 · 172
황자의 탄생 · 182
고려파를 형성하고 · 188
바얀을 제거하라 · 198
제2 황후가 되다 · 217
오라버니, 근신하세요 · 224
아, 고려를 어찌하랴 · 234

제6장 흔들리는 제국 · 245

개혁 군주 공민왕 · 246
멀고 먼 개혁 · 256
황태자 책봉 · 266
홍건의 난 · 272
대기근 · 278

제7장 제국의 종말 · 281

씻을 수 없는 원한 · 282
아, 충신을 잃어버린 어리석음이여 · 292
황제 양위 사건 · 298
연경을 버리고 · 309
초원에서의 회한 · 316

제1장

운명

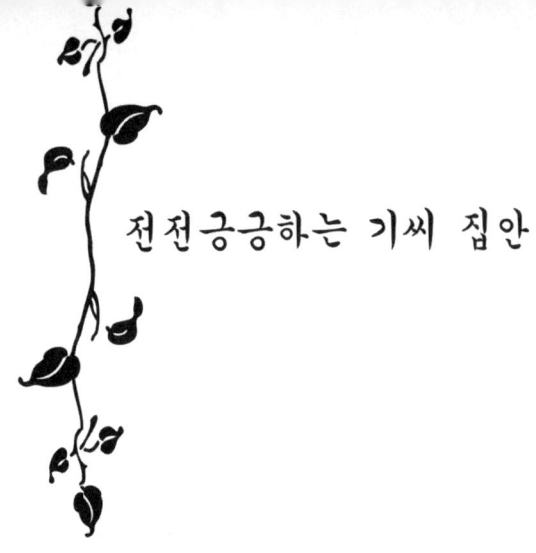

전전긍긍하는 기씨 집안

"여보! 어쩌면 좋아요? 또 원나라 사신이 들어왔다는데."

마을 갔던 어머니가 쓰러질 듯 달려와 비명처럼 외쳤다. 아버지의 표정에는 별다른 변화가 없었다. 나는 안방에서 아버지에게 글을 배우고 있었다. 나는 어려서부터 글을 배웠는데, 그날은 《논어》를 읽던 중이었다.

나는 오라버니들이 공부하는 것을 보며 어깨너머로 글을 깨쳤다. 내가 천자문을 쉽게 떼자, 아버지는 10세 때부터 본격적으로 글을 가르쳐 주었다. 나는 사서四書를 암송하는 재미에 빠져 글을 줄줄 외우고 다녔다. 아버지는 그런 나를 대견스레 생각하는 듯했지만 어머니는 혀를 끌끌 차곤 했다.

"계집애가 글을 잘하면 뭐하니? 과거를 볼 것도 아니고."

나는 향교鄕校에 다니는 작은 오라버니들보다 글을 잘 외워서 뽐을 내는 재미에 푹 빠져 있었다. 그날 아버지는 '덕은 외롭지 않다, 반드시 이웃이 있게 마련이다德不孤 必有隣'라는 글귀를 가르쳐 주었다.

"순이順伊야, 세 사람이 길을 가면 반드시 스승이 있는 법三人行必有我師焉이란 글을 배운 적 있지?"

"예, 아버지."

"오늘 배운 것과 일맥상통하는 글이다. 지금 우리나라는 몽골 오랑캐들의 말발굽에 짓밟혀서 풀뿌리까지 말라 비틀어지고, 인정사정을 모르는 무지막지한 사회가 되었다. 하지만 아무리 어려운 일이 있더라도 공자님의 말씀을 믿고 의지하면 좋은 세상을 만날 수 있을 것이야."

아버지의 표정은 왠지 어둡고 근심에 잠겨 있는 듯이 보였다. 그때 내가 무어라고 대답하기도 전에 어머니가 들이닥쳐서 공부 판을 깨놓은 것이었다.

"여보, 우리 순이가 징발 명단에 올라 있으면 어쩌지요?"

"고관대작도 피할 수 없다는데 우리 처지에 별수 있나."

아버지는 책에서 눈을 떼지 않고 덤덤하게 말했다. 나는 나이가 열여섯이나 되어서 세상 물정에 눈치가 빨랐다. 아버지는 이미 원나라 사신이 고려에 이른 것을 알고 있는 듯했다. 며칠 전 개경開京·松都에 다녀온 아버지가 아닌가.

"여보, 어떻게 손써 봐야 하지 않아요?"

"그래서 개경에 다녀온 것 아닌가. 김집金集에게 부탁해 놓긴 했는데 기다려 보라더군."

과연 내 짐작이 맞았다. 훗날 알게 된 사연이지만 아버지는 원나라에 새로운 황제가 등극했다는 소식을 듣고, 공녀 차출이 있을 것을 미리 깨치고 있었다. 아버지는 젊은 시절 총부산랑摠部散郎을 지냈는데 그때 하급 관리로 같이 근무하던 김집은 출세를 해서 중앙 관리로 봉직하고 있었다. 아버지는 조정에 연줄이 없는 탓에 더 높은 벼슬에 오르지 못하고 출세의 길을 접은 대신 그 사람은 줄곧 출세를 했던 것이다.

아버지는 나의 일이 걱정되어 옛 동료인 김집을 찾아갔던 것이었다. 김집은 과부처녀추고별감寡婦處女推考別監의 책임자로 일하고 있었다. 아버지는 그가 도와주기만 하면 별일이 없을 거라고 말했지만 표정은 여전히 어두웠다. 실상은 김집에게 이런 말을 듣고 왔던 것이었다.

"공녀로 가는 게 반드시 나쁘지만은 않네. 자네의 여식은 미모와 재주가 대단하다고 조사되었네."

"아니, 벌써 내 딸이 명부에 올랐단 말인가?"

"그건 아니고. 해마다 연례행사처럼 치르고 있으니까 예비 후보자를 선정한 것이겠지."

"이보게, 제발 내 딸 좀 빼주게. 이번만 비껴가면 내 딸은 원나라에 끌려가지 않고 제대로 시집갈 수 있네."

고려 정부는 원의 요구를 따라야 했으므로 13세 이상 16세 이하의 여자는 시집가지 못하는 조혼 금지법을 시행하고 있었다. 이에 부모들은 딸을 원나라에 공녀로 빼앗기지 않으려고 일찌감치 사위를 예약하는 풍속이 생겨났고 조혼이라는 좋지 못한 폐단이 후세에까지 전해지게 되었다.

"이번은 예년하고 달라서 신임 황제의 등극을 기념하는 공녀 차출일세. 경화공주慶華公主가 직접 나서서 동녀들을 심사한다고 하는데 나라고 어쩌겠나?"

경화공주는 원나라에서 시집온 충숙왕忠肅王의 비였다. 김집의 말에 아마 아버지의 낯빛은 까맣게 변했을 것이다.

"제발 부탁이네. 내 딸을 명부에서 빼주게."

"알겠네. 힘을 써봄세. 하지만 윗선에서 어떤 결정을 할는지는 자신이 없네."

아버지는 그렇게 뜨뜻미지근한 답을 듣고 집으로 돌아온 것이었다. 어찌 보면 아버지가 무능하고 패기 없어 보이기도 했다. 한때는 동료였지만 지금은 고위 관리가 된 김집에게

옛정에 호소하는 것 외에 아버지는 달리 방법이 없었을 것이다. 뇌물을 받쳐 딸을 빼낼 만한 재물이 있는 것도 아니었다. 아버지는 얼마나 속이 탔을 것인가?

알고 보면 우리 집안도 한때는 쟁쟁한 가문이었다. 행주기씨幸州奇氏 가문은 대대로 벼슬아치를 배출한 뼈대 있는 집안이었다. 고조부 기윤숙奇允肅은 상장군과 중서문하성의 관직을 두루 지내다가 문하시랑평장사門下侍郞平章事에 이르렀으며, 증조부 기홍영奇洪潁은 좌우위보승낭장을 지냈고, 기홍수奇洪壽는 문하시랑을 역임했으며, 기홍영의 아들이자 할아버지 기관奇琯의 형제였던 기온奇蘊은 고려 고종高宗의 사위였다.

그러던 것이 권문세족이 발현한 탓에 청렴하고 강직한 성격인 기씨 집안사람들은 밀려나고 말았다. 나의 아버지 기자오奇子敖는 조상으로부터 물려받은 재산을 잘 지켜서 살림은 그런대로 풍족한 편이었다.

나는 5남 3녀 중 막내로 태어났다. 5남 중 첫째 기식奇軾은 어릴 적에 병으로 일찍 세상을 떠났다. 그래서 둘째인 기철이 실질적으로 장손이나 다름없었다. 기철 아래로 기원奇轅, 기주奇周, 기륜奇輪이 있고 3녀 중 둘은 공녀로 뽑힐까 봐 걱정이 되어 일찌감치 시집을 갔다.

아버지는 글을 좋아해서 집에 서가를 차려놓고 수백 권의 서책을 읽었다. 기철이 과거시험의 예비고시인 감시國子監試에 합격했을 때 아버지는 뛸 듯이 기뻐했으나, 기철은 마지막 관문인 예부시禮部試에서 내리 세 번이나 낙방을 하고 말았다.

고려 조정의 관직은 대부분 권문세가인 친원파들이 차지하고 있었기에 아무리 뛰어난 능력을 가져도 급제하거나 벼슬길에 오르는 일은 여간 어려운 것이 아니었다. 과거시험은 형식적인 것에 지나지 않았고 출셋길은 죄다 권문세가의 자제들이 나누어 먹고 있었다.

"아버님, 제가 왜 떨어졌는지 납득할 수가 없습니다. 고려에서는 시문에 능하고 학식이 풍부해도 권문세가가 아니면 출세할 수가 없습니다. 이럴 바에는 원나라에 가서 제 뜻을 펼치겠습니다."

과거에 낙방하고 돌아온 날 기철 오라버니는 울분에 차서 말했다. 그는 인근에서 영민하기로 소문난 수재였기에 썩을 대로 썩은 고려 조정에 환멸과 분노를 느끼지 않을 수 없었다. 그러나 원나라에서도 출세가 힘들기는 마찬가지였다.

속국이나 다름없는 고려의 사람이 원에서 성공하는 길은 몽골어를 잘하는 역관譯官 출신이나 불알 없는 환관들뿐이었다. 원나라에서도 과거를 치르기는 하지만 가물에 콩 나듯 몇 년에 한 번이었기 때문에 그야말로 하늘의 별 따기였다.

기철 오라버니는 한동안 몽골어를 배우는 데 열중했지만 글공부를 가르치던 스승이 갑자기 세상을 뜨는 바람에 그마저도 수포로 돌아갔다. 낙담한 그는 한참을 방황하다가 무술 훈련에 빠져들었다. 문관으로 출세하지 못할 바에야 무술이나 익혀서 무관의 길을 걸어보겠다는 심사였을 것이다.

"여보, 순이를 이천 제 오라비 집으로 잠시 보내는 게 어떨까요?"

어머니는 내가 걱정이 되어 안달이 나 있었다. 속이 바짝바짝 타는 듯 하룻밤 사이에 입술이 하얗게 말라 있었다. 아버지는 침통한 목소리로 말을 받았다.

"예전에 홍규 대감이 혼쭐났던 일을 잊었단 말이오? 이번에도 원나라 공주가 나서고 있다는 말을 못 들었소? 자칫 잘못 걸리면 멸문지화를 당할 수 있소. 하늘에 맡깁시다."

그 말을 남기고 아버지는 집을 나섰다. 술이라도 한잔 걸쳐야 타는 속이 달래지리라. 당사자인 나는 아무런 느낌 없이 무덤덤했다는 것이다. 대범한 성격 탓인지 그다지 걱정이 되지 않았다. 은연중에 나의 타고난 총기와 배우고 연마한 실력으로 어떤 어려운 일이라도 헤쳐 나갈 수 있다는 자신감을 지니고 있었던 듯싶다. 아직 명부에 올라 있다는 것이 확인된 것도 아니지 않은가!

운명의 날

운명의 날이 오고야 말았다.

마을 어귀에 뽀얀 먼지가 일더니 말을 탄 일군의 사내들이 나타났다. 공녀 징발 명단을 앞세운 관리와 군졸들이었다. 마을은 금세 어수선한 기운이 휩싸이더니 난리 법석이 일었다. 관리들은 처녀를 찾아 마을을 샅샅이 뒤지기 시작했다. 그들이 이르는 곳마다 비명과 통곡이 울려 퍼졌다.

우리 집도 예외는 아니었다. 그날 나는 오라버니들이 공부하러 다니는 향교의 훈장 댁에 피신해 있었다. 고민에 휩싸여 식사도 제대로 못하던 아버지가 훈장님을 찾아가 부탁한 것이다.

"훈장님, 요번 고비만 지나가면 우리 딸아이는 명단에서 빠지는 나이가 됩니다. 며칠만 보살펴 주십시오."

만약 발각될 경우 자신도 위험해진다는 것을 잘 알고 있었지만 훈장님은 승낙했다. 아버지의 자식을 향한 지극한 마음을 알고 있었기 때문이다.

나는 이틀째 훈장 댁의 헛간에 자리를 깔고 숨어 있었다. 며칠만 숨어 지내면 오랑캐의 땅으로 끌려가지 않을 수 있었다. 그러나 내가 집에 없는 것을 확인한 관리들은 그냥 물러가지 않았다. 그들은 내가 외갓집에 가 있다는 어머니의 말을 듣자 그곳에 사람을 보내 나를 끌고 올 것이라고 으름장을 놓았다.

"우리 아이는 몸이 아파서 요양을 가 있는 거라고요."

어머니가 관리들에게 말했다.

"엊그제 내가 처녀가 집에 있는지 없는지 1차 조사하고 다녔소. 댁의 딸은 집에 있었고 더 없이 건강했소. 더 이상 거짓말을 하지 마시오. 만약 딸을 숨겨두고 내놓지 않으면 이 집안에 화가 미칠 것이오."

그 말을 들은 어머니는 기가 막혔다.

"이놈들아, 차라리 나를 죽여라. 내 눈에 흙이 들어가기 전에는 내 딸을 데려갈 수 없다."

딸을 빼앗기지 않으려는 집념이 강한 어머니는 그렇게 말하고 혼절하고 말았다. 그럼에도 관리들은 물러갈 기색을 보이지 않고 다시 한번 집안을 샅샅이 뒤졌다.

나는 자색姿色이 빼어난 것으로 알려져서 일찌감치 명부에 올라 있었고, 반드시 데려와야 한다는 명을 받고 있던 것이었다. 그러한 관리들에게 동정심 따위는 기대할 수 없었다.

몸종으로부터 그 소식을 전해들은 나는 하늘로 솟거나 땅으로 꺼져들고만 싶었다. 나 하나 때문에 어머니가 혼절하고, 집안이 쑥밭이 되는 것은 보고 싶지 않았다. 때마침 향교의 앞집 처녀가 끌려가며 지르는 비명과 온 가족의 통곡이 내 심금을 찢어놓았다.

나는 툭툭 털고 일어나 헛간을 나왔다. 훈장님이 말리는 것도 뿌리치고 향교를 나와 당당히 집으로 갔다.

"제가 기순이입니다. 우리 가족을 그만 괴롭히고 어서 저를 데려가세요."

내가 외친 소리였다. 온 식구가 놀라고 관리와 군졸들도 놀랐다. 그렇게 해서 나는 그들이 끌고 온 마차를 타고 가족과 생이별을 하게 되었다. 어머니는 동구 밖까지 쫓아 나오며 내 이름을 불렀다.

나를 태운 마차는 새벽녘이 되어서야 개경의 성문 안에

도착했다.

그곳에는 나처럼 끌려온 수많은 처녀들이 모여 있었다. 대부분 나와 비슷한 또래의 곱상하게 생긴 어린 소녀들이었다. 모두 겁에 질린 표정으로 두 눈에는 물기를 가득 머금고 벌벌 떨고 있었다.

그날 나는 많은 생각을 했다. 힘없는 나라와 임금을 원망해 본들 무슨 소용이 있으랴. 그렇다고 딸자식 하나 빼내지 못한 부모를 원망할 수도 없다. 딸을 지키지 못한 무력감 때문에 아버지는 얼마나 자책하고 있을 것이며, 어머니는 몇 번이나 더 혼절을 할 것인가.

나는 모든 것이 타고난 운명이고, 스스로 개척해 나가야 할 삶의 시작일 뿐이라고 생각했다. 점차 마음이 차분하게 가라앉고 몸도 가뿐하고 생생한 기분마저 들었다. 옆에서 자꾸만 찔끔거리고 있는 아이들이 처연하고 안쓰러워 보였다. 이제 와서 눈물을 펑펑 쏟으며 울어 본들 무슨 소용이 있으랴.

칠흑같이 어둡고 을씨년스러운 밤이 지나갔다. 날이 새고 해가 뜨자 붉거나 푸른 비단 옷을 입은 관리들이 나타났다. 어둠 속에 도착해서 잘 알아보지 못했지만 그곳은 궁궐 안인 모양이었다. 수염을 길게 기르고 근엄하게 생긴 한 관리가 말했다.

"너희가 가족과 헤어지는 것은 무척 슬픈 일이다. 하지만 이번에 뽑히게 되는 사람은 황궁에 들어가는 영광을 얻게 된다."

잠시 후 처녀들은 널따란 방 안으로 불려 들어갔다.

"여기서 우리를 심사하려고 그러나 봐!"

처녀 중 숫기 있는 아이 하나가 말했다.

"여기서 탈락하면 집으로 돌아갈 수 있는 거야?"

한 처녀가 물었으나 아무도 대답하지 않았다. 그때 상궁이 외치는 소리가 들렸다.

"왕비 마마 납시오."

한 여인과 세 명의 몽골인이 나타났다. 경화공주와 원나라에서 온 사신들이었다.

공주는 얼마 전에 충숙왕과 함께 처음으로 고려에 왔는데 고려 궁궐에서 그대로 몽골식 복장을 하고 있었다. 무척 화려한 옷차림이었지만 그래서 더욱 어색해 보였다. 그러나 공주는 아랑곳하지 않고 사뭇 도도한 시선으로 차출된 처녀들을 훑어보았다. 몽골 사신들도 깐깐한 눈길로 처녀들을 보며 점수를 매기고 있었다.

"몽골어를 할 줄 아는 이가 있느냐?"

경화공주가 몽골어로 묻자, 그녀 옆에 서 있던 역관이 우리말로 통역했다. 나는 철이 오라버니를 따라 쉬운 몽골어를 배웠기 때문에 공주의 말을 단번에 알아들을 수 있었으나 나서지 않았다. 공연히 나섰다가는 자진해서 원나라로 끌려가고 싶다는 꼴이 되는 거였다. 그런데 놀랍게도 세 명의 처녀가 몽골어를 할 줄 안다고 나섰다.

공주는 그들에게 왜 몽골어를 배웠느냐고 물었다. 세 사람은 하나같이 대국인 원나라를 흠모하는 마음에서 그러했다고 답했다.

아마 그녀들의 부모는 딸을 원나라에 공녀로 보내 출세시켜서 자식 덕을 보려고 작정한 부원배들일 테지. 나는 말로만 듣던 그런 자들의 딸이 내 옆에 있다는 사실에 치가 떨렸다. 어찌 딸을 팔아서 부귀를 누리고자 하는가. 그리고 그 딸들은 어찌 천연덕스럽게 그 현실을 받아들일 수 있는가.

한나절 심사를 거쳐 25명의 공녀가 선발되었다. 가장 미모가 출중한 내가 뽑혔음은 물론이다. 심사에 통과된 것을 불행이라고 해야 할지 다행이라고 해야 할지 알 수 없었다. 몽골어를 한다고 나섰던 한 처녀는 이렇게 중얼거렸다.

"알게 뭐니. 우리들 중에 누가 황상을 모시는 영광을 입게 될지."

정말 그랬다. 관리들이 우리를 꼬드기고 안심시키느라 하는 말인 줄 알았는데 나와 같은 처지에 있는 아이가 그런 생각을 하는 걸 보니 왠지 조금의 위안이 되었다.

세상일은 생각하기 나름이 아닌가. 만일 황상을 모시는 궁녀가 될 수만 있다면 이 가난한 고려 땅에서 농사꾼에게 시집가 구질구질하게 사는 것보다 낫지 않겠는가. 그러나 한편으로 이는 얼마나 허황된 꿈인가!

황상이 아닌 무식한 몽골 놈의 처첩이 된다면? 그자들은 아내를 몇 명이나 거느리는 야만인이라고 하지 않던가. 말만 처지지 사실상 그자의 노리갯감에 지나지 않을 것이다! 내가 그자에게 구박받거나 병이라도 얻으면 누가 나에게 도움을 줄 것인가!

또다시 칠흑같이 어둡고 을씨년스러운 밤이 찾아왔다. 어린 시절 임금이 계신 개경, 이 궁궐을 얼마나 꿈에 그렸던가. 그런데 실상은 눈물 나게 춥고 외로운 곳이었다.

나 때문에 혼절하던 어머니의 모습이 자꾸 떠올라서 잠을 이룰 수 없었다. 아버지와 오라버니들, 언니들을 다시는 보지 못할 것 같아서 가슴이 미어져 왔다. 사방에서 잠 못 들고 흐느끼는 소리에 잠들 수 없었다. 나는 새벽녘에야 가까스로 눈을 붙였다.

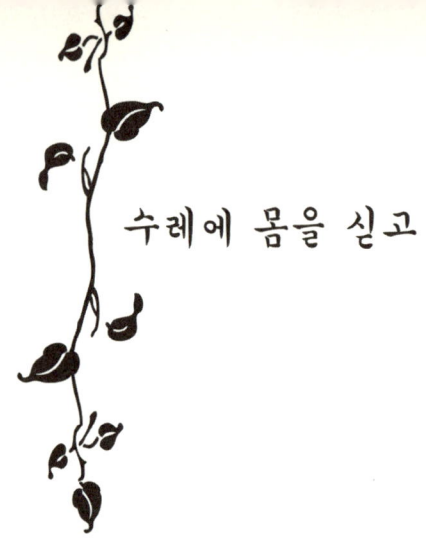

수레에 몸을 싣고

다음 날 우리는 개경을 떠났다.

성문 앞에는 말이 끄는 수레가 여러 대 줄지어 있었다. 맨 앞에는 호송을 지휘할 관리의 마차가 있고, 원나라에 바칠 공물을 잔뜩 실은 수레와 휘장을 친 공녀들이 타고 갈 수레들이 나란히 서 있었다.

우리들 25명은 휘장을 친 수레에 5명씩 나뉘어 태워졌다. 밤새 울어서 두 눈이 빨갛게 부어오른 처녀들이 많았다. 휘장은 무척 두꺼운 천으로 되어 있어서 바깥이 내다보이지 않았다. 피눈물을 흘리며 강제로 끌려가는 처녀들의 모습을 백성들에게 보여주지 않으려 함이었다.

수레는 성문 앞에서 잠시 멈추어 섰다. 처녀들은 자신을 배웅하러 나왔을지 모를 가족의 모습을 마지막으로 보고자 애썼으나 휘장에 가려 밖이 보이지 않았다. 공녀들을 나라 밖으로 떠나보내는 날이 되면 그네들의 가족들이 몰려와 서로 옷자락을 부여잡고 울부짖다가 엎어지는 일이 부지기수였기에 언제부턴가 가족과의 만남을 일절 금했던 것이다.
 나는 휘장 한쪽 구석의 틈새를 비집어 밖을 살폈다. 멀찌감치 공녀들이 탄 수레를 바라보고 선 철이 오라버니의 모습이 보였다. 순간 눈물이 앞을 가려서 고개를 들 수 없었다.
 옆에 앉아 있던 복례도 밖을 내다보았으나 그녀는 아무도 발견하지 못한 모양이었다. 복례는 충청도 예산 군수의 여식으로 공녀로 징발된 것을 무척 억울해하며 눈물이 마를 새가 없이 울어댔다. 혼인을 3개월 앞두고 끌려왔던 것이다.
 성문을 나선 수레는 천천히 대로를 달리기 시작했다. 수레의 앞뒤로 말을 탄 수십 명의 호위 군졸이 무장을 하고 따랐다. 수레 행렬이 지나가자 행인들이 두리번거리며 쳐다보았으나 사방을 휘장으로 뒤덮은 수레 안에서 두려움에 휩싸여 울고 있는 처녀들의 심정을 어찌 알겠는가.
 수레가 속도를 내기 시작하자 심하게 털컥거리는 탓에 몸이 앞뒤로 좌우로 마구 흔들렸다. 수레 안은 어둡고 좁았다.

처녀들은 때로 서로 껴안고 밀치며 서로 친숙해져 갔다.

내가 탄 수레 안에는 몽골어를 잘한다고 나섰던 처녀도 있었다. 그녀의 이름은 효숙이었고 판삼사사判三司事 벼슬을 하는 아비를 두고 있었다.

"너희들, 우리가 얼마나 먼 길을 가는 줄 아니?"

효숙이 물었다. 한나절쯤 지났을까. 복례는 벌써부터 힘들어하며 고통을 호소했다.

"의주義州 천 리, 심양瀋陽 천 리, 대도인 연경이 삼천 리야. 오천 리나 되는 아득히 먼 길이지. 수레가 고장 나면 새로 바꾸어 타고, 길이 안 좋은 곳은 수레에서 내려서 발바닥이 닳도록 걷고 또 걸어야 해. 벌써부터 공연히 엄살떨지 마!"

효숙은 원나라에 가 본 적이 있는 사람처럼 말했다. 그녀는 일부러 원나라에 가기 위해 거문고와 비파, 한문과 몽골어를 배웠다고 자랑스레 말했다. 효숙의 말 때문에 배짱 하나는 어지간하다고 자부하던 나도 기가 죽고 말았다. 오천 리라……. 아마 대도까지 가는 데 두 달이 넘게 걸리리라. 아득하고 처연한 기분이 들었다.

황혼이 질 무렵, 첫 번째 역참에 도착했다. 그곳에는 잠을 잘 수 있는 막사가 준비되어 있었다. 공녀들은 종일 수레를 타고 오느라 파김치가 되어 있었다. 저녁을 먹고 나자 어떻게 잠이 든지도 모르게 곯아떨어졌다.

　다음 날도 그다음 날도 수레는 계속해서 북쪽으로 달렸다. 밤이고 낮이고 내처 달리는 날도 있었다. 엿새째 되는 날, 고려의 관문인 강계江界에 도착했다. 그간의 여행으로 수레에서의 생활도 어지간히 이력이 붙어 이제는 견딜 만했다.

　역참에서 하룻밤 묶는 날이라 한숨 돌릴 여유가 있었다. 북쪽 땅이라 그런지 날씨가 제법 쌀쌀했다. 추석이 지난 지가 벌써 스무 날이 넘었다. 추석을 집에서 쇠고 떠나온 것이 그나마 다행이었다. 가족들의 얼굴이 눈앞에 어른거렸다.

　저녁을 먹고 나서 몇몇 처녀들과 밖으로 산책을 나섰다. 보초를 서는 호위 군졸들이 따라붙었지만 그들은 처음과는 달리 딱딱하게 굴지 않았다. 아마 그들의 마음속에 우리를 안쓰러워하는 측은지심이 남아 있어서이리라.

　날씨가 쌀쌀한 것이 가을로 접어든 것은 완연했지만 여전히 버드나무 가지가 바람에 흩날리고 있었다. 단풍이 들기 시작한 나뭇잎이 사방에 흩뿌려졌다. 아버지의 말대로 조국 강토는 여몽전쟁으로 인해 풀뿌리까지 말라버린 상태였다. 나는 강이 내려다보이는 산비탈에 서서 생각에 잠겼다.

　아, 이역만리 낯설고 물선 곳에서 견딜 수 있을 것인가?

　낮에 효숙이 하던 말이 귓가에 쟁쟁했다. 그 아이는 마치 즐거운 소풍이라도 가는 양 주절거렸다.

"몽골 여자들은 춥고 건조한 기후에서 생활한 데다 태어나면서부터 말과 함께 자라서 성격이 남자들처럼 드세. 게다가 채소나 과일 같은 것을 거의 먹지 못해서 피부가 윤기 없고 빨리 늙는대. 그런데 고려 여자들은 피부가 뽀얀 미인들이 많고, 다소곳하고 나긋나긋하기까지 하니까 몽골 남자들이 좋아하는 거야."

산책을 마치고 돌아와 보니 역참에 세워진 천막 안에는 코를 고는 소리, 가는 흐느낌이 교차하고 있었다. 효숙이도 이해되지 않지만 아직까지도 흐느끼고 있는 아이들도 이해가 되지 않았다. 나는 자리에 누워 잠을 청하며 생각했다.

내일은 압록강을 건너겠지. 영원히 이 나라를 떠나서 돌아오지 못할 것이다. 성현의 말씀에 따르면, 사람이 태어나고 자란 땅은 그 몸을 기를 뿐만 아니라 뜻을 키우고 마음도 닦아준다고 했다. 그 사는 땅이 어질면 사람도 아름답다고 했다. 슬기롭기를 바란다면 어진 곳을 골라 살라 했다. 좋다. 나는 오랑캐의 땅으로 끌려가지만 내가 가서 사는 땅을 어진 곳으로 만들고 말리라.

대단한 생각을 한 듯이 가슴이 뿌듯해졌다. 그날 밤 나는 단잠에 빠져들었다.

제2장

여정

가자, 연경으로

기철은 먼발치에서 여동생 순이를 태운 수레가 도성을 빠져 나가는 것을 지켜보았다.

새벽에 성문이 열리자마자 도성에 도착한 그는 백방으로 노력했으나 여동생을 만나기는커녕 얼굴조차 볼 수 없었다. 그저 먼발치에서 여동생이 탄 수레의 행렬을 쓸쓸하게 바라볼 수밖에 없었다. 하긴 동생을 만난다고 자신이 해줄 수 있는 것은 아무것도 없었다. 그저 안타까운 마음을 서로 전하고 부둥켜안고 울기나 했겠지. 차라리 얼굴도 보지 못한 것이 나을지 모른다는 생각이 들었다.

순이의 부모는 모든 것을 포기하고 아예 집에 눌러 앉았다. 아버지는 이제 딸 하나 없는 셈 치고 살아야 한다고 어머니를 달랬다.

기철은 모처럼 개경에 들른 김에 도성에 살고 있는 박주혁을 찾았다. 그는 함께 과거시험을 쳤다가 낙방하고 화풀이 술을 마시다가 친해진 사이였다.

박주혁의 집안은 제법 재력이 있는 편이었다. 그의 아버지가 무역항 벽란도碧瀾渡에서 상선을 운영하며 원나라와의 무역으로 많은 재화를 벌어들이는 능력가였다. 박주혁은 벼슬을 포기하고 아버지에게서 사업 수완을 전수받고 있는 중이었다.

"오, 기 진사進士. 오랜만일세. 그렇잖아도 자네가 보고 싶었는데 잘 와 주었네."

박주혁은 기철을 반갑게 맞이했다. 보통 과거시험에서 감시 합격자는 진사라 불렸는데 두 사람은 최종 고시인 예부시 낙방자로서, 위로하는 뜻에서 서로를 진사라고 불러주고 있었다.

"고맙네, 박 진사. 나도 자네가 무척 보고 싶었다네."

주혁은 상인 집안 출신임에도 책을 읽고 무예를 갈고닦는 데 힘쓰고 있었고, 세상의 움직임에 아주 정통했다. 기철은 그런 그에게 배울 점이 많다고 생각하고 가까이 지내고 있었다. 두 사람은 나이도 같았다.

주혁은 체구는 자그마했지만 날렵하고 강단이 있는 사람이었다. 그는 기철에게 여러 친구도 소개해 주었다. 친구들이라야 벼슬을 하지 못하는 한량閑良이 대부분이었지만, 도성에 사는 값을 하느라고 기철이 사는 행주幸州(지금의 경기도 고양시) 고을의 벗들보다는 학식이나 무예에서 한 수 위인 친구들이었다.

주혁과 기철은 대낮부터 호기롭게 주점酒店을 찾았다. 주점은 궁성의 동문인 광화문廣化門 앞 도로인 남대가南大街의 시전市廛 거리에 있었는데 도성 번화가의 술집답게 널찍하고 화려했다. 이른 시간인데도 술추렴을 하는 사람들이 드문드문 자리를 잡고 앉아 있었다.

술이 몇 순배 돌자 기철은 자신의 집안에 일어난 불운한 사건을 이야기하지 않을 수 없었다.

"이런 그 꽃다운 여동생을……. 어르신들의 상심이 크겠네."

"말 말게. 부모님은 식음을 전패하고 그야말로 집안이 초상집 분위기일세."

박주혁은 진심으로 위로의 말을 건넸다.

"그나저나 여동생의 고생은 오죽하겠나. 아, 내가 장가를 들지 않았더라면 내 아내가 되었더라면 좋았을걸······. 그런데 이번에 차출된 동녀들이 황궁으로 간다는 것이 정말인가?"

"아버지께서 알아보신 바에 의하면 그렇다고 하네."

"이보게 기 진사. 그렇다면 너무 심란하게만 생각할 일이 아닌 것 같은데. 황궁에 들어가서 황상은 아니더라도 황족이나 고관대작의 총애를 받는다면 어찌 보면 괜찮은 일 아닌가? 공녀로 끌려간다고 다 비참해지는 것은 아니더군."

"하긴 그럴 수도 있겠지. 요즘 황궁엔 우리 고려 사람들이 많다던데······."

"그렇지······. 자네 박불화朴不花를 아는가?"

박주혁이 문득 생각난다는 듯이 물었다.

"글쎄, 처음 듣는 이름인데? 그 사람이 누구인가?"

"자네와 동향同鄕인 행주 사람이라던데 정말 모르는가?"

"처음 듣는 이름일세."

"자네 마당발인 줄 알았는데 그렇지도 않은 모양일세."

"무엇 하는 사람인가?"

"지금은 환관이 되어 원나라 황궁에 있다고 들었네."

"원나라 황궁의 환관?"

"그렇다네. 황궁에 들어간 지 얼마 되지는 않았지만 영향력을 키워나가고 있다네. 우리 아버지와 거래가 있는 것 같던데."

"무슨 거래?"

"원나라 황궁에서 필요한 고려의 특산물을 이따금 부탁해 오는 모양이야."

"그래? 박불화가 행주 사람인 게 확실한가?"

"그렇다네. 그자의 심부름을 다니는 사람도 행주 사람이거든, 박도학이라고."

"박도학! 내가 잘 알지. 향교 선배일세."

"그런가? 박불화의 사촌 형이라고 하던데."

그 순간 기철은 심장이 뛰기 시작했다. 그의 머릿속은 바쁘게 돌아갔다.

'박도학을 만나야 한다. 그를 만나서 박불화에게 다리를 놓아 우리 순이를 황궁의 궁녀로 만들어야 한다. 순이의 미색이라면 황상을 홀릴지도 모른다!'

기철의 온몸에 찌르르하고 전기가 흘렀다. 원나라 황실에 있는 환관이 동향인이라면 그를 통해 순이가 황궁에 들어가 궁녀가 되는 일은 생각보다 어렵지 않을 것이었다. 기철은 호쾌하게 술을 마셨다.

다음 날 기철은 박도학을 찾았다. 박도학은 기철보다 5세 연상이었고, 선비적인 기질이 농후한 사람으로 무척 점잖았다. 그는 농사를 짓고 있었으나 그보다는 책 읽기로 소일을 하는 사람처럼 보였다.

마침 박도학은 집에 있었다. 그는 향교 후배인 기철이 자신을 찾아온 것을 무척 반겼다.

"자네가 어쩐 일로 나를 찾아왔는가?"

기철은 자신의 여동생이 공녀로 끌려간 일을 이야기했다.

"아니, 저런. 그 똘똘한 여동생이 변을 당했구먼."

"형님께서 어떻게 제 누이를 아십니까?"

기철이 놀라서 물었다.

"왜, 자네가 글을 배우러 다닐 때 향교에 나타나서 학우들을 졸졸 따라다니며 글을 외우면서 귀여움을 떨곤 하지 않았는가? 그 조그만 것이."

"아, 그랬었지요. 그 일을 다 기억하십니까?"

"이제는 어여쁜 처녀가 되었을 텐데. 정말 안타깝네."

기철은 슬쩍 박불화에 대해 물어보았다.

"형님의 사촌 동생이 원나라에 있다고 들었습니다. 제가 행주 토박이인데 그분에 대해서는 이번에 알았습니다."

"박불화 말인가? 행주 사람은 맞는데 개경 근처 우봉군+

峯郡에 살다가 박불화가 원나라에 가면서 다시 행주로 이주해 왔다네."

"아, 그렇군요. 그분은 스스로 거세를 하고 환관이 되었다고 하던데 사실인가요?"

"그렇다네. 모질고 독한 동생이지."

"그런데 어쩌다……?"

"그 동생도 자네처럼 진사가 되기는 했지만 본시本是에서는 번번이 낙방을 했다네. 고려 땅에서는 출세할 수 없다고 생각하고 원나라 황실로 들어간 거지."

'박불화, 참 독하고 무서운 사람…….'

기철은 박불화를 만나야 한다고 결론을 내렸다.

"형님, 제 부탁 하나만 들어주십시오."

기철은 갑자기 무릎을 꿇고 절을 하면서 말했다.

"허, 무슨 부탁인데 그러는가?"

"소개장을 써주십시오. 동생분을 만나 뵙고 싶습니다."

"만나서 무얼 어쩌려고?"

"제 여동생이 황궁에서 머물 수 있도록 부탁드리려고 합니다."

박도학은 잠시 생각에 잠기더니 머리를 끄덕였다.

"그래, 그런 방법도 있었군."

박도학은 그 자리에서 종이와 붓을 꺼내 소개장을 써주었다.

아우 박불화 보게.
작금에 공녀로 차출된 기순이는 우리 행주 출신 기자오 대감의 여식으로 미모와 교양이 출중하고 다재다능한 재사(才士)일세. 또한 나와 동문수학한 기철 공(公)의 누이로서 어느 대감 댁 처자와 견주어도 비길 바 없는 여식이네. 국운이 미미하여 그러한 보배와도 같은 딸을 상국에 바치게 되었으니 동생께서 각별히 신경 써 찾아서 은혜로운 배려를 내려주기를 바라네. 인정으로 보나 우정으로 보나 어찌할 수 없어 내가 각별히 부탁하는 일이니 기 처자가 황궁의 궁녀로서 자기의 소임을 할 수 있도록 도움을 주기를 부탁하네.
아우를 지신(至神)처럼 여기는 도학이 삼가 쓰네.

기철은 박도학의 소개장이 더할 나위 없이 마음에 들었다.
"형님, 정말 감사합니다."
기철은 머리가 땅에 닿도록 인사를 했다.
"미리 손을 써두려면 공녀들이 황궁에 닿기 전에 자네가 먼저 박불화를 만나야 할 거야. 따라잡을 수 있겠나?"

"빠른 말로 달리면 문제없습니다."

소개장을 품에 넣은 기철은 날 듯한 기분이 되어 박도학의 집을 나왔다.

'박불화라…… 그가 우리 가족의 운명을 바꿔놓을지도 모른다. 내가 알고 지내던 사람이었다면 더 좋았을걸…….'

박불화. 그는 훗날 박티무르부카 朴帖木兒不花로 불리면서 기황후를 가장 가까이에서 보좌하는 인물이 된다.

집에 돌아온 기철은 부모에게 과거 공부를 위해 산사山寺를 찾아간다고 흰소리를 치고 돈을 듬뿍 챙겨서 그길로 도담道膽을 찾아갔다. 도담은 기철과 무예 수련을 같이 한 후배이자 단짝으로, 제 할 일을 찾지 못하고 무위도식하며 한량으로 지내고 있던 터였다.

둘은 어려서부터 마음이 통하는 친구로서 서로를 아끼며 무술 연습을 했다. 잘 어울려 놀며 무술을 겨루기도 했다. 도담은 기철보다 세 살이나 어려 그보다 체구가 조금 작고 힘도 달리는 듯했으나 근성으로 기철을 따라잡기 위해 상당히 노력했다.

도담은 스무 살이 넘어가자 체격이 장골의 기상을 띠기

시작했고, 무예도 일취월장했다. 기철과 도담은 둘 다 무술 실력이 만만찮아 우열을 가리기 힘들었지만 점차 도담이 한 수 접고 겨루는 모양이 되었다. 기철은 도담의 기개와 담력을 대단하게 보고 있었으나 도담은 자만하거나 으스대는 기색 없이 기철을 친형제처럼 따랐다.

"담아, 나랑 같이 원나라 대도에 가자."

"연경 말입니까?"

"그래."

"여동생이 공녀로 잡혀갔다더니 구출이라도 하게요?"

"그렇게라도 하려고. 네 도움이 필요해."

"같이 황궁을 털기라도 하자는 겁니까?"

"글쎄, 황궁을 털지 허물지 새로 지을지는 가면서 생각해 봐야지. 네가 같이 간다면 뭐든 할 수 있을 거야."

도담은 거절할 도리가 없어 연경에 가서 무슨 일을 해야 하는지 자세히 묻지도 않고 승낙해 버렸다.

기철과 도담은 우선 마 시장馬市에 가서 튼튼해 보이는 말 두 필을 샀다. 도담은 기철의 품에 노잣돈이 넉넉한 것을 보고 적잖이 놀랐다.

"형님, 그 많은 돈이 어디서 났소?"

"집에서 뜯어내고 박주혁에게 빌렸다. 내 누이가 원나라에서 출세하면 갚겠다고 했더니 빌려주더군."

"그 형님이 순이 누이를 무척 좋아했지요?"

"뭐야, 너도 알고 있었더냐?"

"그럼요. 순이 누이가 잘되기를 비는 마음에 형님께 돈을 빌려주었겠지요."

"어쨌거나 고마운 친구 아닌가! 떠나기 전에 고맙다는 인사를 해야지."

두 사람은 대장간에 가서 칼도 샀다. 그 험한 요동 벌판을 지나가려면 좋은 칼은 필수였다. 두 사람이 고른 칼은 평범한 사람들이 들고 다니는 것과는 달랐다. 곧게 뻗어 있긴 하되 살짝 곡선이 진 곡도(曲刀)로서 몽골식 칼이었다. 다른 칼에 비해 간결하고 정제되어 있는 것이 생김새부터 예사롭지 않았다.

준비를 마친 두 사람은 인사차 박주혁을 찾았다.

"말을 타고 가는가? 배가 더 빠를 텐데."

박주혁이 말했다.

"하지만 배를 타려면 승선 허가증이 있어야 하고 뱃길은 풍랑이 위험하지 않을까?"

"위험하긴 하지만 말도 안전하지는 않지. 압록강에서 국경선을 넘는 것도, 요동 벌판에서 산적을 피하는 것도 쉽지 않을 거야. 게다가 순이보다 먼저 연경에 도착해서 박불화를 만나야 할 텐데 황궁에 있는 박불화를 불러내는 것도 쉽지 않을 거야."

듣고 보니 그랬다. 건장한 사내 둘이 말을 타고 달리면 공녀들을 태운 수레보다야 빨리 도착할 수 있겠지만 산적 떼가 들끓는다는 요동 벌판을 무사히 통과한다는 보장이 없지 않은가. 기철은 고개를 끄덕이며 박주혁에게 물었다.

"배를 타고 가면 얼마나 걸리는가?"

"바람의 방향에 따라 다른데 빠르면 보름, 늦어도 20일이면 산둥반도 남쪽 청도靑道 만灣에 도착할 거야."

"형님, 그러면 시간이 넉넉해지겠는데요."

도담이 놀랍다는 듯 말했다. 생각에 잠긴 기철을 보고 박주혁이 말했다.

"다행히 사흘 후에 원나라로 떠나는 배가 있다네. 100명 이상 타는 큰 배니까 안심해도 될 거야. 승선 허가증은 선원증으로 내가 만들어 볼게. 자네들은 그동안 나와 벽란도에 나가서 술추렴이나 하시게."

"말은 어떻게 하고?"

"원나라 가서 걸어 다닐 건가? 말도 배에 태우면 되네."

기철과 도담은 동시에 '아하, 그런 방법이 있었구나!' 하고 놀라워서 마주 보고 웃었다.

"많은 신세를 지네, 고맙네. 반드시 잊지 않고 갚겠네."

기철은 감격에 겨워서 목이 메었다. 그는 자신에게 정 많은 부자 친구가 있다는 것이 너무도 고마웠다.

"사내들끼리 무슨 그런 쓸데없는 말을 하는가? 어서 벽란도에 가서 술추렴이나 하세."

세 사람은 예성강 강변에 있는 벽란정碧瀾亭이라는 정자에서 연 이틀 동안 술을 마셨다. 고려 최고의 무역항인 벽란도가 한눈에 내려다보이는 운치 있고 멋진 곳이었다. 많은 배들이 자유로이 드나드는 경치가 아주 일품이었다.

"자네 아버지는 원나라 황궁과 거래가 많은가?"

"황궁과는 박불화 덕분에 거래를 튼 것이고 주로 송宋나라 후예들인 송상宋商들과 거래를 하고 있지."

"어떤 물목들이 많은가?"

"우리는 삼베, 모시, 인삼, 한지 따위를 주로 팔고 송상들은 비단, 차, 약재, 서책, 옥, 악기 따위를 가져온다네. 때로는 물소 뿔, 상아, 비취, 공작새, 앵무새 등 사치품을 가져오기도 한다네."

"상아, 비취, 공작새 같은 것은 본 적이 없는데 누가 그런 걸 찾는단 말인가?"

"주로 왕실이나 권문세가에서 찾지."

"허, 백성들은 병화와 수탈을 못 이기고 도탄에 빠져 있는데 그런 사치를 즐기다니!"

"그만 분개하시게. 그게 세상 아닌가? 그 덕분에 우리 같은 상인들이 또 먹고사는 것이고."

"그렇군. 자네 말이 옳으이."

세 사람은 흥건하게 취해갔다. 상현달이 중천에 높이 솟아 교교한 달빛을 쏟아내고 있었다.

사흘 후, 기철과 도담은 벽란도에서 배를 탔다. 쌍돛대를 단 아주 큰 대선大船이었다. 배는 순풍을 타고 바다를 가로질러 미끄러지듯 나아갔다. 기철은 뱃전에 서서 지금쯤 수레에 실려 가며 파김치가 되어가고 있을 여동생 순이를 향해 간절히 외쳤다.

'내가 너를 황궁에 들어가게 만들어 주마. 절대 오랑캐 놈들의 처첩이 되게 만들지는 않을 것이다. 너의 미모와 재주라면 황제라도 사로잡을 수 있을 것이다. 의지를 잃지 말고 잘 견디고 있어라!'

압록강을 건너다

'우리가 얼마나 먼 길을 가는 줄 아니?'

나의 뇌리에 효숙의 목소리가 쟁쟁 울렸다. 오천 리 길을 가는데 아직 압록강도 건너지 못했다. 이미 몸은 만신창이가 된 듯 일어설 기력조차 없었다. 이토록 고달픈 인생살이라면 대체 왜 태어난 것일까.

강계를 떠난 다음 날 우리를 태운 수레는 국경도시 의주에 도착했다. 개경을 떠난 지 7일 만이었다. 수레는 종일토록 덜컹이며 정신없이 북쪽으로 달렸다.

수레 안의 처녀들은 모두 기가 빠져서 얼굴이 노랗게 뜨고 핼쑥해져 있었다. 토하느라고 도통 밥을 먹지 못하는 처녀도 있었다.

 한밤중에 의주에 도착해 바로 잠자리에 들었지만 잠이 올 리 없었다. 이제 내일이면 고려를 영원히 떠나야만 하는 것이다. 나는 새벽까지 뒤척이다 잠이 들었다.

 다음 날 아침, 의주성을 나선 수레는 구룡정九龍亭이라는 곳에 도착했다. 나루터가 있는 곳이었다. 우리는 수레에서 나와 걷기 시작했다. 짐을 실은 수레만 비거덕거리며 뒤를 따라왔다.

 언덕 아래에 커다란 강줄기가 뻗어 있었다. 말로만 듣던 국경의 강, 압록강이었다. 사람의 키만큼이나 자란 갈대숲을 지나자 눈앞에 기절할 정도의 놀라운 장면이 펼쳐졌다. 끝이 보이지 않는 바다가 나타난 것이다.

 '아, 압록강이야!'

 모두 놀란 눈으로 쳐다보았다. 강폭이 한없이 드넓어 강이 아니라 마치 바다 같았다.

 나루터에는 세 척의 배가 기다리고 있었다. 배는 강에 비하면 너무 작아 보였다. 아버지와 뱃놀이할 때 타보았던 예성강의 나룻배보다는 조금 큰 편이었지만 강이 워낙 넓다 보니 일엽편주와 같아 보였다.

 '저 작은 배로 대하와 같은 강을 제대로 건널 수 있을까?'

걱정을 하는 사이 한 척의 배에 원나라 조정에 바칠 진상품이 실렸다.
"어서 배에 오르시오."
두 척의 배에는 사람과 말들이 탔다. 배에서 내려다보니 강물은 깊고 새파랬는데 물살이 무척 빠른 것이 눈으로 보아도 알 수 있었다. 나는 또다시 이 작은 배가 강을 무사히 건널 수 있을지 걱정했다. 하지만 사공들은 아주 무사태평인 얼굴로 일제히 뱃노래를 부르며 힘차게 노를 저어 나갔다. 배가 유성처럼 빠르게 나아가고 있는 것이 황홀할 지경이었다.
그런데 거기서 내 생애 동안 지워지지 않는 사건이 일어나고야 말았다. 배가 강 한복판에 이르렀을 때였다. 맨 뒷자리에 앉아 있던 복례가 재빠른 동작으로 뱃전에 올라서더니 치마를 뒤집어쓰고 강물로 뛰어들었다. 누구도 예상하지 못하고 누구도 붙잡을 수 없는 일이 순간적으로 일어난 것이다.
"앗, 멈춰라!"
호위 군졸이 외쳤으나 복례는 이미 멀리 벗어나 물속으로 잠기고 있었다. 군졸 두 사람이 복례를 구하기 위해서 강으로 뛰어들었으나 물살이 너무 거센 탓에 헤엄치는 것조차 불가능했다.

그렇게 복례는 죽었다. 눈 깜짝할 사이에 벌어진 일이었다. 한 사람이 죽는 일이 그리 한순간에 일어날 수 있다는 것이 믿어지지 않았다. 호송관은 시체를 찾는 일을 포기하고 강을 건널 것을 명령했다.

우리들은 복례가 사라진 강 한가운데를 바라보기만 할 뿐 누구 하나 입을 열어 말하지 않았다. 너무도 조용히 거대한 물결이 소리 없이 한 생명을 삼켰고 우리를 태운 배 또한 마치 영원永遠 속으로 사라지기 위해서 앞으로 나아가고 있는 것만 같았다.

하지만 배는 잠시 후 건너편 나루터에 가 닿았다. 강기슭에는 붉은빛 깃발을 앞세운 원나라 군졸들이 우리를 기다리고 있었다.

"모두 내려라."

호위 군졸이 소리쳤다.

아, 이제부터 우리가 발 딛는 곳은 고려가 아닌 낯설고 물선 남의 나라 땅이었다. 호송관과 원나라 관리가 인수인계를 하는 사이에 배에 싣고 온 진상품은 원나라의 수레에 실렸다. 호송관이 공녀 한 사람이 부족한 사유를 말하자 원나라 관리는 자기들도 보았노라고 대답했다. 그 덕분에 인원의 인수인계는 수월하게 진행되었다.

우리는 원나라 군졸의 지시를 따라 강 언덕 위로 올라섰다. 그곳에는 우리를 태우고 갈 수레가 늘어서 있었다. 언덕에서 바라보니 압록강은 유유히, 그리고 시퍼렇게 흐르고 있었다. 건너편 땅이 바로 나의 태(胎)를 묻은 조국이다!

우리들은 우두커니 서서 세 척의 배가 돌아가고 있는 경치를 내려다보고 있었다. 그때 누군가 소리 내어 흐느끼기 시작했다. 자신도 모르게 눈물이 흘러넘치는 그런 울음이었다. 그러자 몇몇 처녀가 따라 울었다. 어깨를 들먹이며 우는 처녀도 있었다.

나는 울지 않았다. 복례와 나누었던 이야기들이 머릿속에서 윙윙거리며 들려왔다. 그 아이는 죽음을 선택할 만큼 공녀로 끌려가는 것이 치욕이라고 생각한 것일까? 아니면 혼인을 약조한 어느 도령을 못 잊어서 죽음을 선택한 것일까?

"어서 수레에 타거라!"

호송관이 말했다. 그간 함께 한 호위 군졸들은 인수인계를 하자마자 다 떠나고 두 사람의 고려 관리만 남아 있었다. 그들은 우리와 함께 연경까지 가는 모양이었다.

수레에 오르면서 뒤돌아보니 복례를 삼킨 압록강은 끝없이 흐르고 있었다.

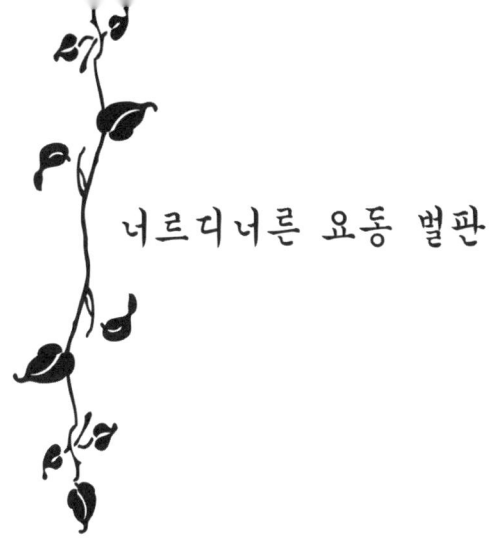

너르디너른 요동 벌판

원나라에서 준비한 수레는 크고 튼튼했다. 수레를 끄는 말도 네 마리나 되었다. 수레 안에는 10명 정도 탈 수 있는 공간이 있었다. 우리는 6명씩 나누어 수레에 올라탔다. 공간이 넓고 의자가 높아서 다리를 쭉 뻗을 수 있어 그전보다 피로감이 덜했다. 수레에 휘장을 친 것은 마찬가지였지만 필요하다면 안에서 휘장을 젖히고 밖을 내다볼 수도 있어서 좋았다.

수레를 호위하는 군졸들은 몽골인보다는 한인이 많은 것 같았다. 그들은 몽골어가 아닌 한인漢人이 쓰는 중국어로 말하고 있었다. 아마 지휘관은 몽골인이고 군졸은 한인이리라. 인구 100만 명밖에 안 되는 몽골인이 그 수십 배나 되는 한인을 다스리고 있음을 알고 있었기에 몽골족은 글도 모르는 오랑캐이기는 하지만 대단한 종족이라는 흠모의 마음이 들었다. 나는 반드시 황궁에 들어가서 그들의 황금 씨족인 황제를 반드시 만나 보고야 말리라는 다짐을 다시 했다.

요동의 들판은 우리나라와 흡사했다. 논밭, 길가의 풀숲, 비탈에 선 전나무, 상수리나무들……. 휘장을 젖히고 밖을 내다보며 달리자 약간 선선하기는 했지만 기분이 상쾌했다.

그러나 요동은 고려와는 사뭇 달랐다. 우선 사는 사람들이 많아서인지 끊이지 않고 마을이 이어졌다. 마을의 집들은 우리네 집들과 현저하게 달랐고 사람들이 입고 있는 옷도 푸르뎅뎅해서 음울해 보였다. 하지만 마을과 거리는 무척이나 소란스럽고 활기가 넘쳤다. 저녁 무렵이 되자 밥 짓는 연기가 이 집 저 집의 굴뚝에서 솟아올랐다. 나라와 사람은 달라도 먹고사는 방식은 같은 거로구나 싶었다.

태양은 황혼의 아름다운 빛에 물들었다가 서서히 어둠 속으로 잠겨 들었다. 어둠이 내리자 스치는 바람이 차가웠다.

그날 밤 일행은 요동 벌판에 천막을 치고 숙영을 해야 했다. 이국에서의 첫날은 몹시도 추웠다. 가을이 깊어가는 탓인지 더 멀리 북쪽으로 달려온 탓인지 한겨울처럼 추워서 몸이 덜덜 떨려 왔다. 밤이 깊어지자 늑대며 승냥이의 우는 소리가 들려와 머리카락이 쭈뼛 섰다. 그날부터는 아무도 흐느껴 울지 않았다. 울음소리 대신 신음이 막사 안에 그득했다.

다음 날은 죽음의 행군이 시작되었다. 요동 땅은 들판만 있는 것이 아니라 구릉과 능선이 이어진 곳이기도 했다. 곤마령滾馬嶺 고개는 '말이 굴러 떨어진다'는 말뜻대로 무척이나 가파르고 높았다. 말들이 지쳐서 헐떡이느라 수레가 앞으로 나아가지 못했다.

"모두 내려라. 고개를 넘을 때까지 걸어서 간다."

수레에서 내리자 기분이 상쾌했다. 나는 일부러 효숙에게 다가가서 물었다.

"어떻게 우리가 마차에서 내려서 걷게 될 것을 알았니?"

"얼마 전에 호송관을 하던 사람이 우리 집에 와서 하는 소리를 들었어. 그런데 정말 죽을 맛이다."

얼마 걷지도 않았는데 그녀는 엄살을 떨었다. 남들은 신고 있던 미투리도 아까워서 벗고 걷고 있는데 그녀는 가죽신을 신고 걷고 있었다. 그 애는 이렇게 걸을 것을 예상하고 신발을 두 개나 여벌로 가져왔다고 자랑을 해댔다.

나는 난생 처음 요동의 산길을 걸으면서 문득 생각했다. 고구려인들은 이 고개를 말을 타고 지나가며 앞으로 펼쳐질 너르디너른 요동 벌판을 달렸으리라. 딸가닥거리는 그들의 말발굽 소리가 환청처럼 들려 왔다.

문득 일연 스님이 쓴 《삼국유사》가 떠올랐다. 《삼국유사》는 충렬왕 때 쓰인 우리나라 역사서인데 향교에서 필사를 해서 학동들끼리 돌려가면서 읽곤 했다. 나는 국조國祖 단군부터 이어져온 우리나라 역사 이야기가 무척 재미있었다. 고려의 시조始祖인 태조 대왕의 이야기는 후삼국의 통일을 이룬 멋진 사나이의 이야기이기도 했다.

한나절 가파른 곤마령 산길을 거의 맨발로 걸어서 넘은 우리는 지칠 대로 지쳐 갔으나 장엄한 산세에 압도되어 입도 벙긋하지 못했다. 비록 공녀로 끌려가는 길이었지만 나무며 풀포기며 바위를 바라보며 산의 정기 속으로 잠겨 드는 것이었다. 산의 품에 안겨 끝없이 빠져드는 것만 같았다.

곤마령 고개를 넘자 해가 설핏해졌다. 구릉 너머에는 다시 구릉이 펼쳐져 있고 더 깊은 산이 이어졌다. 너무도 붉은 선홍색 저녁노을이 산맥을 애잔하게 물들고 있었다. 복례의 혼이 저렇게 타고 있는 것일까? 핏빛 노을이 숲이며 바위를 불태우고 공기마저 모조리 불태우는 듯 처연하기까지 했다.

근처에는 민가가 없어 천막을 치고 막사를 만들었다. 원나라 사람들이 몽골 초원에서 사용하기 시작했다는 파오包(게르)라는 막사는 원통형 벽과 둥근 지붕으로 되어 있어서 그다지 춥지 않고 아늑했다. 호위 군졸들은 호랑이가 가까이 오지 못하도록 아름드리나무를 베어다 막사 주변에 화톳불을 지피고 보초를 섰다. 그들은 이따금씩 뿔피리 같은 호각을 불거나 밤 짐승을 쫓는 소리를 지르며 꼬박 밤을 새웠다.

다음 날, 곤마령을 넘자 들판이 이어지다가 다시 마을이 끊이지 않고 여염집이 즐비한 대로가 펼쳐졌다. 길의 폭도 수백 보로 넓고 길가에는 수양버들이 끝없이 늘어서 있었다.

우리를 실은 수레는 끝이 보이지 않는 들판을 달렸고, 구릉과 능선을 넘어서 하염없이 달렸다. 과연 요동 벌판이 넓기는 넓다는 생각이 들었다. 마침내 우리를 태운 수레 행렬은 심양으로 가는 길로 접어들었다.

심양 성곽 안은 엄청나게 번화했고 사람과 물건이 넘쳐났다. 저잣거리의 좌우에 들어찬 점포에는 이국적 풍물이 풍성했고, 변발을 한 벼슬아치들은 사치스런 의복을 입고 있었다. 나는 개경이 대단하다고 여기고 있었는데 심양에 비하면 아무것도 아니었다.

'아, 심양이 이 정도라면 연경은 얼마나 대단할 것인가?'

은근히 연경에 대한 기대를 품고 있는 나 자신을 발견하고 흠칫 놀랐다.

우리는 심양성 역참에서 하룻밤을 지내고 다시 종일 달렸다. 심양에서 산해관山海關까지의 일천이백 리는 놀라운 길이었다. 도무지 사방에 한 점의 구릉도 산도 없는 일자로 펼쳐진 하늘과 땅뿐이었다. 고려 땅의 산과 언덕, 계곡과 골짜기만 보아 왔던 우리는 이 광막한 평야에 그만 놀라고 말았다. 허허벌판이라는 이야기는 들었지만 이처럼 끝없이 펼쳐진 평평한 평야를 어떻게 상상이나 했으랴. 높은 곳도 없고 움푹 들어간 곳도 없이 그저 한없이 평평한 들판!

천하가 편안한가 위태로운가는 요동 들판에 달려 있다고 하더니 정말 이곳을 차지하는 나라가 천하를 얻겠구나.

나는 또다시 이 너르디너른 벌판을 끝없이 말달리던 옛 고구려인들을 떠올리지 않을 수 없었다. 말달리고 말달리며 이 들판을 지배했으리라. 그들이 삼국을 통일했더라면 지금 이처럼 우리가 공녀로 끌려가는 수모는 당하지 않았으리라. 날씨는 흐려서 음울한 하늘이 끝없는 평야 위로 펼쳐졌다.

만리장성의 동쪽 끝 산해관을 지나면서는 요동 벌판과는 전혀 다른 중국다운 경치가 펼쳐졌다. 사람의 숫자가 눈에 띄게 늘었고, 길을 따라서 마을이 끊이지 않고 계속 이어졌다. 대로를 끼고 있는 점포들은 색채가 화려하고 아주 성대했다. 그런 풍경은 연경에 다다를 때까지 이어졌다.

우리의 기나긴 여정은 이제 거의 끝나가고 있었다.

제3장

연경

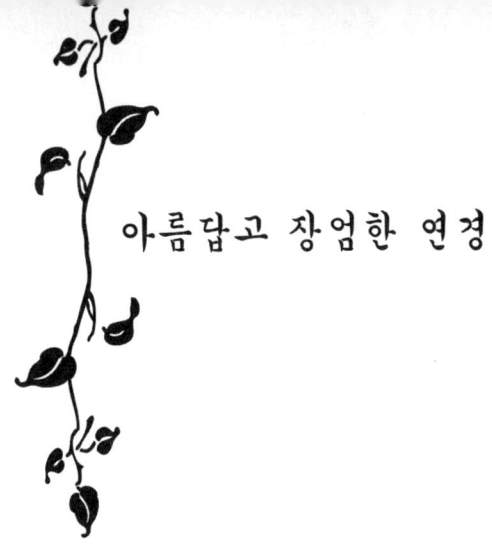

아름답고 장엄한 연경

 마침내 공녀들을 태운 수레는 천하의 중심이라는 연경燕京에 도착했다.
 대도성은 그 길이만 해도 삼십 리가 넘을 정도로 장엄하고 웅장했다. 수레가 대도성으로 들어서자 공기부터가 달라졌다. 길을 끼고 들어선 건물들은 고래 등 같은 기와집에 금빛과 푸른빛, 붉은빛으로 채색되어 휘황찬란했다. 상점과 사찰, 누각樓閣과 궁전 모두 웅장하고 훤칠하여 마치 신기루를 보는 것 같았다.
 휘영청 높은 3층 처마의 높은 누각의 창문은 금빛으로 빛났다. 누각 아래의 거리에는 수레가 맞부딪치고, 사람들이 서로 어깨를 비빌 정도로 뒤엉켜 북적였다.

두 달 내내 수레에 실려 오느라 파김치가 된 공녀들이었지만 어느새 자신의 신분을 잊고 휘장을 젖히고 바깥에 펼쳐진 이국적 풍경을 내다보느라고 정신이 없었다. 나 또한 사람들로 북적이는 거리를 보며 경탄을 금치 못했다.

길가와 광장의 상점마다 비단, 죽세공품, 유리, 약재, 향료, 금 불상, 쇠붙이 등 무엇에 쓰는 물건인지도 모를 각양각색의 보물과 재화가 가득했다. 지금껏 본 어느 장터보다도 화려하고 몇 배나 규모가 컸으며 없는 물건이 없었다. 상점에 앉아 있는 이들은 모두 모자나 의복이 화려하면서도 단정했다.

전 세계에서 몰려든 여러 인종의 사람들을 보는 것도 새롭고 신기했다. 서역에서 온 노랑머리 사람부터 아라비아에서 온 검은 사람, 머리에 수건을 두른 색목인, 토번에서 온 승려 등 사뭇 생김새가 다르고 옷차림이 다른 사람들이 한데 어울려서 북적거리고 있는 것이 무척이나 색다르고 놀라웠다.

"야, 저건 무슨 짐승이 괴물같이 생겼지?"

누군가 외쳤다. 그때는 아무도 설명하는 사람이 없어서 몰랐는데 나중에 알고 보니 그 짐승은 짐을 싣고 거리를 달리는 낙타였다.

눈앞에 펼쳐진 모든 광경이 연경에 당도했음을 실감 나게 했다. 아, 세상 모든 사람과 각종 진귀한 물건이 연경에 모여 있었다.

아름답고 장엄한 연경의 풍취에 넋을 빼고 있을 때였다. 느닷없이 말 한 필이 비호처럼 수레를 따라붙었다. 말을 탄 사내가 나를 향해 외쳤다.

"순이야, 오라비다!"

철이 오라버니였다. 귀신에 홀린 듯 그를 바라보았다.

"아니, 오라버니가 어떻게?"

순간 오라버니는 손바닥보다도 조그만 종이쪽지 하나를 내 손에 꼭 쥐어주며 말했다.

"보고 나서 씹어 먹어라! 그 사람이 너를 찾아갈 거야!"

그때 말을 탄 호위 군졸이 칼을 뽑아들고 달려왔다. 철이 오라버니는 재빨리 말을 돌려서 사람들 사이로 사라졌다. 호위 군졸은 기철 오라버니의 뒤를 쫓을지 잠시 생각하는 것 같더니 머리를 좌우로 흔들어 보이고 제자리로 돌아갔다.

"뭐니? 누구야?"

옆자리에 앉은 송희가 물었다. 뒷자리에 있던 효숙도 고개를 길게 뽑아 얼굴을 앞으로 들이밀고 말했다.

"뭐야? 연경에 오라비가 있는 거야? 뭘 받은 건데?"

효숙의 목소리가 무척이나 높고 앙칼졌다. 철이 오라버니가 어떻게 연경에 와 있는지 궁금한 것보다 효숙이 나를 구렁텅이에 빠트릴 수도 있다는 본능적인 자각에 이르렀다. 그녀는 자신의 인생을 걸고 많은 준비 끝에 이곳까지 온 여자가 아닌가. 문득 효숙이 두렵게 느껴졌다. 위기감이 몰아닥쳤다.

나는 손에 쥐어진 조그만 쪽지를 펼쳐보았다.

'박불화'

글자를 확인하자마자 종이를 입에 넣고 꿀꺽 삼켜 버렸다. 아무도 내가 무엇을 보고 무엇을 삼켰는지 제대로 보지 못했다.

"뭐야, 너? 뭘 먹은 건데?"

송희가 물었지만 그녀도 제대로 보지 못한 듯했다. 뒷자리의 효숙은 더더욱 그랬다.

"먹긴 뭘 먹었다고 그래?"

나는 아 하고 송희에게 입을 벌려 보여주었다.

"너, 참 수상하다. 강물에 빠져 죽은 복례가 불쌍하다고 간살을 떨더니 연경 바닥에 벌써 오라버니를 심어 놓았어?"

효숙이 뒷자리에서 이를 앙다물며 소리쳤다.

"오라비는 무슨. 지나가는 양아치 아닐까? 내 미모가 벌써 연경을 울리는 것 같은데……."

마차는 넓고 잘 닦인 길을 한참을 달려 마침내 황궁 앞에 당도했다.

'아, 여기가 천하를 다스리는 황제가 사는 궁이구나!'

황궁은 거리에서 보던 건물과는 다른 압도적인 위용을 자랑하고 있었다. 그것은 규모를 비교하거나 짐작할 수 없을 만큼 웅대한 하나의 성곽이었다. 궁성의 출입문 주변에는 갑옷을 입은 군사들이 겹겹이 에워싸고 있었다.

공녀들과 진상품의 물목에 대한 확인 절차를 위해 수레 행렬이 잠시 멈추어 서자, 많은 사람들이 우리를 호기심 어린 시선으로 바라보았다. 나는 그들 중에 철이 오라버니가 숨어 있으리란 것을 알았다.

그런데 철이 오라버니가 어떻게 연경에 올 수 있었을까? 그리고 박불화란 누구일까? 그 사람이 나를 찾아온다는 이야기일까? 그 사람은 어디에 있는 누구일까? 조금 전에 나에게 쪽지를 주고 간 사람이 과연 철이 오라버니이기는 한 것인가? 많은 의문들이 뭉게뭉게 피어났다.

나는 귀신에 홀린 듯한 기분이 들었다. 아무리 엉뚱한 일을 잘 벌이는 기철이기는 하지만 그가 어떻게 연경에 나타날 수 있단 말인가? 나는 갈피를 잡을 수가 없어 혼란스러웠다.

다음 순간 나는 멀리서 말 위에 앉아 이쪽을 바라보고 있는 두 사나이를 보았다. 철이 오라버니와 도담! 순간 나의 가슴은 마구 방망이질을 하면서 뛰었다. 나는 조금 전에 일어났던 일이 어떤 착각이나 헛된 망상이 아니라는 것을 알았다.

잠시 후 진상품을 실은 수레는 황궁으로 들어가고, 공녀들이 탄 수레는 황궁 옆에 붙어 있는 편궁扁宮으로 들어갔다. 우리를 태운 수레는 지붕 끝이 하늘을 찌를 듯 유난스레 뾰족한 건물 앞에서 멈추었다. 그곳은 궁녀들에게 궁중 예법과 언행을 가르치는 외훈원外訓園이라는 공녀들의 교습소였다.

"모두 내려라."

몽골어였다. 비로소 연경에, 대도성에 들어왔다는 실감이 났다. 우리는 널찍한 방으로 안내되었다. 외훈원에서는 각지에서 차출되어 온 공녀들을 심사해 가려 뽑고 거기서 뽑힌 처녀들에게 황실의 법도를 가르치고 각 궁의 궁녀로 배치하는 일을 맡고 있었다.

"너희들은 이제부터 황궁의 궁녀로서 생활할 수 있는지에 대한 검사를 받는다. 몽골어를 할 줄 아는 사람은 왼쪽으로 서거라."

카랑카랑한 목소리의 늙은 상궁이 우리말로 말했다. 정상궁은 고려 출신으로, 공녀들을 궁녀로 만드는 교육을 맡고 있었다. 내가 왼쪽으로 가 서자 다들 놀라운 눈길로 나를 쳐다보았다. 효숙은 아니꼽다는 눈길로 나를 째려보기까지 했다. 나는 몽골어 시험에 가볍게 통과했다.

"계집애, 앙큼하기는. 너 몽골어 할 줄 알면서 왜 못한다고 그랬는데?"

효숙이 다그치듯 물었지만 나는 빙그레 웃기만 하고 대답해주지 않았다.

공녀들은 시험 성적과 출신 성분, 미모에 따라 각기 다른 곳에 배치를 받았다. 나는 몽골어와 글을 읽고 쓸 줄 아는 덕분에 7명의 귀족 출신 처녀들 속에 끼게 되었다. 나머지 공녀들은 다시 수레를 타고 어딘가로 떠났다.

효숙의 말에 의하면 우리 7명은 황궁의 궁녀로 들어가고, 나머지 공녀들은 고관이나 지방 황족들의 처첩으로 보내질 것이라고 했다. 그녀는 계속해서 주절거렸다.

"궁녀가 된다고 해서 우리 팔자가 피는 것은 아니야. 원나라 황실에는 수천 명의 궁녀들이 있어. 거기서 황제의 눈에 띄기는 하늘의 별 따기처럼 힘들 거야. 오히려 중앙의 고관이나 지방의 황족들에게 보내지는 게 더 나을지도 몰라."

그날 밤 나는 잠을 이룰 수 없었다.

나는 정말 황궁에 들어가게 될 것인가? 박불화란 사람은 누구인가? 철이 오라버니는 어떻게 그 사람을 안 것인가? 만일 박불화란 자가 나를 찾아온다면 그는 분명 궁 안에 있는 사람일 텐데…… 그를 만나면 그다음에 나는 어떻게 되는 것인가? 분명한 것은 철이 오라버니가 나를 도우려고 연경에 나타났고, 박불화란 자를 곧 만나리라는 것이다!

연경에 나를 도울 사람이 있다는 확신이 들자 나의 각오와 태도는 더욱 굳세고 새로워졌다. 황제를 만나는 것이 하늘의 별 따기라고? 황궁까지 들어왔는데 궁녀로 늙어 죽을 수는 없다! 나는 효숙에게 한 방 먹이고 싶은 기분에 취해서 잠이 들었다.

다음 날, 황궁에서 황제를 모시는 휘정원徽政院 원사院使의 행차가 있었다. 휘정원은 황태후가 관할하는 황궁의 안살림을 다루는 곳으로 궁녀를 비롯한 그에 속하는 관원만 해도 삼백 명이 넘는 방대한 조직이었다. 원사는 늙수그레한 사내였는데 수염이 없는 것이 거세를 한 환관宦官이었다. 그 옆에는 젊은 환관 두 사람이 따랐다.

"황궁에서 나오신 휘정원 원사 고용보高龍普 대감이시다."

고용보는 호리호리하고 키는 자그마했으나 눈매가 매우

날카로워 보였다. 그는 먹이를 감별하는 새의 눈으로 처녀들을 훑어보았다. 원사의 옆에 서 있는 젊은 환관은 공녀들의 기록을 들여다보면서 무엇인가 적어나가고 있었다.

젊은 환관은 처음부터 나를 눈여겨보는 듯하더니, 내 차례가 되었을 때 물었다.

"네 고향이 행주냐?"

"네."

"기철이가 네 오라비냐?"

"네, 그렇습니다. 어떻게 제 오라버니를 아시는지요?"

그는 대답하지 않고 내처 물었다.

"네가 비파를 잘 뜯는다고?"

"네, 조금……."

그는 고개를 끄덕였다. 순간 나는 깨달았다. '박불화!' 그 순간 나의 심장은 멎는 듯했다. 과연 철이 오라버니의 말대로 나를 찾는 사람이 나타난 것이다. 박불화, 그는 황궁의 환관이자 휘정원의 태감太監이었다.

'이 사람이 나를 황궁의 궁녀로 만들어서 황제를 만나게 해줄 사람이구나!'

나는 그때부터 내가 무엇을 해야 할지에 대해 명확하게 알게 되었다.

오, 박불화

"이야, 정말 대단하다! 세상천지의 모든 나라 사람, 모든 물건이 다 모여 있는 곳 같군!"

기철과 도담은 연경의 대도大都다운 면모에 탄성을 내질렀다. 풍랑이 심해 뱃멀미로 고생을 하기는 했지만 말을 타고 왔으면 두 달이 넘게 걸리는 길을 배를 이용하니 25일 만에 도착했다. 그들은 마치 축지법이라도 써서 연경으로 날아온 듯한 기분에 사로잡혔다.

배가 닻을 내린 항구는 예정대로 산둥반도 남쪽 청도였다. 배에서 말과 함께 내린 두 사람은 연경을 향해 말을 달렸다. 그들은 닷새를 달려서 연경에 도착했다.

기철과 도담의 눈에는 연경이 마치 별천지처럼 보였다. 정말 연경은 눈이 부시도록 아름답고 찬란하고 화려했다. 과연 천하의 중심다웠다. 두 사람은 여기저기 말을 타고 쏘다니면서 정신없이 대도를 구경했다.

대도성은 궁성과 대성으로 나뉘는데, 궁성은 대녕궁大寧宮과 그 주위의 호수를 둘러싸고 있는 성벽이 연이어 늘어서 있었다. 대성은 일반 백성이 사는 삶의 터전으로 성곽이 끝간 데 없이 넓었고 고래 등 같은 기와집이 궁궐과 연하여 즐비했다.

성안에는 가는 곳마다 행인이 북적거렸고 황제가 기거하는 곳답게 여러 작은 나라와 각 부족에서 파견한 조공 사신들이 무수히 눈에 띄었다. 노랑머리에 파란 눈을 지닌 사람들은 정말 신기해 보였다.

더욱 이채롭고 놀라운 것은 거리거리마다 하늘을 찌를 듯 높이 솟아 있는 궁륭형穹隆形 첨탑이었다. 그것은 티베트에서 전래한 불교인 라마교 사원이었다. 몽골인들이 종교로 라마교를 받아들인 시기는 13세기 후기부터였다. 쿠빌라이 칸은 라마교를 몽골 제국의 통치 이념으로 삼고 무수한 사원을 건립했던 것이다.

곳곳의 광장에는 저잣거리가 끝이 보이지 않을 정도로 펼쳐져 있고 온갖 야채와 과일, 짐승의 고기가 산처럼 쌓여 있었다. 언제 물건을 다 팔지 걱정하기가 무색하게 몇 시간 후에 보면 모두 팔려 나갔다. 연경에는 그만큼 인구가 많고 사람들이 부유해서 고급스럽게 잘 먹고 잘사는 까닭이었다.

"우리 같은 촌놈은 개경만 해도 대단하다고 여기는데 여기야말로 천하제일의 도시가 맞아!"

기철과 도담이 연경에서 또 한 번 눈이 휘둥그레지는 것은 수로水路였다. 강과 강을 잇고 호수와 호수를 잇는 넓고 깊은 아주 큰 운하들! 운하와 주요 도로 위에 세워진 다리들의 아치는 얼마나 높고 아름다운가! 그 아치 아래로는 상당히 큰 배들이 지나다닌다. 또 수로 옆을 따라 둑길이 만들어져 있어서 사람들은 수로와 육로를 모두 이용하고 있었다.

"왜 대국大國이라 하고 상국上國이라 하는지 이제야 알겠다. 이곳은 사는 것 자체가 우리와 차원이 달라! 그렇지 않니?"

기철이 채근하듯 도담에게 물었다.

"그렇군요, 형님. 하지만 지금 구경 다니면서 탄성이나 내지를 때가 아닙니다. 어서 박불화를 만나야지요."

"아직 시간 많은데 뭘. 이야, 뱃길로 오니까 이렇게 시간이 절약되다니! 참 세상은 요지경 속이라니까!"

"그렇긴 하지만 어떻게 박불화를 만나느냐가 문제잖아요?

그 사람을 만나는 건 쉬운 문제가 아니라고요."

"알았다. 우선 고려인이 많이 모여 산다는 고려장高麗莊부터 찾아보자."

고려를 떠나기 전, 박도학은 소개장을 써주면서 고려장에 가서 황궁과 거래를 하는 상점을 찾아 다리를 놓아달라고 하는 것이 박불화를 만나는 가장 빠를 길일 것이라고 일러주었다. 연경에는 옛날 신라 시대의 신라방처럼 고려 사람들이 모여 사는 고려장이 있다는 것이었다.

과연 고려장은 있었다. 연경으로 통하는 동북쪽 조운지漕運地인 통주 관내의 완평현이 그곳이었다. 고려장에는 원나라와 고려 사이의 국제무역에 종사하는 고려인이 많았다.

기철과 도담은 박주혁의 아버지가 거래를 하고 있다는 상점인 고려관을 찾았다. 고려장 초입의 사거리에 위치한 청기와 지붕의 아담한 곳이었다. 바깥 점포에서는 온갖 물품을 쌓아놓고 팔고, 안에서는 음식과 술을 팔고 있었다. 구수한 음식 냄새가 지나가는 사람들의 발걸음을 붙잡았다.

"잘됐다. 출출한데 여기서 요기를 하면서 주인을 찾아 알아보면 되겠다."

"그러면 되겠군요. 연경에 우리 고려 사람들이 이렇게 많이 와서 살고 있는 줄은 꿈에도 몰랐습니다."

"그러게 말이다. 이런 줄 알았다면 진작 연경에 와서 살길을 찾아볼 것을 그랬어."

두 사람은 고려관 안으로 들어섰다. 기철은 식사와 술을 시키면서 주문받는 점원에게 고려에서 왔으니 주인을 불러 달라고 부탁했다. 주인은 이내 그들 앞으로 왔다.

"고려에서 오신 분들이라고요?"

주인이 허리를 굽실거리면서 물었다.

"그렇소. 개경의 예성상점과 거래를 한다고 들었소만."

"그렇습니다. 그런데……?"

"나는 예성상점 박가충 점주의 조카요."

"아, 반갑습니다. 그렇지 않아도 배가 들어올 때가 되어서 궁금했는데."

"우리가 그 배를 타고 왔소. 물품은 며칠 내에 올 거요."

"그러셨군요. 그런데 연경에는 무슨 볼일이라도……?"

"내 삼촌이신 박 점주께서 심부름을 보내셨소. 박불화 태감을 한번 만나보라고 하셨소."

"예? 박 태감을 만나신다고요?"

주인의 눈이 화등잔처럼 커졌다. 기철은 그럴 줄 알았다는 듯이 거만하게 손을 내저으면서 말했다.

"우리 상점이 황궁과 무슨 거래를 직접 하겠다는 것이 아니니 오해는 마시오. 내가 박불화 태감을 만나려고 하는 것은 이번에 뽑혀온 공녀 중에 귀족 가문의 여식이 있는데 그 여식을 좀 부탁하려고 그러는 것이오. 주인장께서 박 태감을 만날 수 있도록 다리 좀 놓아주시면 좋겠소."

그러나 주인은 의심이 많은 사람처럼 기철과 도담을 아래위로 훑어보더니 떨떠름하게 내뱉었다.

"태감 영감은 쉬이 황궁을 나서는 분이 아닙니다."

"아니면 우리가 황궁으로 찾아가 뵐 수도 있소."

"그것은 더욱 어려운 일이지요. 귀족 여식의 일이라면 그 가문에서 나설 일이지 예성상점에서 나설 일이 아니지요."

주인은 무 자르듯 선을 긋고 나섰다. 자신과 상관없는 일에 끼어들고 싶지 않다는 눈치였다. 기철은 아차 싶었다. 박주혁의 아버지의 편지라도 가져올걸 하는 아쉬움이 느껴졌다. 기철은 비장의 카드를 꺼낼 수밖에 없었다.

"우리는 박불화 영감 형님의 소개장도 가지고 왔소."

기철은 품에서 박도학의 소개장을 꺼내 주인에게 보여주었다. 소개장을 본 주인은 그제야 납득이 되는지 표정이 조금 누그러지는 듯했다.

"사안이 급해서 배를 타고 온 것이오. 공녀들은 육로로 오고 있으니 한 달 뒤에 연경에 도착할 것이오. 그전에 박불화

영감을 만날 수 있도록 주선 좀 해주시오. 예성상점 박 점주께서는 요즘 황궁에서 찾는 진기한 물목들을 많이 준비하고 있으니 주인장께 충분한 보답을 할 것이오. 다음번에는 요번에 실린 것보다 세 배는 더 인삼을 실을 수 있을 것이라 전해 달라고 하셨소."

인삼 이야기는 물론 기철이 즉흥적으로 지어낸 말이었지만 주인의 두 눈은 그 대목에서 매우 반짝거렸다. 그러자 기철은 신이 들린 듯 계속 주워섬겼다.

"또 점주께서는 황실에서 원하는 물목을 다시 작성해 주면 좋겠다고 하셨소. 원나라에서 귀하게 치는 수달피, 생강, 약재, 건해삼, 마른 전복, 곶감, 한지는 질이 좋은 백추지, 족제비의 꼬리털로 맨 황모필, 자석벼루, 향이 그윽한 참먹, 분원에서 만든 연적 등 이곳 고관들이 탐낼 고려의 문방사우도 준비한다 하셨소."

그쯤 되자 주인은 완전히 먹이 앞에서 침을 질질 흘리는 강아지가 되었다. 기철은 자기의 수단이 그럴듯하지 않느냐는 듯 도담의 옆구리를 찔러대며 주인의 대답을 기다렸다.

"알겠습니다. 그런데 기일이 좀 걸릴 겁니다. 우리가 황궁으로 통지하는 것이 아니라 황궁에서 통지가 와야 연락이 되는 거니까요."

아, 이건 또 무슨 생뚱맞은 소리인가! 기철은 다시 머리에서 쥐가 나는 듯 어지러웠다.

"얼마나 기일이 걸리는 거요?"

"대중없습니다. 일이 있으면 닷새마다 통지가 오기도 하고 어떨 때는 보름, 스무 날?"

그때 기철의 머리에서 불빛이 반짝 켜졌다.

"요번에 들어온 물품이 도착하면 곧바로 황궁으로 전달하는 것 아니오?"

"오호, 그렇군요. 그때라면 통지가 가능할 겁니다. 그런데 어느 가문의 여식을 부탁하시려는 겁니까?"

"박불화 태감께 박도학 형님의 소개장을 가져왔다고 하면 알아듣고 만나 주실 거외다."

"알겠습니다."

"주인장께서 힘을 쓰셔서 하루빨리 박 태감을 꼭 만나게 해주시오. 공녀들을 태운 마차가 도착하기 전에 말이외다. 그 가문의 여식을 황상의 여자로 만들어야 하는 일이니."

"뭐라고요? 황상의 여자? 오, 정말 그렇습니까?"

주인은 눈이 반짝이며 온몸을 부들부들 떨기까지 했다.

"그렇소. 오죽하면 태감 영감의 형님이 소개장까지 써주었겠소. 필적과 문장을 보면 알겠지만 그분은 고려에서 손꼽

히는 유학자이시오. 좌우지간 이 일만 잘 성사되면 우리 예성상점은 최고의 상단을 꾸리게 될 것이고 그럼 주인장도 덕을 많이 볼 테지. 내 개인적으로도 큰 보답을 하리다."

주인은 기철의 너스레에 완전히 넘어가서 넙죽넙죽 절까지 해댔다. 고려관은 숙박업도 겸하고 있었는데 주인은 기철과 도담에게 객실을 공짜로 내주고, 숙식을 할 수 있도록 배려했다.

"역시 형님은 대단한 면이 있어요. 어찌 그렇게 눈도 깜빡하지 않고 술술 허풍을 늘어놓을 수 있지요?"

도담은 기철의 허풍에 혀를 내둘렀다.

"뭘, 이 정도 갖고 그러냐? 앞으로 이 세 치 혀로 원나라 조정을 들었다 놨다 할 터인데."

기철은 어깨를 으스대며 호탕하게 웃었다. 사실 그의 행동과 너스레는 허풍쟁이 망나니 같은 면이 다소 있었지만 그것이 기철의 단점이자 최고의 장점이 될 때가 있었다.

닷새가 지나자 배에 실렸던 물품들이 고려관에 도착했다. 그 물건들은 물목별로 선별되어서 여러 거래처에 보내졌는데 황궁으로 들어가는 물건도 꽤 많았다. 고려관 주인은 물건을 인수하러 나온 관리에게 기철의 이야기를 전했다.

그런데 문제가 생겼다. 닷새가 지나고 열흘이 지나도 황궁에서 아무런 소식이 없는 것이었다.

"공녀들이 탄 수레가 먼저 도착할 판이야. 이를 어쩐다."

기철은 점점 초조해져서 안절부절못했다.

"주인장, 내 말을 제대로 전한 거요?"

"그럼요. 말씀하신 그대로 전했습니다. 그런데 태감 영감의 형님은 어떤 분이신가요?"

"왜 그러오? 내가 무슨 가짜 형님 소개장이라도 가져온 줄 아시오?"

"그건 아니지만 이렇게 소식이 없는 것을 보면 그 형님이란 분이 태감 영감에게 살가운 분은 아닌 듯해서……."

그 말을 들은 기철은 얼굴이 붉으락푸르락해서 화를 냈지만 별다른 방도가 없어서 죽을 맛이었다.

그로부터 사흘 후, 주인이 희색이 가득한 얼굴로 기철을 찾았다.

"드디어 연락이 왔습니다. 태감 영감이 오늘 저녁에 우리 상점에 납신다고 합니다."

야호! 기철은 날아오를 듯이 기뻐서 소리쳤다.

"그런데 형님, 괜찮을까요?"

주인이 간 후, 도담이 조금 걱정스런 얼굴로 물었다.

"뭐가?"

"순이 누이를 귀족의 여식이라고 할 수는 없잖습니까?"

기철이 버럭 화를 냈다.

"야, 우리 가문이 뭐가 어때서? 우리 기씨 가문은 대대로 벼슬아치를 배출한 뼈대 있는 집안이야. 고조부 기윤숙께서는 상장군과 중서문하성의 관직을 두루 지내다가 벼슬이 문하시랑평장사에 이르렀고, 증조부 기홍영께서는 좌우위보승낭장을 지내셨고, 기홍수께서는 문하시랑을 역임하셨고, 기온 어른께서는 고려 국왕 고종마마의 부마를 지내셨다. 그런데 뭐가 모자라서……."

한참 주절거리던 기철은 잠시 말을 멈추더니 차분하게 씹어뱉듯 말했다.

"까짓 상관없어. 우리는 진짜 소개장을 갖고 있으니까. 그리고 아무리 까다로운 사람도 우리 순이를 보는 순간 황궁으로 가야 될 아이라고 느끼게 될 거야, 분명히."

이는 훗날 무모한 행동을 많이 해서 고려 조정은 물론 누이인 기황후의 속을 썩인 기철의 낙천적이고 돈키호테다운 성격의 단면이 고스란히 들여다보이는 사례라고 할 수 있다.

그날 저녁, 박불화는 평민의 복장을 하고 고려관에 모습을 나타냈다. 주인은 고려관의 별실에 자리 잡고 앉아 있는 그를 기철에게 소개했다. 박불화는 스스로 거세를 할 만큼 강한 성격의 소유자답게 단단하고 야무진 체격과 강렬한 눈빛을 지닌 사람이었다. 거만한 기색을 보이지는 않았으나 범접하기 어려운 위엄이 서려 있었다. 나이는 많지 않아서 기철과 동년배 정도로 보였다.

수인사가 끝나자 박불화는 한 손을 탁자 위로 내밀었다. 가지고 온 물건을 내놓으라는 뜻 같았다. 기철이 얼른 품에서 박도학의 소개장을 꺼내 건네주었다. 박불화는 찬찬히 소개장을 읽더니 고개를 들었다.

"우리 형님과는 어떤 사이시오?"

사무적이고 딱딱한 어투였다.

"같은 향교에서 동문수학했습니다."

"그럼 고향이 행주시겠군."

"예, 그렇습니다."

"그런데 이런 편지로 무엇을 하자는 겁니까? 우리 형님도 그렇지. 이따위 편지를 쓰시다니!"

박불화는 무척 화가 난다는 투로 이야기했으나 그에 반해 표정은 고요해서 기철은 어리둥절해지고 말았다.

"내가 고려 조정의 고관대작을 두루 꿰고 있는데 3대를 거슬러 올라가도 기씨 성을 가진 대감은 있지 않소."

이쯤 되자 기철은 그의 앞에 넙죽 엎드려 용서를 빌어야 하는 것이 아닌지 잠시 생각이 스쳐지나갔다.

 "하지만 고조부 기윤숙께서는 벼슬이……."

 기철이 변명 삼아 입을 떼자마자 박불화가 물었다.

 "예성상점 박 점주와는 어떤 사이요?"

 "저는 박 점주님 아들 박주혁 군과 같은 해에 감시에 합격한 인연으로……."

 박불화가 매서운 눈으로 기철을 쏘아보며 말했다.

 "그렇다면 예성상점과도 아무 상관이 없다는 것 아니오?"

 박불화의 목소리는 낮게 가라앉아 있었다. 그 저음 때문에 기철은 그가 더욱 무섭게 느껴졌다.

 "말하자면 그러한데……."

 기어들어가는 목소리로 대답하던 기철의 눈동자가 갑자기 섬광에 비친 듯 반짝 빛났다.

 "대감, 혹시 기미년 국자감시에 응시하지 않으셨습니까?"

 옆자리에 앉아서 조마조마하게 두 사람을 지켜보던 도담과 고려관 주인의 눈이 박불화에게 모였다. 그러나 박불화는 자리를 뜨려는지 옷자락을 뒤로 젖히며 일어났다. 고려관 주인이 황급히 그의 소매를 붙잡았다.

 "태감 어른, 아직 음식이 나오지도 않았습니다. 불쾌하시더라도 식사는 하고 가셔야지요. 약주도 한잔 걸치시고."

그때 기철이 소리쳤다.

"대감, 응방사鷹坊使로 있는 조지겸을 모르십니까?"

응방사란 충렬왕 때 원나라가 요구한 사냥매(송골매)의 조달과 고려 국왕들의 매 사냥에 필요한 매를 사육·공급하기 위해 설치된 응방도감鷹坊都監의 최고 관료로 종3품에 속하는 고위직이었다.

박불화가 기철을 주시하며 물었다.

"그자는 어찌 아는가?"

"조지겸과 소인은 그해에 감시에 같이 합격한 동기이지요. 아마 대감께서도 그러신 것 같습니다만. 조지겸 대감과 절친한 친구이시지요?"

"그것을 당신이 어떻게 아는 것인가?"

박불화의 목소리는 다소 풀어져 있었다.

"그때 감시에 합격하고 주당 몇몇이 시전 기방妓房에서 거하게 마셨던 기억이 안 나십니까? 저도 그때 같이 있었지요. 예성상점 아들인 박주혁도 같이요."

박불화의 얼굴에 희미하게 미소가 번지기 시작했다.

"그럼 그때 그 주태백이가 당신이란 말인가?"

"예, 그렇습지요."

기철은 그날 술자리에서 대취하여 기생의 치맛자락을 들추고 야단법석을 떠는 통에 기방의 기녀들이 모두 이 방 저 방으로 달아나서 술자리가 숨바꼭질 놀이가 되고 말았었다. 박불화는 그때의 일을 잊지 않고 있었던 것이다.

일이 그쯤 되자 자리를 박차고 나가려던 박불화는 다시 엉덩이를 붙이고 앉을 수밖에 없었다. 주인이 분주하게 움직인 탓에 이내 요리가 나오고 술도 나오고 좌석은 전혀 엉뚱한 방향으로 화기애애하게 흘러가기 시작했다.

"그런데 내가 조지겸과 친하다는 건 어떻게 안 것인가?"

"그날 술자리에서 두 분이 같은 학동學童이라면서 곁에 앉아 아주 다정하게 주거니 받거니 술을 드시지 않았습니까?"

"기억력이 좋군. 조지겸을 본 지도 5년이 넘었군."

박불화는 옛일을 회상하는지 단숨에 술잔을 비웠다.

"박주혁과 저는 조 대감을 가끔 보고 있습니다."

"무슨 일로?"

"같이 매 사냥을 다니며 만나고 있습니다."

"그런데 자네는 예부시는 통과하지 못한 모양이로군."

"예, 그렇습니다. 그런데도 저희 같은 한량들을 내치지 않으니 조 대감이 대인이시죠."

박불화가 껄껄 소리 내어 웃으며 말했다.

"그거야 예성상점의 재력이 뒷받침해서가 아닌가? 자네가 이곳에 올 수 있었던 것도 박주혁 덕이겠지."

폐부를 찌르는 한마디에 기철은 다시금 간담이 서늘해졌다. 박불화가 물었다.

"기순이란 처자는 자네의 누이인가?"

"예, 그렇습니다. 눈에 넣어도 아프지 않은 누이입니다."

"어허, 허풍이 여전하구먼. 누이는 몽골어를 하는가?"

"조금 합니다. 시문도 할 줄 알고, 거문고와 비파 솜씨는 명인에 가깝습니다. 무엇보다 미모가 훌륭하기 그지없습니다. 대감께서도 한번 보시면⋯⋯."

기철은 술 몇 잔에 취기가 오르는지 주절주절 사설이 길어지기 시작했다. 박불화는 기철을 제지하며 말했다.

"알겠네. 누이를 생각하는 오라비의 두터운 정을 생각해서라도 내가 잘 챙겨보도록 하지. 그럼 오늘 자네의 소임은 다한 것 아닌가?"

"아이고, 고맙습니다. 대감 백골난망이올시다."

박불화는 말술이었다. 그는 황궁 안에서는 일절 술을 입에 대지 않았지만 궁 안의 억눌린 분위기에서 벗어나니 오늘은 맘껏 취하고 싶은 심정이었다. 박불화는 사촌 형 박도학의 편지를 들고 나타난 자가 있다는 것이 기분 나쁘고 수상

쩍어 혼쭐을 내주려고 벼르던 참이었는데 막상 기철을 만나 보니 의외로 단순하고 재미있는 구석이 있어 오늘 하루는 술이나 마시며 황궁에서 찌든 때를 씻어 내리라 작정했다.

기철은 술이 몇 순배 돌자 나름 조심을 한다고 하면서도 차츰 언사가 도도해지고 거침없이 아무 말이나 튀어나왔다.

"대감, 같은 행주 사람인데 이 기철이가 대감을 알지 못하고 있었다는 게 정말 이상한 일 아닙니까?"

"도학 형님께서 말하지 않던가? 어려서 고향을 떴다고."

"몇 살에 떠나신 겁니까?"

"일곱 살 때였지. 아마……."

"그때 도학 형님네처럼 행주골에 사셨습니까?"

"그렇지."

"그럼 어려서 이름은 지금 대감의 이름이 아니지요?"

박불화는 빙긋이 웃으면서 말했다.

"그래. 나는 석필이라고 불렸지. 아마……."

기철이 벽력같이 고함을 치며 맞장구를 쳤다.

"맞아, 석필이! 이제 기억나네. 바위에 그림 그리고 글씨 쓰고 다니던…… 석필이……."

갑자기 꼬리 내린 개처럼 기철의 목소리가 잦아들었다. 박불화가 또렷한 눈으로 기철을 보고 있었던 것이다.

"그럼 너는 개똥이도 알겠구나."

박불화가 차분한 목소리로 물었다.

"물론 알고 있지요. 개가 불알을 물어뜯어서 고자가 된 그 개똥이를 모를 리가 있나요."

기철은 '고자'라는 말을 서슴없이 입에 담았지만 옆에 앉은 도담은 찔끔해서 기철의 옆구리를 찔렀다. 그러나 박불화는 개의치 않고 그 말을 받았다.

"그래. 개똥이는 그렇게 고자가 되었지."

시골에서는 아기가 똥을 싸면 개를 불러다 핥아 먹게 했는데 개가 고추와 불알에 묻은 똥을 핥다가 실수로 불알을 물어뜯어 고자가 되기도 했다. 개똥이가 그런 경우였다.

"개똥이 소식을 아느냐?"

박불화가 장난스럽게 맑은 눈을 깜박거리며 물었다.

"지금은 모르지요. 그러고 보니 그 아이도 일찍 마을을 떠났던 것 같습니다."

"그래. 그 아이의 부모가 우리 집 종이라 우리를 계속 따라다녔지. 개똥이는 지금 황궁에서 내가 데리고 있다."

"아, 그러셨군요."

그렇게 술자리는 무르익었고, 그들은 밤새 이야기꽃을 피웠다. 그날의 술자리는 새벽녘까지 이어졌다.

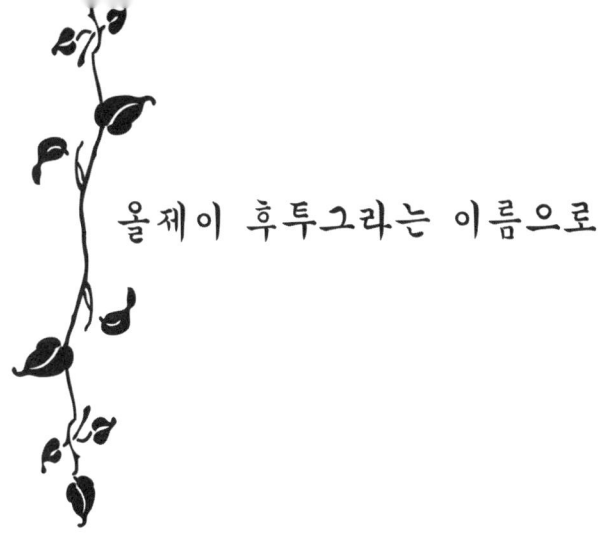

올제이 후투그라는 이름으로

 과연 철이 오라버니의 말대로 나를 찾는 사람이 나타났다. 황궁 휘정원의 태감 박티무르부카!
 과거시험에서 번번이 낙방하고 기방을 출입하며 엉뚱한 일만 벌이고 다니던 철이 오라버니가 무슨 수로 황궁 휘정원의 태감을 휘어잡은 것인가? 궁금하고 또 궁금한 일이었지만 아무래도 좋았다. 어쨌거나 나에게 박 태감이 나타난 것은 기적 같은 일이었다. 그는 고려인이지만 매일같이 황제를 만나는 사람이었다. 그런 사람이 내 뒤를 봐준다는 것이 얼마나 기분 좋은 일인가!

박불화는 궁녀의 기본이 되는 교육이 거의 끝나갈 무렵 다시 외훈원을 찾아왔다. 그의 출현은 공녀들을 잔뜩 긴장시켰고 술렁이게 만들었다.

박불화는 나를 별실로 불러 독대를 했다. 그는 매섭고 강렬한 눈매를 가져 처음 볼 때는 무척 무섭게 여겨졌지만 그날따라 나를 바라보는 태감 박불화의 눈에는 정감이 넘쳐흘렀다.

"올제이 후투그, 훈련이 많이 힘들었지?"

그가 몽골어로 물었다. '올제이 후투그完者忽都'는 내게 새롭게 주어진 몽골 이름이었다. 몽골어로 황후皇指를 상징하는 이름이라 했다. 이름 덕분인지 그 후로 나는 '올제이 후투그'라는 이름에 값하는 삶을 살게 되었다.

"생각보다 힘들지 않았습니다."

나도 몽골어로 대답했다.

"몽골어가 유창하구나. 어디서 배웠느냐?"

"오라버니들이 글공부하는 것을 보며 어깨너머로 배웠습니다."

박불화는 매우 흡족한 표정으로 웃으며 말했다.

"영특하구나. 네 오라비 기철이 연경에 머물고 있다는 것을 알고 있느냐?"

나는 거기에 무어라 대답할 바를 몰라서 박불화의 눈을 가만히 응시하고만 있었다. 그가 빙긋이 웃으며 말했다.

"며칠 전 네 오라비 기철을 만났다. 그래서 너를 눈여겨보게 되었지. 네 오라비는 좀 철딱서니가 없어 보여서 걱정을 했는데 너를 보니까 안심이 된다. 외훈원에서의 성적도 좋더구나. 몽골어, 언행과 예법이 궁녀로서 적합하다고 판정이 됐다."

"그럼 제가 황궁으로 들어가게 되나요?"

너무도 기뻐서 나도 모르게 소리쳐 물었다. 박불화는 고개를 끄덕였다.

"네 고향이 행주라지?"

"예."

"나도 고향이 행주란다."

"정말이요?"

그 말을 들었을 때의 반가움이란 이루 형언할 수 없는 것이었다. 마치 망망대해에 빠진 사람에게 구조선이 나타난 것만 같은 그런 반가움이었다. 나는 눈물이 찔끔 나려는 것을 겨우 참았다. 그러면서 마음 한편으로는 나이가 엇비슷한 철이 오라버니와 박불화가 진작 아는 사이였을지도 모른다는 추측을 하고 있었다.

박불화는 마치 큰 오라버니처럼 빙긋 웃으며 말했다.

"오늘 내가 온 것은 올제이 후투그의 비파 연주를 들어보고 싶어서다. 기철이 네 비파 솜씨를 무척 자랑하기에 반신반의했는데 성적이 꽤 좋더구나. 황상께서 비파를 무척 좋아하신단다."

그 말을 듣는 순간 내 가슴은 세차게 쿵덕거렸다. 다른 소리는 도무지 들리지 않았다. 마침 정 상궁이 직접 비파를 들고 들어왔다. 정 상궁은 외훈원에서 궁녀로서의 몸가짐, 옷입는 법, 화장법 등 궁중 생활에 필요한 황실의 예법을 가르치고 있었다.

"저, 원나라 음악은 제대로 아는 것이 없는데 고려 곡을 연주해도 될까요?"

나는 겨우 정신을 차리고 박불화에게 물었다.

"좋도록 해라."

나는 고조선의 옛 미인 여옥麗玉이 지었다는 '공무도하가'를 켰다.

임 가시지 말래도
임자 그에 가셨구려

강을 타고 왜 갔소
빠져서 죽을 것을
이를 장차 어찌하오
나 홀로 살라오

공무도하가는 고조선에서 고려까지 전해온 것으로 고려의 정취를 듬뿍 담고 있는 3,000년 이상 된 우리의 노래였다.

비파를 켜다 보니 머나먼 고향, 아득히 달빛 아래 고려의 정취가 아득하게 풍기는 것이 고국산천이 어슴푸레 눈에 보이는 듯했다. 나는 스스로의 애잔한 가락에 심취해서 그만 눈물이 주르르 흐르고 말았다.

그런데 이상한 일은 거만하기만 할 것 같은 박불화도, 무뚝뚝하고 무섭기만 했던 정 상궁도 처량하고 구슬픈 표정으로 음악을 듣고 있는 것이었다. 그들도 고려 사람이라서 음악을 듣는 동안 떠나온 고국에 대한 애틋한 향수가 물밀어 들어옴을 어쩌지 못하는 모양이었다.

"훌륭한 솜씨다. 시문詩文도 할 줄 아느냐?"

박불화는 오라비처럼 다정히 물었다.

"사서四書와 시경詩經을 읽어서 조금은 할 줄 압니다."

"그래, 됐구나. 너의 미색에 그 정도의 실력이라면 기대를 걸어볼 만하겠어."

박불화는 거의 혼잣말처럼 중얼거렸다. 그가 기대를 걸어본다는 것이 정확히 무슨 뜻인지는 잘 알 수 없었지만 결코 해가 되는 일은 아니며 미래의 어느 시점에 나에게 좋은 일이 생길 수도 있다는 것처럼 느껴졌다. 하지만 그것이 황제와 연관된 어떤 미래의 일이라고는 당시에는 짐작도 하지 못했다.

철이 오라버니는 어찌 원나라 황궁에 동향 사람인 박불화가 있다는 것을 알았고, 그와 연을 맺고 나를 부탁한 것인가. 그런 것은 아무래도 좋았다. 나에게는 하늘이 내려준 향도嚮導가 생긴 셈이니.

박 태감이 떠난 후 정 상궁이 말했다.

"너는 이제부터 몸단장을 잘하는 법을 배워야 한다. 궁중의 궁녀는 자신의 모습을 잘 가꾸어야 해. 제 몸 하나 잘 가꾸지 못해서 황상의 눈에 들지 못하면 평생 나 같은 궁녀로 늙을 수밖에 없어. 너는 미색이 뛰어나니까 조금만 신경을 쓰면 황상의 환심을 살 수도 있을 것이다. 그렇게 되면 단 하루 만에 후궁이 될 수 있어. 네 인생이 확 달라지는 것이지."

정 상궁은 나에게 몸단장하는 법을 가르쳐 주었다. 국화를 넣어 데운 향긋한 물에 목욕을 하고, 정성을 들여 화장을 했다. 두 볼에 연지를 바르고 버드나무 잎같이 가늘고 아름다운 눈썹을 그렸다. 정 상궁은 나의 머리카락을 참빗으로 곱게 빗기고는 자줏빛 댕기를 감고 고를 지어 넘겨주었다. 옷매무새까지 공을 들이자 내가 보아도 나는 전혀 다른 사람처럼 보였다. 같이 훈련을 받던 처녀들마저 탄성을 내지를 정도였다.

"왜, 순이 저년만 몸단장을 요란스럽게 해주는 건데?"

시샘이 난 효숙이 사나운 눈길로 나를 바라보며 씹어뱉듯 말했다. 그녀는 낮부터 잔뜩 심술이 나 있었다. 느닷없이 박 태감이 나타나서 나를 독대하고 비파 연주까지 듣고 돌아간 것이 배가 아픈 모양이었다.

그녀는 외훈원에서 자신이 가장 교양이 뛰어나고 미색이 최고라고 생각하고 있었는데 갑작스레 내가 주목받는 것이 견딜 수 없는 수모라고 여기는 듯했다. 하지만 나는 신경 쓰지 않았다.

그날부터 나는 몸단장하는 일에 더 정성을 쏟았다. 잠자리에서 일어나자마자 조정향助情香을 꺼내 입을 헹구고, 벌꿀에 장미꽃을 섞은 장미 화장수를 얼굴에 발랐다. 그러고 나면 온몸이 뽀송뽀송하고 코끝으로 상큼한 향기가 스며 나오는 것이 기분 좋았다. 나는 몽골 노래도 배우고 춤도 열심히 배우면서 새로운 꿈을 설계해 나갔다. 나는 황제를 만나는 꿈에 부풀었다.

압록강을 건널 때의 처참한 기분은 다시 생각해도 아찔하다. 시퍼런 강물 속으로 뛰어들어 흔적도 없이 사라진 복례! 짐승처럼 수레에 실려 끌려오던 고난의 수천 리 길!

나는 도살장에 끌려가는 소처럼 이곳에 왔으나 희망을 잃지 않았다. 이제 와서는 그 일들이 아스라하게 느껴졌다.

어쨌거나 그날부터 나의 마음은 평온하게 가라앉았다. 그때부터 나는 매사를 담대하게 생각했고 그처럼 행동했다.

며칠 후, 나는 황궁에서 차 시중을 드는 궁녀로 배속되었다.

제4장

황궁

입궁

나는 가마를 타고 흥성궁興聖宮으로 입궁入宮했다.

일개 궁녀가 아닌 후궁이 되어 입궁하는 듯한 기분이 들었다. 이역만리 머나먼 길을 끌려와서 무지한 오랑캐의 노리개가 되는 것이 아니라 귀하신 몸이 되어 깊고 깊은 대궐 속으로 들어가고 있는 것이다.

흥성궁은 황궁의 서쪽에 자리한 궁으로 원래는 황후의 별궁이었다. 그런데 날이 갈수록 비빈妃嬪의 수가 늘어나자 황후는 황궁에만 머물고 이 별궁은 후비들의 차지가 되었다. 그렇게 되자 황제는 황후의 눈치를 보지 않고 후비들을 찾을 수 있게 되어 흥성궁을 자주 찾았다. 황제는 마음에 드는 후비와 밤을 지내고 아침 일찍 황궁으로 돌아가곤 하는 일이 잦았다.

나는 흥성궁 다방茶房에 배속되어 훈육 상궁으로부터 차를 맛있게 끓이는 법과 다도茶道에 대해서 엄한 교육을 받았다. 차의 종류를 배우고 차를 제대로 우려내는 법뿐만 아니라 알맞은 향기를 내기 위해 온도를 조절하는 방법까지 터득해야 했다. 훈육 상궁은 내가 배우는 속도가 빠르다고 칭찬을 했고 한 달 후에 나는 황제의 후비들에게 차를 다려 올리는 일을 맡았다.

하지만 다방에는 나처럼 차 심부름을 하는 궁녀만도 여러 명이 있었다. 그녀들은 모두 황제가 흥성궁을 찾는 때를 기다려 황제의 눈에 들고자 조바심을 내고 안달했다. 황제를 만나는 일은 쉬운 일이 아니었다. 특히 나 같은 신참에게는 거의 불가능에 가까웠다. 다방에는 황제에게 차를 올리는 선임 궁녀가 따로 있었고, 궁녀들의 서열은 너무도 엄격해서 그 서열을 넘어서려면 몇 년을 더 기다려야 할지 모를 일이었다.

나는 점점 내가 맡은 일이 끔찍해지기 시작했다. 날이 가고 달이 지나면서 나는 황제를 만나 그의 마음을 사로잡을 수 있으리라는 처음의 기대가 얼마나 우스운 망상이었는지 깨달아갔다. 황궁 안에는 황제와 황후, 비빈들만 사는 것이 아니었다. 황족을 시중드는 궁녀, 내시, 시종들이 수없이 많았고 이들은 수천 명에 이르렀다.

황궁에 들어오기만 하면 황제를 만날 수 있으리라는 것은 정말 큰 오산이었다. 하지만 나는 외훈원의 정 상궁이 한 말을 잊지 않고 있었다.

차츰 나는 차를 달이는 연습을 하기보다는 몸단장을 하고 미모를 가꾸는 데 신경을 썼다. '1년, 2년 지나다 보면 나에게도 황제를 대면할 기회가 분명 생길 것이다. 그때를 대비해서 미모를 더욱 가꾸고, 서책을 많이 읽어서 교양을 늘려 나가야 한다.' 이렇듯 느긋하게 마음을 먹자 나는 무척 행복한 기분이 들었다.

궁녀들에게는 일정한 훈육 시간이 주어졌는데 그때마다 나는 누구보다 열심히 늙은 상궁의 가르침을 따랐고, 누구보다 열심히 비파를 연주했다. 또한 차를 달이는 불의 온도나 다기茶器의 쓰임새를 열심히 연구해서 보다 맛있는 차를 끓여내는 나만의 비법을 갖기도 했다. 뿐만 아니라 원나라의 풍속, 가무, 바느질까지 황궁 살림에 필요한 모든 것을 익혀나갔다.

다만 야속한 것은 박불화의 존재였다. 오매불망 기다리고 있는데도 그는 그림자조차 비치지 않았다. 나는 스스로 냉정하게 사리 판단을 잘할 줄 아는 편이라고 여기고 있었지만 박불화라는 인간은 이 세상에 존재하지 않는 허깨비였거나, 지금은 황궁에서 내쳐진 별 볼 일 없는 인물이 되어 있을 거라는 망상에 시달렸다.

그렇게 다섯 달이 흘렀을 때였다. 태감 박불화가 흥성궁에 모습을 나타냈다. 무척이나 화려한 옷을 입고 위풍당당한 모습이었다. 그는 눈을 떼지 않고 나를 머리끝부터 발끝까지 훑어보더니 입을 뗐다.

"그동안 다도를 열심히 배웠느냐?"

박불화의 목소리는 맑고 낭랑했다.

"예."

"네 솜씨를 보고 싶구나. 내게 차를 한잔 타주렴."

박불화는 무척 진지한 눈빛으로 나를 다정스레 바라보았다. 나는 서둘지 않고 찬찬히 물을 끓이고 다기를 준비하고 천천히 찻잎을 넣고 차를 달였다.

언젠가 황제에게 차를 끓여 바칠 그날이 오면 그렇게 하리라 마음먹은 그대로 솜씨를 발휘했다. 찻잎에서 찻물이 잘 우러나자 방 안 가득 은은한 차의 향기가 떠돌았다. 나는 다소곳이 찻잔에 차를 따라서 박불화에게 바쳤다.

박불화는 찻잔을 입에 대고 한 모금 마셨다. 그의 얼굴에 기묘한 표정이 스치고 지나갔다. 그는 찻잔을 다반 위에 내려놓더니 고개를 끄덕이며 말했다.

"차의 맛에 품격이 느껴진다. 그동안 비파 연습은 많이 했느냐?"

"예."

"내일 저녁에 홍성궁 후원에서 황상이 베푸는 연회宴會가 있을 것이다. 네가 그 자리에서 비파를 연주하도록 해라. 할 수 있겠느냐?"

나는 너무도 뜻밖이라서 대답을 하지 못하고 박 태감만 바라보았다. 그가 빙그레 웃으며 말했다.

"지난번 나에게 들려준 그 음악을 연주하여라."

"그것은 고려의 음악이라서 황상께서 싫어하지 않으실까요?"

나는 얼떨결에 물었다.

"괜찮다. 황상께서는 고려의 음악을 무척 좋아하신단다. 어떤 음악을 더 연주할 수 있느냐?"

"청산별곡靑山別曲, 사모곡思母曲, 정읍사井邑詞, 낙양춘洛陽春, 야심사夜深詞······."

"됐다. 그 정도면 충분하다. 황상께서 흥을 돋울 수 있도록 흥겨운 곡도 좋겠지."

원나라 황제 앞에서 고려 음악만 연주한다는 것이 문제가 있을 것 같다는 생각이 들었다. 나는 이런 날을 대비해 원나라 음악도 몇 곡 연습해 두었기에 박불화에게 말했다.

"아무리 황상이 고려 음악을 좋아하셔도 그것만 연주하면 언짢아하실지 모릅니다. 원나라 음악도 연주하겠습니다."

박 태감이 껄껄 웃으며 말했다.

"나는 그래서 네가 좋구나. 하지만 내일은 고려 음악만 연주해도 좋을 것이다. 우리 고려에서 온 사신들을 위한 연회이니까. 사람도 많지 않고 조촐하게 치러질 것이니 겁먹지 말고 차분히 연주하여라."

그 말을 듣자 나는 적이 안심이 되었으나, 그래도 한 가지 궁금증이 남았다.

"그런데 황상께서는 우리 고려 음악을 왜 좋아하시는 것이지요? 잘 이해하지 못할지도 모르잖아요?"

"어허, 네가 모르는 모양이구나. 황상께서는 어린 시절을 고려에서 보내셨단다."

"네? 황상께서요?"

나는 놀라서 되묻지 않을 수 없었다.

"그렇단다. 황상께서는 황위 승계 싸움에 몰려서 우리 고려의 대청도란 섬에서 2년 가까이 유배되었는데 그때 고려 문물을 많이 접해서 그런지 고려 사람과 다름없는 점이 많으시단다."

그 이야기를 들으니 황제가 어떤 사람인지 더욱 보고 싶어졌다. 또 박 태감은 아주 중요한 말을 해주었다.

"내일 연회에 고려 옷을 입고 곱게 몸단장을 하고 나가거라. 황상께 잘못 보이면 나까지 벌을 받는다. 대신 네가 황상의 눈에 곱게 보일수록 나는 후하게 상을 받겠지. 황상은 고려식 분위기를 무척 좋아하니 네가 하기에 따라서 황제의 마음을 사로잡을 수도 있을 것이다."

나는 가슴이 떨려오는 것을 느꼈다. 어떤 거대한 운명이 나를 기다리고 있으리라는 예감에 몸이 떨렸다.

다방에 배속되고 다섯 달 동안 차 달이는 법만 배우면서 이제나저제나 나타나기만을 고대하던 박불화. 그가 나타나 나의 운명을 이끌어 주리라 기대했는데 과연 그 기대는 어긋나지 않았다.

비파여 비파여

 다음 날 저녁, 나는 연회가 열리는 흥성궁 후원으로 향했다. 산뜻한 연둣빛 회장저고리에 진한 다홍색 치마를 입고 자주 고름을 늘어뜨린 채 비파를 안고 나갔다. 사람들의 시선이 나에게 모아지는 것은 당연한 일이었다.
 넓은 전각 안에는 고려에서 온 사신들이 자리를 잡고 앉아 있었다. 날이 어두워지고 있었지만 수많은 금빛 등불을 놓아 대낮처럼 환했고, 수많은 시종들이 분주히 오가고 있었다. 사람들 앞에 놓인 상 위에는 몽골의 요리인 양고기를 비롯해 온갖 산해진미가 그득그득 채워져 있었다. 궁중 무희와 악공들은 바깥쪽에 자리를 잡고 있었고 황제의 옥좌는 아직 비어 있었다.

　박불화가 사연관司宴官(연회를 주관하는 관리) 옆에 내 자리를 만들어 주었다. 사람들 눈에 가장 잘 띄면서, 황제의 옥좌와 가까운 자리였다.

　"황제 폐하 납시오!"

　환관이 길게 소리를 내어 고하자 모두 자리에서 일어나 허리를 굽히고 황제를 맞았다. 황제는 몽골식 복장을 하고 호위병 십여 명의 옹위를 받으며 넓은 전각 안으로 들어섰다.

　나는 황제의 모습을 보고 무척 놀랐다. 황제가 젊은 청년이라는 소리는 들어서 알고 있었지만 내 눈앞에 보이는 사람은 솜털도 채 가시지 않은 소년이었던 것이다. 아, 저렇게 여리디여린 소년이 황제라니!

　사연관이 연회의 시작을 알리자 소년 황제는 술잔을 치켜들고 말했다

　"귀하신 고려의 사신 여러분! 그리고 대신들. 자, 한잔하시오!"

　황제의 목소리는 낭랑하고 청아했다.

　"건배!"

　모든 이들이 잔을 들어 황제를 위한 축배를 들었다. 황제

가 술잔을 죽 들이켜고 나서 손바닥을 세 번 치자 음악이 울리기 시작했다. 악공들의 연주에 맞춰 비단옷을 걸친 무희들이 나와 춤을 추었다.

연회는 무르익어갔다. 황제는 황금 잔에 술을 따라 고려의 사신들에게 돌렸다. 사신들은 엎드려 큰절을 올리고 황금 잔에 담긴 술을 받아 마셨다.

"우리 원나라와 고려는 부마의 나라로 한 가족과 같소. 짐은 어려서 고려에서 생활한 적이 있기에 더욱 그렇소. 오늘은 경들에게 특별히 고려의 음악을 들려주고 싶소."

아, 드디어 내 차례가 온 것이다. 두근거리는 가슴을 누르고 비파를 무릎 위에 올려놓고 되도록 천천히 침착하고 담대하게 줄을 가다듬었다. 이윽고 나는 현을 뜯기 시작했다. 나의 미끈한 흰 손이 사뿐사뿐 줄을 누르고 오르락내리락 줄을 튕길 때마다 곡조가 끊어지다가 다시 휘돌고 수그러졌다가 다시 물결쳤다. 내가 뜯는 곡은 청산별곡이었다.

살어리 살어리랏다 청산애 살어리랏다
머루랑 다래랑 먹고 청산애 살어리랏다
얄리얄리 얄랑셩 얄라리 얄라…….

무희들이 나의 곡조에 맞추어 춤을 추기 시작했다. 넓은 전각 안에서는 술과 노래와 춤이 어우러져 취흥이 도도해갔다. 고려의 사신들은 머나먼 이역에서 고려의 정취가 배인 청아한 비파 소리를 듣자 고국산천이 어슴푸레 눈에 보이는 듯한 표정이 되었다. 나의 비파 소리는 우는 듯 하소연하는 듯 처량하고 구슬펐으나 그들은 흥겨운 얼굴로 연신 장단을 맞추었다.

밥걱정도 말자, 옷 걱정도 말자, 근심 없는 푸른 산속에 머루와 다래나 먹고 얽매인 데 없이 마음껏 호연지기를 길러 즐겁게 한 세상을 잘 지내자는 노래이니 흥겨운 얼굴로 연신 장단을 맞출 만도 했다.

고려의 사신들도 몽골의 대관들도 황제도 하룻밤의 즐거운 연회를 만끽하고 있었다. 연주를 마치자 놀랍게도 황제가 황금 잔에 술을 따라 내게 내려주며 말했다.

"옛날 왕소군王昭君이 비파를 잘 뜯었다고 들었는데 고려 낭자의 솜씨가 그에 못지않은 것 같구려. 한 곡조 더 들려주시오."

나는 내 생에 처음 마시는 술을 황제에게서 받고 조금은 몽롱해지는 기분으로 다음 곡을 연주했다.

덕일랑은 뒷 잔에 바치옵고

복일랑은 앞 잔에 바치옵고
덕이여 복이라 하는 것을
드리러 오십시오.
아으 동동다리…….

동동動動을 연주하자 황제는 흥에 겨워서 손장단으로 무릎을 치며 곡조를 따라 노래를 불렀다. 그러자 분위기는 원나라 황궁이 아닌 고려의 궁성에서 벌어진 연회처럼 완연히 고려의 정취 속에 묻혀갔다.

"짐이 한잔 주었으니 낭자도 한잔 따라서 짐에게 주오."

황제가 취기가 도도한 목소리로 말했다. 내 귀에는 그 소리가 벼락을 때리는 듯 들렸다.

"황은이 망극하옵니다."

나는 무릎걸음으로 황제 앞으로 다가가 술잔에 술을 따랐다. 그런데 나도 모르게 손이 덜덜 떨려서 그만 술이 넘치고 말았다. 그 바람에 황제의 곤룡포 소맷자락이 젖고 말았다.

"허, 이런 망측할 때가!"

환관이 소리쳤으나 황제가 손을 들어 제지했다.

"그만두시오. 어린 낭자가 황제 앞에서 손을 떠는 것은 당연한 일 아니오?"

그러면서 황제는 내게 다시 한 잔의 술을 내렸다. 연거푸 두 잔의 술을 마신 나는 하늘이 빙빙 도는 것만 같았다. 이때 악공들이 몽골식 음악을 요란하게 연주하기 시작했다. 호적(胡笛)이며 피리 소리가 더 크고 처량하게 들려왔다. 황제는 나에게 한 잔의 술을 더 내렸다.

나는 잔을 단숨에 비우고 짧게 외쳤다.

"황상 폐하, 소녀의 잔을 받으시옵소서!"

어디서 그런 용기가 났는지 모른다. 그런데 황제는 쾌히 승낙했다. 나는 이번에는 술이 넘치지 않게 정신을 집중했다.

그 후 무슨 일이 일어났는지 잘 기억나지 않는다. 정신을 잃을 것만 같아서 꼿꼿하게 앉아 있으려고 노력하다가 모든 것이 혼미해졌다. 연회가 언제 어떻게 끝이 났는지도 모른다.

얼마나 시간이 흘렀을까. 정신을 차려 보니 나는 등받이 의자에 앉아 있었다. 연회는 파해 있었고 시중들은 자리를 치우느라고 한창 분주하게 움직이고 있었다. 모두 어디로 간 것일까······?

"이제 괜찮으냐?"

박불화가 그렇게 물었을 때, 나는 비로소 내 정신으로 돌아왔다.

"제가 실수를 하지 않았나요? 술을 처음 마셔 본 것이라……."

"음, 괜찮았다. 연주도 아주 잘했고. 황상께서 무척 흡족하신 것 같더라. 오늘 수고 많았다. 그런데 앞으로는 술을 좀 배워야 할 것 같구나."

박 태감이 껄껄 웃었다. 나는 정말 다행이다 싶었다. 하늘을 올려다보니 달이 휘영청 푸르렀다. 나는 비로소 오늘이 정월 대보름인 것을 생각했다.

황제는 불쌍한 사람

나의 비파 연주는 소년 황제의 뇌리에 깊이 각인이 된 모양이었다. 그날 이후 나는 황제를 최측근에서 모시며 다과를 시봉하는 궁녀가 되었다.

황제는 거의 매일 흥성궁을 찾았고 그때마다 내게 차 심부름을 시켰다. 황제의 시선은 비빈을 앞에 두고 있을 때도 줄곧 내게 머물곤 했다.

황제는 우리말도 곧잘 했다. 가끔 내게 우리말로 이야기를 하곤 했는데 그 말을 알아듣지 못하는 비빈들은 무척 억울해하고 시샘하기도 했다.

"황상께서 무슨 말씀을 하신 것이냐?"

후궁들이 따져 물으면 나는 이렇게 대답했다.

"제가 고려로 돌아가고 싶다고 말씀드렸더니 부모님이 그렇게 보고 싶으냐고 물으셨어요."

"그래서?"

"정 그러면 부모님을 연경으로 모셔 오라고 하시네요."

그러면 비빈들은 죄다 뒤로 나자빠졌다. 그것은 황제가 나를 후궁으로 맞아들이거나 그와 동급으로 치고 있다는 뜻이 아닌가!

어쨌거나 나는 그런 거짓말을 둘러댈 정도로 여유가 생겼다. 내가 그토록 대담하게 말할 수 있고 여유를 갖게 된 것은 모두 박불화 덕이었다. 박불화는 내가 황제의 마음을 사로잡기 시작하자 이렇게 물었다.

"고용보 원사와 내가 너를 왜 돕고 있는지 아느냐?"

대답을 못하고 머뭇거리자 박불화가 말했다.

"내가 환관이 된 것은 한마디로 출세를 하기 위해서였다. 환관은 단순히 황제와 비빈들의 시중을 드는 일만 하는 게 아니란다. 조정의 대신들보다 더 가까이 황제를 모시면서 중요한 정보를 제일 먼저 접하는 위치에 있지. 그 정보를 잘 활용하면 원나라라는 대제국을 장악하고 천하를 농단할 수도 있어. 지금 황궁에는 우리 고려인 환관들이 중요한 자리를 많이 차지하고 있다. 하지만 환관들이 할 수 있는 일에는 한계가 있다. 그 한계를 뛰어넘는 일을 네가 해야 한다. 원의 황실에는 많은 고려인 궁녀들이 있지만 황제의 승은承恩을 입은 빈궁은 없다. 고용보 원사와 나는 네가 황제의 승은을 입을 수 있는 여인이라고 점을 찍었다. 우리는 물심양면으로 너를 도울 터이니 너 또한 기대에 어긋남이 없어야 할 것이야. 네가 승은을 입는다면 우리는 고려의 왕도 해내지 못할 일을 능히 할 수 있을 것이다. 황제의 마음을 사로잡고 이곳 궁궐을 마음대로 주무를 수 있다면 이 원나라는 우리 것이나 다름없지. 황상의 총애를 받아서 반드시 후궁이 되도록 노력하여라. 내가 너를 마마라고 여쭈어 아뢸 날이 오기를 빈다. 알겠느냐?"

이토록 놀라운 말을 듣고도 나는 오히려 담담했다. 압록강을 건너면서 다짐했던 결의가 이렇게 반석盤石이 되어 발밑에 깔리고 나는 도도한 걸음걸이로 그 위를 걸어가면 되는 것이로구나, 그렇게 나의 운명은 정해져 있고 나는 그 운명을 즐기면서 내 능력을 발휘하면 되는 것이로구나 하는 자만심이 나를 한껏 부풀렸다.

내 뒤에는 고용보와 박불화가 있고 나는 그들의 도움을 받으면서 황제의 마음을 사로잡고 말 것이다. 열다섯의 소년 황제는 나를 사랑할 수밖에 없으리라는 확신을 가졌다. 황제는 황후 다나슈리答納失里에게는 애정이 없는 것이 확실했다. 나는 그들의 틈새를 비집고 들어가야만 했다.

하루는 박불화가 일부러 날을 잡아서 황제의 가족사에 대한 이야기를 들려주었다. 몽골 제국의 시조 칭기즈칸에서부터 시작해서 지금의 황제가 보위에 오르기까지의 장구한 세월이 담긴 이야기였다. 나는 그것이 후궁이 되기 위한 일종의 수업이라고 생각하고 열심히 경청했다.

원나라는 몽골 초원에서 일어난 칭기즈칸의 후예들이 세운 나라이다. 유라시아 대륙의 8할을 차지하는 거대 제국을 통치하는 황제는 막강한 권력을 지니는 만큼 권력 계승에서 치열한 싸움이 벌어진다.

칭기즈칸의 핏줄인 황금 씨족들은 몽골파와 한지파漢地派로 나뉘는데 그들은 서로 대립하고 있었다. 몽골파는 초원의 전통을 이어나갈 것을 주장하는 유목遊牧 세력이고, 한지파는 중국 문화를 존중하면서 통치할 것을 주장하는 정주定住 세력이었다.

원나라의 시조인 쿠빌라이 칸은 한지파였고 초원 지역에 근거를 둔 아릭부케와의 대결에서 승리하여 제국을 통치하게 되었다. 쿠빌라이 칸은 정복의 시대가 끝나고 통치의 시대가 도래했음을 선언하고 유교 정치 이념을 받아들였다. 행정 체계도 유교식으로 정비해 나갔으며 과거제도를 실시하고 한족 유학자 출신의 관료를 등용했다.

쿠빌라이 칸은 원 제국의 모델을 당唐나라에서 찾았다. 중국 역대 왕조에서 당이 차지하는 역사적 의미는 중국 문화를 주변국으로 확산시켜 세계화했다는 점에 있었다. 쿠빌라이 칸은 35년간 원 제국을 통치하면서 평화의 시대를 열었다.

하지만 위대한 칸의 시대는 저물고 몽골파와 한지파가 엎치락뒤치락하는 시대가 찾아왔다. 원나라는 인종仁宗이 죽은 뒤부터 1333년 지금의 황제 순제順帝(토곤티무르)가 즉위할 때까지 13년 동안 일곱 번이나 황제가 바뀌는 혼란의 시대를 맞았다.

순제의 할아버지인 무종武宗부터 순제까지 원 황제의 교체 상황은 실로 암투의 도가니였다. 또한 황제가 바뀔 때마다 제도 또한 수시로 뒤바뀌었다. 한지파가 집권을 하면 과거제가 시행되었고 몽골파가 집권하면 과거제가 폐지되었다.

1328년 7월, 태정제가 즉위 5년 만에 사망하자 황위를 둘러싸고 내전이 벌어지는 상황이 연출되었다. 태정제의 아들 라기바흐(천순제)가 그 뒤를 이어 즉위했으나 두 달을 버티지 못하고 투크티무르에 의해 폐위되었다.

1328년, 엘티무르의 지원을 받은 무종의 둘째 아들인 투크티무르(문종)가 황제에 올랐으나 형인 쿠살라에게 1329년 양위한 뒤 자신은 황태자가 되었다. 쿠살라가 바로 순제의 아버지 명종이다.

1329년, 명종이 황제로 등극한다. 대타협이 이루어지고 형제간의 우애가 끈끈해진 것 같았으나 황제는 동생이 베푼 축하연에 참석한 뒤 불과 나흘 만에 돌연 사망했다. 문종은 형의 죽음에 애끓는 눈물을 흘렸으나 그것이 진짜 눈물이었을까?

문종은 엘티무르가 짜놓은 각본대로 다시 황위에 오른다. 엘티무르는 거기에 그치지 않고 이듬해 명종의 아들 토곤티무르妥蛙緖睦爾(순제)를 고려의 대청도로 유배 보낸다. 하지만 문종의 수명은 길지 않았다. 그는 1332년에 세상을 떠난다. 문종은 토곤티무르에게 보위를 넘길 것을 유조로 남겼으나 엘티무르는 토곤티무르가 아닌 명종의 차남인 린칠발懿璘質班을 보위에 올리는데 그가 영종寧宗이다. 하지만 여섯 살짜리 황제는 두 달 만에 죽고 만다.

그래서 어쩔 수 없이 새로운 황제 순제順帝가 보위에 오르는데 냉혹하고 주도면밀한 정략가였던 엘티무르는 순제와 자신의 딸 다나슈리를 혼인시킨다. 알고 보면 순제에게 있어 다나슈리 황후는 아버지를 죽인 원수의 딸이었다. 또한 장인이란 자는 순제를 귀양까지 보낸 사람이었다.

여기까지 박불화의 이야기를 들은 나는 화려하게만 보이던 황궁 안에서 그렇게 치졸한 암투와 권력투쟁이 벌어지고 있다는 데 몸서리가 쳐졌다. 황제 자리를 둘러싸고 이렇게 골치 아픈 암투와 살인과 배신의 음모가 복잡하게 얽히고설켜 있을 줄은 꿈에도 생각하지 못했다. 정치란 얼마나 냉혹한 것인가. 나는 역대 황제들의 즉위에 얽힌 파란만장한 권력투쟁의 과정이 강하게 가슴에 와 닿았다.

아버지를 죽이고 자신마저 머나먼 나라의 외딴섬에 유배를 보낸 사람이 자신의 딸을 주고 사위로 만들다니! 빛 좋은 개살구라고 천하를 호령하는 황제의 삶이 그토록 비참한 것이었다니!

소년 황제가 측은하고 불쌍하게 여겨졌다. 엘티무르는 이미 죽었지만 원수의 딸을 아내로 맞이하여 같이 살아야 하는 황제는 그 여자를 마음 깊이 사랑할 수 있을까? 더구나 다나슈리 황후는 황제보다 일곱 살이나 연상이었으며 그다지 예쁘지도 않다고 했다. 하지만 황제는 다나슈리 황후를 거부하거나 내칠 힘이 없었다. 엘티무르의 아들 탄기쉬當其勢가 아버지가 지녔던 태평왕의 자리와 조정에서 막강한 권한을 지닌 좌승상의 자리를 이어받았다. 탄기쉬의 동생 타라카이塔剌海 또한 강력한 권력을 지닌 위치에 있었다. 소년 황제는 알고 보면 허수아비에 지나지 않았다.

"그런데 황제가 이런 사실을 다 알고 있을까요?"

나는 자신도 모르게 박불화의 말에 흠뻑 빠져 듣고 있다가 그것이 가장 궁금해서 물었다.

"너무 어렸을 때 일어난 일이니까 구체적인 것은 모르실 수도 있겠지. 하지만 다나슈리 황후의 아버지가 자신을 유배 보내고 강제로 결혼시킨 일은 잘 알고 계시겠지. 본인이 직접 겪은 일이니까."

"다나슈리 황후와 사이가 좋지 않은 것은 당연한 일이겠군요."

박불화는 나를 찬찬히 바라보며 말했다.

"황실 내에서 벌어진 이런 상황을 알고 있는 사람은 많지 않다. 감히 말할 사람도 없고. 목숨이 달려 있는 일이니까 각별히 입조심을 해야 한다. 내가 너에게 이런 일을 알려준 것은 황상의 처지를 잘 이해하고 폐하를 대하라는 뜻에서다. 네가 황상의 마음을 사로잡고 승은을 얻으려면 그의 처지와 심정을 잘 이해해야만 하니까. 무슨 말인지 알겠느냐?"

"예, 명심하겠습니다."

"황상에게 어떤 내색을 해서는 안 된다."

"명심하겠습니다, 대감."

박불화는 황실의 역사에 대한 이야기를 마치고 두 번째 이야기보따리를 풀어 놓았다. 현재 원나라 황궁에서 일어나는 일들에 대한 것이었다.

엘티무르는 한지파의 수장으로 중국 문화를 존중하고 그 문화를 계승하고 발전시키는 정책을 펴왔다. 그는 정권을 장악하고 집권하는 동안 과거제를 부활시켰고 유교적 시책을 널리 펼쳤다. 그래서 많은 한인들이 관료로 등용되었고 우리 고려인들도 원나라에서 과거에 합격해 벼슬을 하는 사람들이 많이 생겨났다.

하지만 엘티무르가 죽은 지금 조정은 한지파와 몽골파가 팽팽한 대결을 벌이고 있는 양상이었다. 엘티무르는 순제가 즉위할 경우 몽골파의 대신들이 득세하여 지금까지 자신이 추진해온 시책들을 뒤엎을 것을 두려워해 순제를 암살할 음모까지 세웠다고 한다. 그 음모를 간파하고 적극적으로 대처한 사람이 현재 원 조정의 최고 실력자인 바얀伯顏이었다.

그는 군사 수를 배로 늘리고 철통같은 호위를 해서 순제가 유배지에서 무사히 연경까지 입성할 수 있도록 도왔다.

이 공로로 바얀은 새로운 실권자가 되었다. 하지만 엘티무르의 권세가 사라진 것은 아니었다.

다나슈리 황후의 오라비들도 아버지를 닮아 평범한 인물들이 아니었다. 장남 탄기쉬는 태평왕 엘티무르의 맏아들이라는 후광을 엎고 조정 대신들을 자기 수하처럼 부리고 있었다. 차남 타라카이는 수만 명의 군사를 거느리고 있어 그 누구도 함부로 대하지 못할 힘을 지니고 있었다. 무엇보다도 그들이 가진 막강한 힘은 황후의 자리에 있는 다나슈리였다. 말하자면 엘티무르의 자식들은 황궁 안팎에서 누구도 누릴 수 없는 영향력을 지니고 있었다.

영악스러운 황후는 소금 판매권을 장악하고 있었다. 소금이 귀하던 시절이라 소금 장사는 막대한 이익이 남았다. 원나라 황실은 재원을 얻기 위해 염관鹽官을 설치하고 소금을 관에서도 매매하고 있었다. 황후는 엄청난 양의 소금을 자신이 관리하고 있는 중정원中政院을 통해서 판매하여 많은 이익을 얻었다. 엄밀히 말해서 그것은 국가사업인데 황후가 사유화하고 있는 것이었다. 황제는 이를 알고도 저지하지 않았다. 오히려 두 척의 배를 내주면서 황후의 비위를 맞추는 실정이었다. 엘티무르는 죽은 후에도 여전히 자기 자손들을 통해 황궁을 지배하고 있는 셈이었다.

그러나 소년 황제는 서서히 뛰어난 정치적 수완을 발휘하기 시작했다. 그는 황후 일족을 누르기 위해 승상 바얀을 방패막이로 활용하기 시작했다. 이에 놀란 탄기쉬는 날마다 황제를 찾아와 바얀을 무고하는 참소를 올렸으나 황제는 듣지 않았다.

또한 바얀도 만만치 않은 실력자였다. 바얀은 여러 차례의 정복 전쟁에서 놀라운 무공을 세운 백전노장답게 조정의 신료들을 규합하여 권력의 일인자로 부상했다. 몽골파인 바얀은 과거제를 폐지하는 등 엘티무르의 많은 시책들을 뒤엎었다. 바야흐로 원나라 조정은 바얀과 엘티무르 일파의 팽팽한 권력 게임이 진행 중이었다.

"황상은 영리한 분이시다. 지금은 힘이 없어서 죽은 듯이 가만히 계시지만 어느 정도 힘이 생기면 황후를 비롯한 그의 일족을 내치실 것이다. 너는 그때를 대비해서 황상의 마음을 꽁꽁 묶어놓아야 한다. 누가 권력 싸움에서 이기든 그게 우리가 살아남는 가장 확실한 방법이니까. 너는 이제부터 황상이 좋아하는 것이 무엇인지 열심히 찾아서 황상이 품을 빠져나가지 못하게 해야 한다. 알겠느냐?"

박불화는 마지막으로 다짐을 받듯이 그렇게 물었다.

"황상이 무엇을 좋아하는지 아는 게 있으신지요?"

"고려 음식을 좋아하신다. 어린 시절에 먹던 고려 음식에 입맛이 길든 탓일 것이야. 내가 수라간의 김 상궁에게 일러 놓을 터이니 고려 음식을 배우도록 하여라. 그리고 황상께서는 너처럼 서책 읽는 것을 즐겨하신다. 어려서 여기저기 쫓겨만 다니느라 제왕학을 체계적으로 못 배운 것을 보충하느라고 무척 열심이시지. 서로 자신이 읽은 서책의 내용을 이야기하면서 좋은 동반자가 될 수 있다는 믿음을 주면 더 좋겠지."

"그렇군요. 명심하고 따르겠습니다. 정말 고맙습니다."

나는 진심으로 느껴지는 바가 있어서 박불화에게 고개 숙여 감사를 표시했다.

"궁녀들에게 승은을 받는 행운이란 하늘의 별 따기와도 같은 하나의 요행이지만, 이런 행운을 얻는 사람은 대개 특별한 점이 있는 법이다. 나는 네가 그런 사람이라고 믿는다. 하루빨리 승은을 입도록 노력하여라."

그 대목에서 나는 얼굴이 빨갛게 달아올랐다. 박불화는 빙긋 웃으며 내 어깨를 살짝 두드려주더니 자리를 떴다.

승은을 입다

그날부터 나의 뇌리에는 황제의 몸과 마음을 내 것으로 만들어야 한다는 일념만 남았다. 황제를 통해 나의 미래를 펼치고, 가족들과 고려의 헐벗은 백성들을 위한 삶을 살기로 마음먹었다. 나는 박불화가 전해 준 정보를 십분 활용하여 황제의 심금을 비파처럼 연주하기 시작했다.

나는 수라간의 김 상궁을 찾아가 고려 음식에 대한 특별 교육을 받았다. 박불화의 지시가 있었는지 김 상궁은 나를 살갑게 대해주었고 성심을 다해서 가르쳐 주었다. 원래 나는 음식 솜씨가 꽤 있었던 편이라 고려 음식을 만드는 일은 어렵지 않고 재미있었다. 음식을 만들고 맛을 보면서 음식만큼 사람의 향수를 가져오는 것도 없다는 것을 알게 되었다.

고려를 떠나온 지 아직 1년도 안 되었는데 어머니가 해주던 음식에 대한 추억이 이따금 나를 목메게 하고 눈물 나게 했다.

나는 서책 읽기에도 열심이었다. 서책 읽기는 나의 주특기에 가까운 것이어서 시간 가는 줄 모르고 책을 읽었다. 책 읽기에 빠져 있다가 더러 혼쭐이 나기도 했다. 사마천司馬遷의 《사기史記》에 빠져서 밤을 꼬박 새는 날도 있었다. 사기는 역사책이면서도 이야기책처럼 아기자기한 세상살이의 진면목이 고스란히 담겨 있어서 무척 재미있었다.

그중 가장 흥미로운 것은 황제를 만나는 일이었다. 그런데 어느 날부터 황제의 발걸음이 뜸해졌다. 나랏일이 바쁘거나 다나슈리 황후의 투기가 심해져서 근신하고 있으리라는 생각이 들었으나 열흘이 넘도록 볼 수 없게 되자 안달이 나기 시작했다.

황제에게 무슨 안 좋은 일이라도 생긴 것은 아닌가? 아니면 그 영악스러운 다나슈리 황후가 황제의 옷소매를 부여잡고 놓아주지 않는 것인가? 아직 승은도 입지 못했는데 황제가 영영 흥성궁에 오지 않는다면 나의 꿈은 수포로 돌아가는 것이 아닌가?

그러던 어느 날, 흥성궁 구석에 자리한 다방에 갑자기 난리가 났다. 황제가 아무런 예고 없이 나타난 것이다. 황제는 단 두 명의 환관만 거느리고 마치 산책을 하듯 수수한 평복 차림으로 홀연히 다방의 문을 열고 나타났다.

처음에는 아무도 그가 황제인 줄 알아보지 못했다. 황제가 궁녀들이 머무는 곳에 나타날 리 만무하지 않은가.

다방 상궁이 황제를 알아보고 기함을 하며 소리쳤다.

"황제 폐하, 이 누추한 곳에 어인 일이시옵니까?"

다방 상궁과 궁녀들이 모두 납작 엎드렸다. 그때 나는 마침 비번이라 숙소에서 독서 삼매경에 빠져 있던 참이었다. 나는 소란스런 소리에 문득 정신을 차리고 밖을 내다보다가 소스라치게 놀랐다. 황제의 눈이 마주친 것이다.

"무엇을 하고 있는 것이냐? 게서 농땡이를 치고 있었더냐?"

황제의 목소리는 지엄했으나 눈빛은 웃고 있었다. 나는 얼결에 맨발로 다방 바닥에 서서 다른 궁녀들 옆에 엎드렸다. 어찌나 황겁했던지 내 손에는 읽던 책이 그대로 들려 있었다.

"책을 읽고 있었던 것이로구나. 무슨 책이더냐?"

"사, 사기. 사마천의 《사기》이옵니다."

황제가 낚아채듯 내 손에서 책을 빼앗아 들었다.

"아니, 계집이《사기》를 다 읽다니! 이건 사내들이나 읽는 책이 아니더냐? 재미있더냐?"

"예, 아주 재미있습니다."

"호, 그래."

황제는 책을 팔랑팔랑 펼쳐 보더니 말했다.

"다방 상궁, 짐은 향원재香遠齋로 갈 것이다. 올제이 후투그를 향원재로 보내서 차를 달이도록 하라."

황제는 성큼성큼 다방을 나섰다. 홍성궁의 향원재는 비빈들이 거처하는 곳이 아니라 황제가 등극하기 전에 머물던 잠저潛邸로서 황제만의 특별한 공간으로 알려져 있었다. 그곳은 담당 환관 외에는 접근이 금지되어 있어서 많은 이들이 궁금해하기도 했다. 요즘도 황제는 피곤하거나 쉬고 싶을 때 혼자 향원재를 찾는 것으로 알려져 있었다.

"향원재에는 따로 준비된 것이 없을 텐데, 다기와 재료를 가지고 가야 하는 건가요?"

나는 다방 상궁에게 물었다.

"아니다. 황상께서 행차하는 모든 전각에는 즉각 차를 올릴 수 있도록 다기들이 준비되어 있다. 네가 필요한 재료만 준비하여라. 오늘은 특별한 날 같구나."

나는 다방 상궁이 하는 말의 의미를 새겨듣지 못했으나 향원재에 이르러 그것이 무슨 뜻인지 알게 되었다. 내가 재료 준비를 마치자 다방 상궁이 앞장을 섰다.

향원재는 향원지香遠池라는 둥근 연못 한가운데 지어져 있었다. 연못에는 수련睡蓮과 연꽃이 심어져 있고, 잉어며 금빛과 붉은빛 물고기들이 헤엄치고 있었다. 우리는 다리를 건너서 향원재로 들어섰다. 문 앞을 지키던 환관이 문을 열어주었다.

황제는 장의자에 비스듬히 앉아 내게서 빼앗아간 《사기》를 읽고 있었다.

"앞으로는 이곳에서 자주 차를 마실 것 같구나. 다방 상궁은 그리 알고 물러가거라."

다방 상궁은 머리를 조아리고 물러갔다.

향원재는 작은 건물이지만 그 구성이 오밀조밀 복잡해 보이고 창문으로 내다보이는 경관이 빼어났다. 2층으로 올라가는 계단에는 책장이 붙어 있어서 많은 서책들이 가지런히 장식품처럼 꽂혀 있었다.

나는 탁자 위에 놓인 다기들을 씻어서 불을 켜고 차를 달일 준비를 시작했다. 폐쇄된 공간에 황제와 단둘이만 있게 되자 내 숨소리가 너무 크게 들리는 것만 같아 어색한 기분이 들었다. 황제는 내게 눈길도 주지 않고 책만 읽고 있었고, 나는 다기를 달그락거리며 차를 준비했다.

동쪽으로 크게 창문이 나 있어서 실내는 환하게 밝았고 그 창문 앞에 놓인 책상에는 문방사우가 가지런히 놓여 있었다. 찻물을 끓이고 찻잎이 다 우러날 때까지 나는 아무런 내색을 하지 않고 차를 달이는 데만 신경을 집중했다. 향이 우러나는 알맞은 시간이 되자 주전자와 다반을 들고 황제에게로 다소곳이 걸어갔다.

"황상 폐하, 차를 대령했습니다."

비로소 황제는 책에서 눈을 떼고 고개를 들었다.

"너도 이리 앉아서 차를 들도록 하라. 같이 마시자."

"황공하옵니다, 폐하."

나는 양 볼을 붉히며 더욱 고개를 숙일 뿐이었다. 황제와 단둘이 있다는 사실에 긴장된 탓이었다. 전에 차를 달여 올릴 때는 황제 곁에 비빈이나 환관 또는 궁녀들이 주위에 있었는데 지금은 둘만 있는 것이다! 아, 내가 얼마나 기다리고 기다리던 순간인가! 그런데 왜 이리 긴장이 되고 가슴이 떨리는지 모를 일이다.

"흠, 오늘 마시는 차는 더 각별히 향이 느껴지는 것 같구나. 이리 와 앉아라."

황제가 나의 손을 잡아끌어 의자에 앉혔다. 그는 탁자를 끌어당겨 자신의 앞에 두고 손수 찻잔에 차를 따라 내게 건넸다.

"황제 폐하, 황공하옵니다."

나는 어쩔 줄 몰라 하며 찻잔을 받았다.

"그동안 쭉 너를 지켜보았는데 네가 어여쁘다는 생각이 들었다."

황제는 나를 찬찬히 바라보았다. 나도 황제의 얼굴을 바라보았다. 그의 눈은 생각보다 따뜻하고 깊었다. 나는 차를 한 모금 마셨다.

"이곳이 왜 향원재인 줄 아느냐?"

"모르옵니다."

"송나라에 주돈이周敦頤라는 유학자가 있었는데 그자는 도가 사상에 영향을 받아 《태극도설太極圖說》이란 책을 써서 새로운 유교 이론을 창시한 대학자다. 그자가 지은 글 중에 〈애련설愛蓮說〉이란 것이 있는데 '향기는 멀리 갈수록 더욱 맑아진다香遠益淸'라는 구절이 나오지. 향원이란 그 구절에서 따와서 지은 것이다."

"어머, 정말 멋있는 말 같아요. 향기는 멀리 갈수록 더욱 맑아진다……."

"그 향기가 무슨 향기인 줄 아느냐?"

"모르옵니다."

나는 무식이 드러나는 것 같아서 부끄러워졌다. 그러나 황제는 개의치 않고 설명해 주었다.

"연꽃이란다. 원래 연꽃은 불교를 상징하는데 주돈이란 학자는 중국 문화에 연꽃의 정서를 심어줌으로써 도가, 유가, 불교 사상이 하나로 가는 길을 열어준 셈이지. 그래서 나는 이 향원재가 좋다. 유배에서 돌아와 황제가 되기 전에 머물던 곳이라 정이 들기도 했고."

황제는 나의 손을 잡아당기더니 깊은 눈으로 들여다보며 말했다.

"짐이 오늘 너와 이곳에 머물 것이다."

나는 고개를 숙인 채 양 볼을 붉히며 가만히 있었다. 황제는 나를 끌어당겨 천천히 가슴에 안았다. 황제의 손은 섬세하게 몸 곳곳을 어루만지며 애무해 왔고, 열기를 뿜어내는 입술이 내 입술에 닿았다. 온몸에 짜르르 전기가 흐르고 심장이 빠르게 뛰기 시작했다.

황제의 혀가 내 입술을 열고 들어왔다. 가득히 내 입속에 그의 혀가 들어왔고 그 혀가 내 혀를 빨아들일 때 나는 혼이 빨려나가는 듯 아연해졌다. 사람이 서로 입을 맞추고 혀를 교환하여 침을 섞는 일이 가져다주는 황홀에 깜짝 놀랐다. 황제의 혀는 밀려들어오는 파도와 같았고 입술은 한없이 뜨거웠다. 나는 황제의 힘찬 두 팔 속에서 마치 조난당한 참새처럼 파닥거리고 있었다.

황제는 나를 번쩍 안아 올리더니 저벅저벅 걸어서 안쪽에 있는 침전寢殿에다 내려놓았다. 그는 소년답지 않은 침착한 솜씨로 내 옷을 벗기기 시작했다. 나는 처음 겪는 일이라서 무엇부터 시작해야 할지 몰라 잠시 머뭇거렸지만 외훈원 훈육 상궁에게서 배운 대로 천천히 몸을 움직이기 시작했다.

옷을 벗기는 황제의 손길이 사뭇 간절하다는 것이 느껴졌다. 이윽고 나는 실오라기 하나 걸치지 않은 알몸이 되었다. 황제는 발가벗은 내 몸 구석구석을 입으로 애무하면서 그도 역시 알몸이 되어가고 있었다. 옷을 다 벗은 황제가 너무도 강렬하게 포옹하는 바람에 나는 잠시 정신을 잃을 뻔했다. 하지만 나는 죽어도 좋을 곳에 몸을 던지듯 그의 가슴에 안겼다.

황제는 내 몸 한가운데를 집요하게 파고들어왔고 나는 온몸이 찢어지는 듯한 아픔을 참아내느라 그의 머리를 더듬고 목덜미를 세게 끌어안았다. 점차 황제의 숨결이 거칠어지고 나의 숨결도 가빠졌다. 잠시 후, 우리 두 사람은 빈틈없이 서로에게 밀착해서 완전히 한 몸이 되었다.

"아!"

신음이 나오는 것을 참을 수 없었다. 나는 차츰 고통과 환희가 뒤섞인 신음을 내뱉었다. 황제는 두 손과 입술로 내 몸 곳곳을 누비며 잠자던 처녀성의 감각을 일깨웠다. 나는 방중술을 배운 대로 옥문을 조이며 황제의 몸을 세차게 파고들었다. 황제의 육체가 격렬하게 떨리면서 파도에 쓸리고 있었다. 그는 격정의 파도에 실려서 격정의 덩어리가 되어 나를 눌렀고 나는 그의 무게를 정면으로 받아냈다. 황제는 내 얼굴에 뜨거운 숨을 토해냈다.

황제는 몸과 마음이 완전히 합일된 무한한 감동을 품고 나를 내려다보았다. 그는 농염한 미색에 취해 눈부신 듯이 나를 바라보았다. 그의 투명한 미소를 보니 나는 초야를 제대로 치러냈다는 안도감에 자지러질 듯했다.

실오라기 하나 걸치지 않은 알몸과 알몸이었지만 어색하거나 부끄럽지 않았다. 초야를 치르고 난 순간, 나는 부드럽고 풍요로운 느낌에 빠져서 내 몸이 비로소 여인이 되어 가슴이 탱탱하게 치솟는 기분이었다. 드디어 황제의 몸과 마음을 사로잡는 데 성공한 것이다. 아, 나는 이제 황제의 여인이 된 것이다!

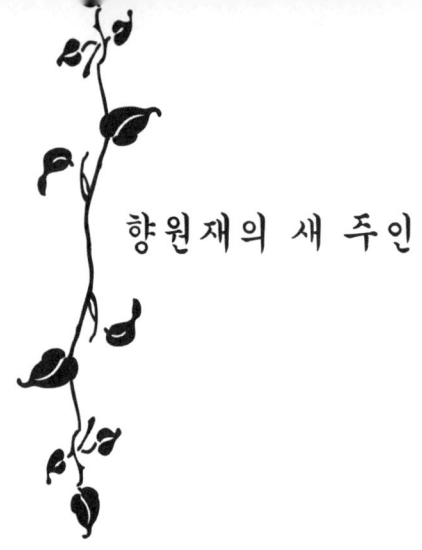

향원재의 새 주인

다음 날부터 향원재는 나의 숙소가 되었다. 나를 대하는 상궁이나 궁녀들의 태도 또한 완전히 달라졌다. 다방의 궁녀들은 자기들과 같은 처지에 있던 내가 황제의 승은을 입었다는 사실을 무척 반겼다. 누구보다 반긴 것은 물론 박불화였다.

"황제의 승은을 입었으니 너의 앞날은 이제부터 창창해질 것이다. 우리 고려인 환관들이 너를 도울 것이다. 그러면 너는 감히 누구도 생각하지 못한 자리에 오를 수 있다. 하지만 황제의 승은을 입었다가 버림받은 궁녀도 많다는 것을 명심하여라. 앞으로 더욱 조신하고 몸단장을 잘해서 계속 황상의 총애를 받아야 한다."

나는 다방에서의 일을 그만두고 황제의 지시대로 향원재에 머물며 나만의 시간을 가질 수 있게 되었다. 저녁에는 황제와 함께 했고, 낮에는 빈둥거리며 서가에 꽂힌 온갖 종류의 서책을 펼쳐들고 마음껏 독서에 빠져들었다. 한참 책을 읽다가 눈이 피곤하면 비파를 켜거나 목욕을 하며 몸단장을 했다.

황제는 정무를 마치고 매일 저녁 향원재를 찾았다. 그와 나는 서로의 육체를 탐했고, 비파를 뜯으며 음악을 즐기고, 밤이 깊을 때까지 시간 가는 줄 모르고 담소를 나누었다.

황제가 내리 사흘째 향원재를 찾은 날 나는 요리 솜씨를 발휘했다. 박불화에게 청을 넣어 수라간을 찾아가서 김 상궁의 도움을 받았다. 황제에게 올릴 여러 가지 고려 음식과 주전부리를 만들었다. 일부러 황제가 대청도에 있을 때 식모 할멈이 만들어 주었다는 음식을 준비했다. 향긋한 청애병靑艾餠(쑥떡), 바삭바삭한 매잡과, 수단水團…….

고려 음식을 잔뜩 싸가지고 향원재로 돌아오니 낭군을 기다리는 새색시의 마음이 되어 설레었다. 마침내 향원재를 찾은 황제의 발소리가 들리자 나는 너무도 행복했다.

그 설렘을 읽었는지 황제는 만면에 미소를 띠고 나의 얼굴을 살폈다. 그러다가 그는 탁자 위에 놓인 그릇들을 보더니 소리쳤다.

"아니, 이게 다 무엇이오? 고려 음식들이군! 이것은 쑥설기, 이것은 매잡과…… 이것은 무엇이지?"

황제는 천진한 아이처럼 즐거워하며 물었다.

"수단이라고 하옵니다. 이것은 그냥 떡으로 먹기보다는 꿀물에 띄워 즐기는 것이 묘미가 있는 음식입니다. 한번 드셔 보시옵소서."

수단은 쌀가루나 밀가루를 반죽하여 경단같이 만들어서 끓는 물에 삶은 뒤에 꿀물에 넣고 잣을 띄워 먹는 음식이다. 한번 맛을 본 사람들은 두고두고 그 맛을 잊지 못하는 별미 중의 별미인 고려 음식이다. 황제는 수단을 맛보더니 엄지손가락을 추켜세우며 반색을 했다.

"아, 이것이 정녕 고려의 맛이로구나!"

매잡과와 청애병 또한 맛을 보더니 탄성을 질렀다.

"이것을 그대가 다 만들었단 말인가?"

"예. 수라간 김 상궁의 솜씨가 좋아서 도움을 받긴 했지만 소녀가 다 만들었습니다."

"대단하구나. 음식 솜씨가 참 좋구나. 이 쑥설기는 대청도 할멈이 만들어 주던 것과 기가 막히게 맛이 똑같아. 그러고 보니 대청도 할멈이 잘 지내는지 궁금하군."

"그 할멈은 주로 어떤 음식을 만들어 주셨어요?"

내가 향수를 자극하니 황제는 대청도에서의 이야기를 술술 꺼내 놓았다.

"대청도는 작은 섬이라서 먹을 것이 많지 않았다. 할멈은 가난하게 살았지만 마음이 따뜻한 사람이었어. 내가 심술이 나서 밥을 먹지 않으면 귀한 몸이니 나중에 큰일을 하려면 음식 타박을 해선 안 된다고 호되게 혼을 내곤 했지. 그땐 할멈이 미울 때도 있었는데……."

황제의 입에 쓸쓸한 그리움이 담긴 미소가 걸렸다. 돌이켜 보면 황제는 인생에 눈을 뜨는 가장 여리고 예민한 시기에 머나먼 이국땅의 외로운 섬에서 고독한 소년 시절을 보낸 것이었다. 그는 아버지와 어머니를 비명에 잃었기에 부모의 정도 모르고 자랐을 터이고, 언제 자신에게도 위험이 닥칠지 모르는 불안하고 초조한 나날을 보냈을 것이었다. 황제는 대청도에서 밥을 해주던 할멈을 어머니처럼 그리워했기에 고려의 음식을 좋아하는 것이었다. 11살, 12살의 어린 나이에 고려 음식에 입맛이 길든 탓이기도 하리라.

"황상께서는 그 할멈이 보고 싶으신가 봐요?"

무심코 던진 말이었는데 황제는 간절함이 배인 목소리로 이렇게 말했다.

"맞아. 가끔 대청도 할멈을 이곳에 데리고 왔으면 좋겠다고 생각할 때가 있어. 이따금 할멈이 만들어 주던 시원한 동치미 생각이 간절할 때가 있지. 천장에 늘 매달려 있던 곶감도 먹고 싶고."

"어머나, 겨울이 오면 동치미 꼭 만들어 드릴게요. 소녀가 만든 동치미가 그 할멈 것만큼 맛이 없으면 정말로 할멈을 데리고 오세요."

황제는 빙그레 웃으며 내 손을 잡았다. 그리고 훗날 그 일은 현실이 되었다. 정말 황제가 할멈을 원으로 불러들인 것이다. 그는 할멈을 보자 눈가에 이슬이 맺혔다. 그런 황제의 모습을 보니 나 또한 고향의 어머니를 만난 것처럼 할멈이 반가웠다. 황제는 천하를 호령하는 자리에 있었지만 여리고 순수하고 외로운 소년에 지나지 않았다. 고려 여자인 내가 황제에게 그토록 오랫동안 지속적으로 사랑을 받은 이유 중의 하나는 고려에 대한 황제의 남다른 추억이 작용했을지도 모를 일이다.

그날 밤, 황제는 어느 누구에도 말하지 않았던 대청도 시절의 이야기를 내게 들려주었다. 그는 대청도에서 2년 가까이 유배 생활을 하는 동안 큰 고생을 하지는 않았다고 했다. 대청도에는 원나라 황금 씨족들의 단골 유배지였기에 황족의 예우를 갖추느라고 소규모 궁이 지어져 있었다. 황제는 유배를 떠나면서 순금으로 만든 부처를 가지고 갔는데 매일 해가 뜰 때마다 고국으로 돌아가게 해달라고 부처에게 기도했다고 한다. 그때마다 할멈은 신실하게 기도하는 어린 황자에게 신심이 깊으니 반드시 대업을 이루고 보위에 오를 것이라고 용기를 주었다고 한다. 그 덕분인지 황제는 건강하게 연경으로 돌아와 마침내 보위에 올랐다.

다음 날, 황제는 향원재를 찾지 않았다. 매일같이 나를 찾아오겠노라고 약속한 것이 무색하게 그는 그다음 날도 향원재를 찾지 않았다.

사흘 만에 황제가 향원재에 모습을 드러냈다. 그는 눈에 띄게 수척해져 있었다. 얼굴빛은 하얗게 질리고 걸음걸이는 기운이 하나도 없어 보였다.

"오늘은 차가 아니라 술을 한잔하고 싶구나."

황제는 한숨을 푹 내쉬었다.

"폐하, 무슨 언짢은 일이 있으신지요?"

나는 조심스럽게 묻지 않을 수 없었다.

"그래. 짐은 황후가 너무 싫다. 그 여자는 짐이 사랑하는 여자도 아니고 짐의 아내도 아니다. 그런데 짐은 그런 여자와 부부로 살아야 한다. 그 여자는 짐을 황제로 생각하지도 않고 다만 자기 가문의 권세를 지키기 위한 도구로 생각하고 있어. 짐은 황제이지만 내 힘으로 할 수 있는 것은 아무것도 없다."

너무도 느닷없고 놀라운 황제의 이야기에 나는 아무런 말도 꺼낼 수 없었다. 박불화에게 전해 들은 말도 있고 궁중에 떠도는 이야기로도 이미 알고 있던 사실이었지만 황실을 움직이는 황족들의 문제에는 개입할 수 없었다.

다만 진심으로 황제가 가엾다고 생각했다. 그리고 동시에 고마운 마음이 들었다. 나 같은 고려 여자에게 마음속의 말을 기탄없이 내뱉는 황제가 너무나 사랑스러웠다. 황제는 그만큼 나를 믿고 의지하고 싶은 듯했다.

황제는 사흘 동안 다나슈리 황후와 탄기쉬 형제들과 전쟁을 치르느라고 온몸에 진이 다 빠진 것 같다고 말했다.

"폐하, 기운을 차리세요. 폐하께서는 누가 뭐래도 원 제국의 지존이십니다."

길 잃은 고아처럼 기운 없이 축 늘어진 황제를 위로했다.

"이 황궁에서 나를 황제라 생각하는 이는 너뿐이구나."

"폐하, 자꾸 그런 말씀은 하지 마소서. 소녀가 폐하를 위해 간절히 기도하겠나이다."

황제를 포근한 모성으로 따듯하게 안아주었다. 그가 진정한 황제가 될 수 있도록 도와야 한다고 결심했다. 또한 황제가 자신을 확인할 수 있는 유일한 시간이 오직 나와 함께 있을 때뿐이기를 바랐다.

따듯한 품속에 있자니 불끈 힘이 솟는지 황제는 나를 와락 껴안고 몸을 더듬으며 하나하나 옷을 벗기기 시작했고 우리는 열락悅樂의 기쁨 속으로 빠져들었다.

행위를 마친 황제는 온몸이 땀에 젖은 채로 기쁨에 취해 나를 바라보았다. 나는 가만히 누워 눈을 뜨고 나를 내려다보는 황제의 얼굴을 마주 보았다. 그는 속눈썹이 길고 짙은 눈썹에 선이 굵게 내려온 콧날과 섬세한 입술의 선을 가진 사내였다. 황제의 모습이 새삼스럽게 새로이 보인다는 사실에 깜짝 놀랐다.

나는 자리에서 일어나 황제의 얼굴을 부드럽게 매만졌다. 황제의 참모습을 내 머릿속에 확실하게 각인시키고 나중에 그가 변한다면 당신은 이러한 사람이었노라고 반추시키고 싶다는 생각이 들었던 것이다.

이제 막 돋아나기 시작한 까뭇한 수염과 섬세한 선을 가진 입술과 굵게 내려온 콧날을 매만지며 속으로 중얼거렸다.

'이제 내가 진정으로 황상의 여인이 되었군요.'

황제도 내 얼굴을 부드럽게 매만졌다.

"너의 눈은 가을 하늘처럼 시원하고 맑구나. 눈썹은 초승달같이 아름답고, 입술은 앵두 같고, 코는 오똑하고, 두 볼은 도화桃花처럼 곱고, 허리는 버들 같구나."

황제의 긴 속눈썹에 무지개가 서린 듯했다.

"황상 폐하, 너무 그러시면 부끄러워요."

"짐은 이제부터 너와 함께 밤을 지낼 것이다. 너처럼 나를 안아주는 여인은 처음 보았다. 이제 술이나 한잔 하자꾸나. 지난번에 보니 짐이 너에게 술을 가르쳐야 할 것 같더구나."

"오늘은 소녀가 주사를 좀 부려도 되는 건가요?"

"정신 못 차리고 잠들던데 주사를 부릴 수나 있겠느냐?"

지난 연회 때 비친 내 모습을 묻고 싶었지만 그만두었다. 공연히 지난 일로 황제에게 웃음거리가 되고 싶지는 않았다. 오늘은 정신을 바짝 차리고 마셔 보리라.

비취색 술병을 기울여 백옥 술잔에 술을 가득히 부어 황제에게 올렸다. 그도 나에게 술을 따라 주었다. 우리는 주거니 받거니 술잔을 기울였다. 술을 석 잔이나 마셨는데도 이번에는 견딜 만했다.

"이상해요. 지난번에는 머리가 빙빙 돌고 세상이 빙빙 도는 것 같았는데 오늘은 기분이 아주 좋아지는데요."

황제가 하하 웃으며 말했다.

"술은 마시다 보면 느는 법이란다. 짐도 처음에는 세상이 빙빙 돌았느니라, 하하."

"정말이옵니까?"

"그렇다니까. 나와 밤마다 술을 마시다 보면 주태백이가 될 것이다."

"싫습니다. 소녀는 말짱한 정신으로 살고 싶어요."

하지만 그날도 나는 어떻게 자리를 파하고 잠이 들었는지 기억하지 못했다.

다음 날, 놀라운 일이 일어났다. 나를 후비后妃로 봉한다는 첩지帖紙가 내려온 것이다. 그와 함께 향원재로 네 명의 궁녀와 두 명의 환관이 보내졌다.

황제의 사랑을 듬뿍 받기 시작하자 휘정원 원사 고용보는 자주 나를 찾아와 많은 이야기를 들려주거나 내 의견을 물어보곤 했다.

"우리 고려인들이 황궁을 지배하게 되면 그것은 우리의 조국 고려에도 엄청난 득이 되는 일이오. 부마국으로 전락했다고 한탄하는 사람도 있지만 벌써 100년 동안 고려에는 전과 같은 전란이 없어서 백성들은 마음 편한 세상을 살고 있소. 우리는 무엇이 고려 백성을 위한 일인지 잘 생각하고 일을 진행해야 할 것이오."

고용보는 고려 출신 환관들의 지도자로, 박불화는 그를 큰형님처럼 모시고 존경했다. 그는 차분하고 생각이 깊으며 논리적인 인물이었고, 박불화는 생각하는 것을 행동으로 옮기는 실천적인 인물이었다. 그 두 사람이 나의 미래를 열어가는 데 꼭 필요한 이들이란 것을 절실히 느낄 수 있었다.

황제는 계속해서 나를 감동시켰다. 그는 나를 총애하는 것뿐만 아니라 고려에 있는 나의 가족에 대한 배려도 잊지 않았다.

어느 날, 중서성中書省 단사관斷事官에서 두린頭麟이란 관리가 궁으로 나를 찾아왔다. 그는 내게 가족과 고향에 대해 자세히 묻고 기록했다. 그는 황제의 지시를 받고 고려로 떠나게 될 것 같다고 말했다. 아, 곱게 키운 막내딸을 이역만리 머나먼 곳으로 보내놓고 시절을 한스러워한 아버지와 어머니가 이제 나의 소식을 듣고 마음이 놓이시리라.

황제의 총애를 받는 것은 인생 역전을 의미했다. 공녀로 끌려와야 했던 타율적 삶은 이제 스스로 움직이는 권력자로서의 자율적 삶으로 바뀔 것이었다.

그러나 내 앞에는 큰 시련이 다가오고 있었다.

황후의 질투

 다나슈리 황후는 주도면밀하고 잔혹했던 아버지 엘티무르만큼 집요하고 잔인했다.
 갑자기 나타난 고려 여자가 황제의 총애를 독차지하고 있다는 소식을 접한 황후는 두 눈이 뒤집힌 것 같았다. 그도 그럴 것이 황제의 총애를 후비들에게 빼앗긴 그녀는 초조해했던 것이다. 가문의 위세로 권력을 틀어쥐고 황상을 껍데기뿐인 황제로 만들었지만 그녀에게 돌아온 것도 황제의 껍데기뿐인 총애였던 것이다.
 황제에게는 나 이전에 두 명의 후비가 있었는데 그녀들은 모두 다나슈리 황후를 두려워했다. 황후는 궁중에서 자신만

이 지고한 존재이며, 후비들쯤이야 자기 마음대로 욕하고 때릴 수 있는 존재라는 사실을 깨우쳐 주기 위해 갖은 모욕적인 행동을 서슴지 않았다. 한 후비는 가마가 사치스럽다는 이유로 황후에게 불려가 욕을 먹었고, 한 후비는 조정의 일에 쓸데없이 나섰다고 채찍을 맞기도 했다. 고용보도 다나슈리 황후의 심기를 건드리는 일을 하지 말 것을 내게 신신당부했다.

나는 황후의 시기와 눈총에서 벗어나고자 박불화가 지시하는 대로 황후전을 찾아가서 문안 인사를 드리고, 하루도 빠지지 않고 나를 찾는 황제를 달래서 사흘마다 오도록 만들었다. 황제는 아쉬움을 표했지만 나의 뜻을 따라 주었다. 황제의 총애를 한 몸에 받고 있었기에 그만큼 자신감과 여유가 생겼다. 좀 더 힘을 얻을 때까지는 낮은 자세로 임하리라.

향원재에서의 생활도 익숙해지고 있었다. 나는 황궁 전체의 지도를 머릿속에 그려놓고 싶어 가마를 타고 흥성궁을 나와 궁성 이곳저곳을 살피고 다녔다. 황궁은 황제가 머물고 있는 대녕궁과 그 주위의 호수를 둘러싸고 연이어 늘어선 건청궁, 곤녕궁, 태화전, 중화전, 보화전 등의 궁성들로 이루어져 있었다. 궁은 남북 방향으로 나란히 늘어서 있고 궁녀들이 머무는 곳은 황궁의 동쪽과 서쪽이었다. 황궁은 9,000

여 개의 가뭇한 건물들과 끝없이 이어지는 담장으로 이루어져 있어 평생을 궁 안에서 보낸 늙은 궁녀조차도 미처 가보지 못한 곳이 수두룩한 곳이었다. 아마 황제의 승은을 입지 못했더라면 황궁의 규모에 압도되어 숨도 제대로 쉬지 못했으리라.

나는 언젠가 이루어질 꿈을 위해 황궁 이곳저곳을 둘러보는 것을 취미로 갖기 시작했다. 몇 차례의 특별한 산보를 통해 차츰 황궁의 지도를 머릿속으로 그릴 수 있게 되었다.

그런데 뜻하지 않은 곳에서 일이 터지고 말았다. 그날 나는 수라간의 김 상궁을 데리고 황궁 남쪽 문에 속하는 태화문 밖을 다녀왔다.

태화문 밖은 온 나라의 상인과 궁궐 안의 사람들로 북적거렸다. 온갖 물건들이 들어오고, 많은 사람들이 드나들었다. 서역에서 온 눈이 파랗고 머리가 노란 사람들, 서역에서 들어왔다는 진귀한 물건들이 눈을 사로잡았다. 그 신기한 물건들은 아무리 보아도 질리지 않았다. 나는 공녀 수레를 타고 처음 보았던 연경의 놀라운 광경을 잊지 못하고 있었다.

황제를 즐겁게 해주기 위한 고려 음식을 만들기 위해 김 상궁과 함께 고려에서 온 물품을 파는 상점에서 여러 가지 식재료를 샀다. 마치 장날 소풍을 나온 듯한 즐거운 기분이었다. 장보기를 마치고 가마를 세워둔 곳으로 돌아가니 그곳에는 정체 모를 궁녀들이 포진해 있었다. 그녀들은 나를 둘러싸고 말했다.

"우리는 황후 마마를 모시는 나인內人들이오. 올제이 후투그를 끌고 오라는 황후 마마의 지엄하신 명이오. 명을 받드시오."

"황후께서 무슨 까닭에 그런 명을 내리신 것이오?"

궁녀들은 대답할 가치도 없다는 듯이 말했다.

"황후 마마의 지엄하신 명을 따르시오."

나는 영문도 모르는 채 죄인처럼 황후전으로 끌려갔다. 아랫입술을 질끈 깨물고 황후의 면전에 무릎을 꿇고 엎드려 절을 했다.

"네년이 황상의 총애를 좀 얻었다고 해서 도성 안팎을 넘나들며 그따위 무례한 행동을 한단 말이냐?"

다나슈리 황후는 내가 무슨 대역죄라도 지은 양 호통을 쳤다.

"무슨 말씀이십니까? 소녀, 무엇을 잘못했는지 알지 못하나이다."

"네가 어떤 신분인지 알고 있느냐?"

"알고 있사옵니다."

"그것을 알고도 그따위 차림을 하고 황궁을 빠져나가서 시정잡배들과 밀통을 하였단 말이냐?"

다나슈리 황후는 내가 성문 밖으로 나간 것을 꼬투리 잡고 있었다.

"죽을죄를 지었습니다. 소인을 용서해 주소서."

나는 무조건 잘못을 빌었다. 황궁의 규율은 궁 밖에 나서면 무조건 가마를 타야 했다. 비빈들은 얼굴을 함부로 아랫사람에게 보여서는 안 되기 때문이었다. 황후는 그것을 꼬투리 잡아 내가 시정잡배들과 밀통을 하고 다녔다는 혐의를 두고 추궁을 했다. 궁녀 신분일 때 장을 보러 다니던 습관 때문에 아무런 거리낌 없이 행동한 것이 황후에게 꼬투리를 잡힐 줄이야!

"네가 누구를 만나고 다녔는지 이실직고를 하렷다!"

"저잣거리를 구경하고 물건을 몇 개 샀을 뿐이옵니다."

"아니, 그래도 저년이! 감히 변방의 천한 고려 계집 따위가 날 농락하려고 들다니. 너를 매로 다스려 주마!"

황후는 채찍으로 나를 후려쳤다. 살갗이 찢어지는 고통을 느꼈지만 이를 악물고 참아냈다. 몇 차례의 채찍이 내 몸 위를 갈겼는지 모른다. 나는 비명을 지르지도, 몸을 피하지도 않았다. 등줄기며 목덜미에서 피가 흐르고 있었다.

"진정 죽고 싶은 것이냐? 어서 네 잘못을 이실직고하라."

황후는 채찍질을 멈추고 카랑카랑한 목소리로 외쳤다. 그 옆에 늘어선 궁녀들은 숨을 들이마시지도 내쉬지도 못한 채 굳은 얼굴로 서 있었다.

"죽을죄를 지었습니다. 소인을 용서해 주소서. 다시는 그런 짓을 하지 않겠습니다."

"황궁에서 종으로 부릴 만한 천한 것이 황상의 총애를 좀 얻었다고 제멋대로 날뛰다니! 다시 한번 방자하게 굴었다가는 절대 용서하지 않을 것이다. 그만 썩 꺼져라!"

황후는 채찍을 내동댕이치며 소리쳤다. 온몸이 찢기고 피멍이 들어 몹시 아팠으나 나 자신보다는 다나슈리 황후가 측은하다는 생각을 하면서 황후전을 물러났다.

그 누구도 넘볼 수 없는 막강한 가문의 힘으로 어마어마한 권세를 손에 쥐었으나 정작 황제의 총애는 받지 못하는 불쌍한 황후였다. 그녀는 자신의 힘과 위세를 드러냄으로써 황제의 총애를 받는 여인들로 하여금 두려움을 갖게 하여 감히 자신에게 도전하지 못하고 교만함을 갖지 않게 할 수 있다고 믿는 모양이었다.

다나슈리의 가문은 황금 씨족은 아니었지만 황실의 일원이었고 황제도 두려워하는 군사력과 권력을 가진 명문거족이었다. 다나슈리의 아버지인 엘티무르는 태정제 이후 여러 황제를 자기 입맛대로 바꾸며 권력의 기반을 다져온 최고 실세나 다름없었다.

그런 집안을 배경으로 가진 다나슈리 황후의 눈에 나 같은 고려의 계집 하나는 쓸데없는 검불처럼 여겨졌는지도 모른다. 그녀는 나에게 커다란 모멸감을 안겨주었다. 그러나 나는 두려워하거나 좌절하지 않았다.

후비가 되었다고는 하나 아직 일개 궁녀에 지나지 않았고 궁녀의 몸으로 황후와 다툴 수는 없었다. 황후와 겨룬다는 것은 자칫 목숨을 잃을 수 있는 일이었다. 하지만 나는 황제를 내세워 다나슈리와 싸우리라 결심했다.

'나는 황제와 더불어 다나슈리와 맞설 것이다. 황제는 이제 성년이 되었고 다나슈리 일족의 전횡을 막아내야만 진정한 황상의 위상을 지니게 되는 것이다.'

결심이 굳어지자 황후가 또다시 욕을 하고 채찍으로 때린다 하더라도 더는 마음 쓸 것이 없다는 용기가 생겨났다.

하늘은 스스로 돕는 자를 돕는다고 했던가! 황후에게 맞은 상처가 채 아물기도 전에 하늘이 나를 돕는 일이 일어나고야 말았다.

1335년 6월, 박불화가 향원재로 헐레벌떡 달려왔다.

"마마, 다나슈리 황후의 오라비인 탄기쉬와 타라카이가 역모를 꾸몄다고 합니다."

박불화는 내가 승은을 입고 향원재의 주인이 된 날부터 깍듯이 극존칭의 경어로 나를 대하고 있었다.

모반이라니! 나는 머리끝이 쭈뼛 서고 가슴이 마구 뛰었다. 만약 황제에게 무슨 일이라도 생기면 큰일이 아닌가!

"황제가 등극한 지 얼마나 되었다고 모반입니까? 더구나 그자들은 황후의 오라비가 아닙니까? 만약 황상에게 무슨 변고라도 생기면 어쩌지요?"

박불화의 표정으로 보아 사건이 좋은 방향으로 가고 있다는 것을 짐작할 수 있었지만 혹시 몰라 걱정이 되었다.

"걱정 놓으십시오. 반란 세력은 이미 붙잡혔습니다. 지금 국문을 당하고 있다 합니다."

나는 그제야 가는 한숨을 내쉴 수 있었다.

"그들이 무엇이 아쉬워서 역모를 꾸몄단 말인가요?"

"엘티무르가 명종 폐하를 시해한 것을 황상께서 알게 되었다고 판단한 것 같습니다. 근간에 황상께서 승상 바얀에게 대부분의 정사를 맡기자 머지않아 자신들이 칼을 맞으리라 생각해 불안을 느끼고 모반을 획책한 것 같습니다."

"탄기쉬와 타라카이는 붙잡혔나요?"

"예. 탄기쉬는 저항하다가 목이 달아났고 타라카이는 옥에 갇혀 있습니다."

"다른 주모자는요? 황후의 숙부는 가담하지 않았나요?"

박불화는 긴장했던 얼굴의 근육을 풀고 껄껄 웃었다.

"대단하십니다. 어느새 조정의 흐름을 꿰고 계시는군요."

"그거야……."

"황후의 숙부 다린다리䚽里도 함께 모반을 꾀한 혐의를 받고 체포되었습니다."

"그들은 새로운 황제로 누구를 옹립하려고 한 건가요?"

"쿠빌라이 칸의 증손 황화티무르晃火帖木兒라고 합니다."

"다나슈리 황후도 이 일을 알고 있었나요?"

나는 가장 궁금하던 것을 물었다. 박불화는 고개를 크게 끄덕였다.

"예, 그렇습니다."

"어떻게 그럴 수 있죠? 황상은 자신의 남편인데?"

"그것이 야수 같은 그 집안사람들이 하는 일입니다. 엘티무르는 황상의 부친이신 선황제도 시해한 자입니다. 황후는 허울뿐인 남편보다는 집안을 선택한 것이겠지요."

나는 경악할 수밖에 없었다.

황제 폐위 음모 사건

사건의 내막은 이러했다.

 탄기쉬 형제는 아비인 엘티무르가 명종을 시해한 일을 황제가 알게 되면 자신들에게 해가 닥칠 것을 염려하고 있었는데, 승상 바얀이 조정에서 최고 실력자로 부상하면서 황제를 자주 독대하자 그들의 불안감은 최고조에 이르렀다. 그들 형제 외에도 또 한 사람 불만을 가진 이가 있었으니 바로 구용군왕句容郡王 다린다리였다. 그는 엘티무르의 동생으로, 탄기쉬 형제의 숙부였다.

 "태정제 이후 원은 우리 가문의 천하였다. 도대체 사막에서 말이나 타던 바얀 따위가 어찌 조정을 쥐락펴락할 수 있단 말이냐?"

다린다리는 엘티무르와 더불어 명종을 시해한 장본인이라 그의 불안은 더욱 컸다. 다린다리는 유배지에서 돌아와 연경으로 입성한 13살 소년을 잊지 않고 있었다.

그날 엘티무르는 소년에게 신하의 예를 갖추어 깍듯이 영접했으나 어린 황제는 한마디 대꾸도 하지 않았다. 엘티무르는 어린 소년이 모든 사건의 진실을 알고 있는 것이 아닌지 불안해했다. 그는 황제로 옹립할 다른 사람을 찾아보았으나 태황태후는 지금의 황제를 보위에 올릴 것을 고집했다. 엘티무르는 황제에게 자신의 딸 다나슈리를 시집보내는 묘책을 내놓고 죽었다.

엘티무르 집안사람들은 명종을 시해할 당시 황제가 6살짜리 꼬마였기에 아무것도 모르리라 생각하고 있었다. 더구나 황제는 이곳저곳으로 유배를 다니며 어린 시절을 보냈기에 그의 주변에는 사건의 전말을 일러줄 만한 이가 없었다. 엘티무르는 명종을 시해한 후 명종의 바부샤八不沙 황후 즉 지금 황제의 어머니까지 독살하는 등 사건의 내막을 일러줄 사람을 모두 제거했던 것이다. 그래서 황제는 어떤 이야기를 들어도 모든 것이 구름에 휩싸인 듯 희미하고 아리송했다.

하지만 바얀이 승상이 되면서부터 엘티무르 가문의 불안

은 다시 시작되었다. 지난날 비극적인 사건의 진상을 황제가 눈치채지 못하더라도 바얀이 막강한 힘을 가지고 있는 한 언제든 문제가 불거질 개연성이 컸다.

"바얀의 한마디가 황제의 귀를 자극하는 날이면 우리 가문의 몰락은 시간문제이다. 사건이 아무리 오래되었다고는 하지만 바얀이 그 당시의 상황을 폭로하는 날에는 모든 것이 끝장날 수도 있다. 더구나 황제는 이제 성인이 다 되었다. 더는 어린아이가 아니란 말이지."

숙부인 다린다리의 말에 탄기쉬 형제는 비로소 사태의 심각성을 깨달았다.

"숙부님, 그럼 우리도 대책을 세워야 할 것 아닙니까?"

탄기쉬는 절망적으로 외쳤다.

"바얀의 입을 막아야지. 아니면 황제를 몰아내던가."

그렇게 해서 황제를 폐위시키려는 그들의 음모가 시작된 것이다. 탄기쉬 형제와 다린다리는 강력한 군사력을 지니고 있는 바얀보다는 황제를 축출하는 것이 손쉬울 것이라고 결론을 내렸다.

탄기쉬 형제와 다린다리는 황화티무르를 차기 황제로 옹립하기로 결정하고 거사 준비에 들어갔다. 그런데 그 정보는 곧바로 황제에게 보고되었다.

1335년 5월, 어느 날이었다. 담왕倓王 철철독徹徹禿이 황제에게 알현을 요청했다. 담왕은 겸손하고 고결해 보이는 인상을 가진 선비 같은 사람이었다. 그는 조정의 정무를 직접 담당하지 않았기 때문에 따로 부르지 않는 한 조정에 들어오는 일이 드물었다. 그런 그가 급하게 알현을 요청한 것을 보면 분명 무슨 일으리라는 생각에 황제는 그를 편전으로 불러들였다.

"담왕을 어서 들라 해라."

잠시 후, 철철독이 들어와 황제에게 인사를 올렸다.

"어서 오시오. 경을 본 지가 오래되어 그렇지 않아도 궁금하던 차였소. 그래, 무슨 일이오?"

그러나 담왕은 머리를 조아리고 엎드려 있을 뿐 미동도 하지 않았다.

"무슨 일이오? 고개를 들고 짐을 찾은 연유를 고하시오."

담왕은 고개를 들고 아뢰었다.

"폐하, 긴한 사항이니 소신의 글을 읽어 주시옵소서."

담왕은 주위에 말이 새어나갈 것이 두려워 자신의 상소를 글로 적어서 바친 것이다. 담왕의 글을 읽은 황제의 표정이 하얗게 질리고 두 손은 부들부들 떨리고 있었다. 황제는 좌우를 물리고 담왕에게 물었다.

"그들은 나의 처남들이오. 권세로 치면 황제인 나를 능가하는데 무엇이 아쉬워서 이런 사단을 벌인단 말인가?"

담왕은 가슴 깊이 담아둔 사직의 비밀을 이야기했다.

"폐하의 조부이신 무종 황제께서는 명종, 문종 두 황자를 두셨습니다. 무종 황제께서 붕어하신 뒤에 서열상 폐하의 선친이신 명종께서 등극하셔야 했지만, 엘티무르가 나서서 문종을 황제로 옹립했습니다. 명종 폐하는 운남성에 연금해 버렸지요. 명종 황제께선 가까스로 유배지를 벗어나 화림으로 가셔서 별도로 황위에 오르셨습니다. 한 나라에 두 황제가 생긴 것이지요. 그 뒤 아우인 문종께서 왕위를 양보하시어 옥새를 명종께 전하고 스스로 물러났습니다. 이에 두려움을 느낀 엘티무르가 명종 황제를 독살하기에 이릅니다."

듣고 있던 황제의 두 눈이 크게 떠졌다.

"무엇이라? 엘티무르가 선황을 살해했다?"

"그러하옵니다. 그 뒤 문종 황제께서 다시 왕위에 오르자 엘티무르가 폐하에게 누명을 씌워 고려로 유배를 보냈던 것입니다."

황제는 그제야 안갯속 같던 찜찜한 것들이 확 걷히는 느낌이 들었다.

"그런 중요한 사실들을 이제껏 짐이 모르고 있었던 연유가 무엇이오?"

"잔혹한 엘티무르는 당시 상황을 아는 인물들에게 관직을 주어 포섭했고, 반대하는 자들은 모조리 살해했습니다. 그 사실을 아는 자는 저를 포함하여 몇몇에 지나지 않사옵니다."

"담왕, 그대는 탄기쉬 형제의 음모를 어떻게 안 것이오?"

"저들이 황화티무르를 차기 황제로 옹립하기로 결정하자 신과 친분이 깊은 황화티무르가 저에게 도움을 요청해 왔습니다. 신은 그들의 모의에 가담하기로 약조하고 곧바로 황궁으로 달려온 것입니다."

하얗게 질렸던 황제의 얼굴은 노기로 가득 차서 열을 뿜고 있었다.

"폐하, 시간이 없습니다. 한시라도 빨리 막아야 합니다."

"이 일을 어떻게 막을 수 있단 말이오?"

"어서 승상 바얀을 부르소서."

황제는 비밀리에 승상 바얀에게 사람을 보내서 탄기쉬 형제와 다린다리의 음모를 알렸다. 바얀은 재빨리 움직였다.

한편 탄기쉬와 타라카이, 다린다리, 황화티무르 일당은 정보가 새어나간 줄은 꿈에도 생각하지 못하고 거사에 들어갔다. 그들의 군사는 밤을 틈타 황궁에 진입하는 데 성공했다. 궁성 안에 있는 몇몇 부대는 이미 탄기쉬의 지시를 따르고 있었다. 그들이 거느린 2만 5,000명의 군사가 궁을 포위했다.

탄기쉬는 군사들을 이끌고 황제를 머물고 있던 보화전을 급습했다. 그런데 보화전은 쥐 죽은 듯이 고요하기만 했다. 누구도 그들의 진입을 저지하지 않아 칼을 쓸 일도 없었다. 병사들이 내달려서 내전을 샅샅이 뒤졌으나 황제의 모습은 어디에서도 찾을 수 없었다.

탄기쉬는 정보가 잘못되었다고 판단하고 황제가 평시 거처하는 대녕전으로 발길을 돌렸다. 대녕전에 이르렀을 때였다. 곤덕전 안에는 수많은 창칼들이 횃불을 받아 번득이고 있었다. 탄기쉬는 아찔했다. 비로소 비밀이 탄로 났다는 사실을 깨달았지만 이미 때는 늦었다.

사방에서 횃불이 켜지고 황제의 친위군이 탄기쉬의 군사들을 에워쌌다. 순간 사방에서 화살이 비 오듯 쏟아졌다. 탄기쉬의 군사들 태반이 화살을 맞고 쓰러졌다. 제대로 서 있는 군사는 수십 명에 지나지 않았다.

그때 한 사람이 소리치며 나타났다.

"탄기쉬, 어찌 이다지 무모하고 어리석을 수 있는가?"

순간 탄기쉬는 기절할 듯이 놀랐다. 그는 바로 승상 바얀이었다. 탄기쉬는 모든 것이 수포로 돌아갔음을 깨달았으나 여전히 믿는 구석이 하나 있어서 다시 큰 소리로 외쳤다.

"바얀, 아직 끝나지 않았다. 도성 밖에 우리의 대군이 기다리고 있다. 일찌감치 투항한다면 네 목숨만은 살려주마."

바얀은 폭소를 터뜨렸다.

"탄기쉬, 네놈들의 군대는 이미 철수했다. 네 동생 타라카이는 황후의 침상에서 체포되었다. 칼을 버리고 항복하라."

탄기쉬는 동생 타라카이가 체포되었다는 말에 아연실색했다. 그것도 여동생 다나슈리의 침상에서 체포되다니! 도저히 믿을 수 없는 일이었다. 탄기쉬는 그것이 바얀의 술수일지도 모른다는 생각에 다시 소리쳤다.

"거짓말하지 마라. 타라카이는 대군을 몰고 도성 안으로 진입하고 있다."

탄기쉬는 죽기를 각오하고 싸우기로 작심하고 칼을 높이 들었다.

"쳐라! 한 놈도 물러서지 마라! 물러서는 놈은 내 칼이 용서치 않을 것이다."

하지만 탄기쉬의 군사는 수적으로 열세였고 이미 사기가 꺾여 있었다. 한때 천하에 용맹을 떨치던 바얀 장군의 정예군에게 창칼을 겨눌 투지가 사라진 것이다. 몇몇 군사가 탄기쉬를 따라 칼을 휘두르며 맞서 보았으나 이내 목이 떨어져 땅에 나뒹굴었다. 탄기쉬의 군사들은 하나둘 칼을 내려놓기 시작했다. 결국 탄기쉬 혼자 칼을 내두르며 춤을 추는 지경에 이르렀다.

바얀이 탄기쉬에게 다가섰다.

"어차피 네놈은 죽을 목숨이다. 고통 없이 보내주마!"

탄기쉬의 칼이 허공을 가르며 날아들었으나 바얀은 가볍게 그를 피하고 단칼에 탄기쉬의 가슴을 찔렀다. 탄기쉬는 비틀거리다가 이내 바닥에 쓰러졌다. 그때 탄기쉬가 기절할 일이 또 하나 벌어졌다. 곤룡포를 걸친 황제가 그 장면을 지켜보고 서 있었던 것이다.

한편 탄기쉬의 동생 타라카이는 바얀의 말대로 다나슈리 황후의 침소에서 붙잡히는 바람에 황후도 혐의를 벗어날 수 없게 되었다.

"타라카이가 도주했다. 타라카이를 찾아라."

바얀에 의해 타라카이의 군사도 일망타진되었는데 오직 타라카이만 사라져 버린 것이었다. 황궁은 물샐틈없이 경비가 이루어지고 있었기에 그 경계망을 뚫고 도주한다는 것은 불가능한 일이었다. 친위군을 지휘하던 숙위宿衛 설설耬耬은 황후가 거처하는 정궁正宮을 의심했다. 그러나 일개 장수가 황후의 침전을 뒤질 수는 없는 일이었다. 설설은 재빨리 황제를 찾아갔다.

"황제 폐하, 일당을 모조리 베거나 검거했사온데 타라카이는 찾지 못했습니다. 소장이 생각건대 황후전으로 숨어든 것이 아닌지 의심스럽습니다."

"짐더러 어쩌란 말이더냐?"

"소장이 황후전을 수사할 수는 없는 일이라…… 폐하께서 소장과 함께 황후전에 거동을 해주심이 수사에 만전을 기할 수 있는 바라 사료되옵니다."

설설은 황제가 신임하는 충복 중의 충복이었다. 그리고 황제는 이번 일은 한 치의 오점도 남기지 않고 종지부를 찍고 말리라는 결심이 섰기에 설설의 청을 흔쾌히 받아들였다.

황제는 설설이 이끄는 친위군의 호위를 받으며 다나슈리 황후를 찾았다. 황제의 느닷없는 등장에 황후는 소스라치게 놀랬다.

"황후, 짐이 너무 적조하다고 나무라시더니 방문이 반갑지 않소? 표정이 왜 그리 어두운 것이오?"

다나슈리 황후는 황제가 가까이 다가와도 일어날 생각을 하지 않고 온몸을 부들부들 떨며 앉아 있었다. 눈치가 빠른 설설은 황후의 보좌 밑에 누군가 숨어 있다는 것을 직감적으로 알아챘다. 설설이 말했다.

"황후 마마, 잠시 일어나 주시지요."

"이런 방자할 때가. 네놈은 목이 몇 개라도 되느냐?"

"역적을 잡아내는 일입니다. 잠시 일어나시지요."

황후는 기가 차다는 듯 황제를 보았으나 황제는 황후의 손을 잡아당겨 자리에서 일으켜 세웠다.

"폐하, 역적 타라카이가 황후의 보좌 밑에 숨어 있습니다."

설설은 타라카이의 목에 칼을 겨누고 황후의 보좌 밑에서 그를 끌어냈다. 그제야 다나슈리 황후는 황제에게 무릎을 꿇고 목숨을 구걸했다.

"폐하, 제발 목숨만 살려주십시오."

황제의 대답은 싸늘했다.

"형제가 공모해서 짐을 범하려 했는데 그런 역적들을 어찌 살려 둘 수 있단 말이오?"

탄기쉬 형제의 황제 폐위 역모 사건은 어이없게도 하룻밤의 촌극으로 끝이 났다. 탄기쉬는 바얀의 칼에 숨이 끊어졌고 타라카이는 참수를 당했다.

모의에 가담한 잔당들도 속속 잡혀 왔다. 다린다리는 반역이 실패한 것을 알아채고 황화티무르에게 몸을 숨겼다. 참으로 어리석은 자였다. 거사가 들통이 난 마당에 자신들이 보위에 올리려던 자에게 몸을 피하다니! 다린다리와 황화티무르의 목이 베어져 대도성 한가운데 내걸렸음은 물론이다.

남은 것은 황후였다. 황제는 만조백관에게 물었다. 이미 좌상 탄기쉬가 몰락한 조정에서 논의는 하나 마나였다. 승상 바얀이 주청했다.

"황후를 폐함이 가할 줄 아뢰오!"

이렇게 해서 황제 위에 군림하던 엘티무르의 가문은 종지부를 찍었다.

기순은 자신을 채찍으로 갈기던 황후를 생각하면 그녀가 끔찍하게 밉다가도 한편으로는 불쌍하다는 생각이 들기도 했다.

"요즘 다나슈리는 어떻게 지내고 있을까요?"

기순이 무심코 묻자 박불화가 굳은 표정으로 답했다.

"얼마 전에 사약을 받고 죽었습니다."

"뭐라고요? 전혀 듣지 못한 이야기인데요? 황상께서도 그 사실을 알고 계시나요?"

"사후에 보고를 받으셨다고 들었습니다."

"그럼 누가 다나슈리를 죽인 건가요?"

"바얀입니다."

기순은 소름이 돋았다. 바얀, 그자가 황제의 명령 없이 독단적으로 그런 결정을 내리다니. 그럴 수가 있는 것인가?

제5장

황금 씨앗

새로운 황후

다나슈리가 비명에 세상을 떠난 후 나는 손가락 사이로 모래알이 빠져나가듯 인생이 허망하다는 사실을 깨달았다. 황제 위에 군림하면서 그토록 권력에 집착하고 갖은 만용과 패악을 부리던 다나슈리의 최후가 그러할 줄 누가 알았으랴.

다나슈리가 사라진 후 조정에서는 새로운 황후를 맞아들여야 한다는 논의가 분분했다. 오로지 나만을 총애하는 황제는 나를 황후의 자리에 앉히고 싶어 했다.

"짐이 그대를 황후로 만들어 주겠소."

그 말을 듣는 순간 하늘을 나는 기분이 어떤 것인지 알 것만 같았다.

'아, 일개 공녀로 끌려와 제국의 황후가 될 수 있다니!'

흔히 사람들은 너무도 좋은 일이 생기면 꿈만 같은 일이라고 하지만 나는 내게 벌어지고 있는 일이 꿈보다 더한 엄청난 기적이라고 생각하지 않을 수 없었다. 하지만 기적이란 정말로 이루어지기 힘든 일이기도 했다.

조정 대신들 사이에는 나를 황후에 책봉하는 것을 반대하는 세력이 너무도 많았다. 특히 바얀의 반대는 아주 결정적인 것이었다. 다나슈리 황후 일가의 모반 사건 진압에 일등공신인 바얀은 이제 조정에서 그를 견제할 세력이 없어진 최고 실력자였다.

어전회의에서 황제가 나를 황후로 봉하겠다는 말을 꺼내자 바얀이 분연히 일어나서 말했다.

"폐하, 황송하오나 고려의 궁녀를 황후로 책봉하는 것은 불가한 일이옵니다. 저희 몽골 제국 황실은 태조 때부터 역대 황제의 황후는 몽골의 명문가인 옹기라트Onggirat 부족 출신을 맞아들이는 것이 철칙이었나이다. 더구나 쿠빌라이 칸께서는 고려인을 황후로 봉해서는 안 된다는 유조를 남기셨습니다. 통촉하여 주시옵소서."

황제는 나의 황후 책봉을 반대하는 바얀에게 심한 분노를 느꼈다. 하지만 많은 조정의 신료들도 바얀을 지지하고 나서는 통에 황제는 비참한 심정으로 뒤로 물러섰다. 그 후로 황후 책봉 문제를 놓고 대신들의 주청이 있었으나 의견이 모이지 않았다.

그러는 사이 2년이란 시간이 흘렀다. 그동안 황후 자리는 비어 있었다. 그사이 황제와 나의 사랑은 더욱 무르익어 있었다. 황제는 매일같이 홍성궁을 찾았고 이제는 조정의 일도 대부분 나와 의논했다.

서책을 많이 읽은 덕에 나는 누구보다도 세상에 대한 폭넓은 견문을 가지고 있었다. 나는 학습한 내용을 황제에게 자주 이야기했다. 그는 몹시 기뻐하며 더 많은 서책을 읽고 자신에게 들려줄 것을 부탁했다.

"올제이, 미안하구려. 짐은 아직도 힘이 미약하기만 하오. 조금만 기다려 보구려. 내가 반드시 당신을 황후로 봉하고 말 것이오."

조정의 최고 실력자이자 몽골파의 수장이기도 한 바얀은 야성적인 사람이었다. 그는 황제가 즉위하면서 실시하기 시작한 과거제를 폐지시키면서 계속해서 황제와 대립각을 세웠다. 바얀은 다나슈리 집안사람들처럼 황제를 능멸하는 행동을 하지는 않았지만 자기주장이 너무 확고하고 강해서 두려움을 주는 사람이었다.

'바얀'은 몽골어로는 '부유한'이란 뜻이지만, 한자로 음역하면 '바얀伯顏', 즉 100개의 눈을 가진 사람이란 뜻이다. 그래서 그런지 조정의 신료들은 대부분 그를 두려워했다.

하지만 나는 그가 자신의 강함으로 인해 언젠가 부러질 때가 있으리라 믿었다. 쇠도 지나치게 강하면 뚝 부러지는 법 아닌가!

황후 자리가 비어 있은 지 2년이 지나자 조정에서는 다시 황후 책봉에 대한 논의가 솔솔 피어나기 시작했다. 어느 날 박불화가 내게 말했다.

"마마, 서운해하지 마시고 제 말씀을 들어주소서."

"무슨 말씀인데 그러세요. 어려워 마시고 말씀하세요."

"소신이 생각하기에 조만간 황후 책봉이 이루어질 것 같습니다. 지금 조정의 분위기로 보아서는 승상 바얀이 추천하는 가문에서 황후가 결정될 것이 분명합니다. 황제께서도 더는 미룰 수 없는 사안이기도 하고요. 차선책이 있긴 하옵니다만……."

박불화는 내 눈치를 보며 말끝을 맺지 못했다.

"차선책이 무엇인지 말씀해 보세요."

"마마께서 폐하께 황후 후보를 추천하시는 것입니다."

"제가 황제 폐하께 황후 후보를요?"

나는 놀라서 되묻지 않을 수 없었다.

"그러하옵니다. 마마께서 황후 마마로 등극하지 못할 바에는 선수를 치시는 겁니다."

"누구를 추천한다는 말입니까?"

"바얀 후투그伯顏忽都를 추천하십시오."

과연 묘책이었다. 바얀 후투그는 나보다 먼저 황제의 후비가 된 여자였다. 그녀는 황제보다 네 살이나 나이가 많고 미모도 그다지 뛰어나지 않았지만 몽골의 명문가인 옹기라트 출신이라서 후비가 된 여자였다.

그녀는 명문가의 여식이지만 사교성이 없고 사치를 부리는 것도 싫어하는 성격이었다. 무척 검소하고 조용해서 황제에게 투기를 부리는 일도 별로 없었다.

바얀 후투그라면 안심할 수 있었다. 그녀 역시 나처럼 다나슈리에게 채찍을 맞은 추억을 가진 여자였다. 내가 다나슈리에게 채찍을 맞았을 때 일부러 나를 찾아와서 위로를 해준 따뜻한 성정을 지니고 있었다.

바얀 후투그가 황후가 된 뒤에 다나슈리처럼 변하지는 않을지 생각해 보았지만 승상 바얀이 추천하는 골수 몽골파의 여식보다는 나을 것 같았다. 바얀 후투그의 집안은 그 아비가 세상을 떠나고 조정에 이렇다 할 인물이 없으니 외척 세력이 발호할 염려도 없었다.

나는 박불화의 계책을 받아들이고 황제에게 주청을 올렸다.

"폐하, 더는 황후 책봉을 미루지 마소서. 제국에 국모의 자리가 너무 오래 비어 있는 것은 폐하께서 백성들의 신망을 얻는 데 누가 될 것이옵니다."

"하지만 짐은 바얀의 행태가 괘씸하여 그의 의견을 받아들일 수가 없소이다."

"새로운 황후를 얻지 마시고 황비 중에서 황후를 맞이하심이 어떠할까요?"

황제가 의아한 눈길로 나를 바라보며 말했다.

"황비 중에서? 내가 그토록 그대를 황후로 책봉하고자 노력했건만 저들이 반대하고 나선 것을 모르시오?"

"폐하께는 소녀 말고도 세 명의 황비가 있지 않습니까?"

"그럼 누구를 황후로 맞으라는 말이오?"

"바얀 후투그라면 가하지 않을까 싶사옵니다. 성정이 어질고 몽골 명문가의 따님이시니 승상께서도 반대하지 못하실 것입니다."

황제의 얼굴에 희색이 돌았다.

"그렇구려. 바얀 후투그, 답이 아주 가까운 데 있었어. 역시 그대는 영리한 머리를 가진 여인이오."

1337년 3월, 바얀 후투그가 새로운 황후로 책봉되었다. 멋진 묘안을 만들어낸 박불화가 고마워 나는 황제에게 주청을 넣어 그에게 영록대부라는 관작을 내리도록 했다. 영록대부는 이품에 속하는 상당히 높은 벼슬이라 박불화의 운신의 폭이 넓어져 나의 영향력 또한 서서히 조정에 힘을 발휘할 수 있는 계기가 되었다.

바얀 후투그 황후는 과연 다나슈리와는 달랐다. 황제가 거의 매일같이 나의 침소에 들어도 투기를 하거나 시기를 해서 나를 괴롭히는 일이 없었다.

하루는 바얀 후투그 황후가 나를 불렀다. 황후전에서 부른다는 소식을 접하자 다나슈리에게 끌려가 채찍을 맞았던 악몽이 문득 떠올랐다. 그 기억에 피식 미소가 지어지면서도 다소 긴장이 되었다.

'무엇 때문에 나를 부르는 것일까? 설마 투기 때문에 나를 괴롭히려고 부르는 것은 아닐 테지.'

다소 불안한 마음이 들었으나 그리 쉽게 사람이 변하지는 않을 것이란 믿음을 갖고 황후전을 찾았다. 나는 그녀의 평소 검소한 성격을 알기에 수수한 옷차림으로 방문했다.

과연 황후의 처소는 화려한 구석이 하나도 없었고 그녀의 옷차림도 검소하기 짝이 없었다.

"어서 오세요, 황비."

바얀 후투그 황후는 나를 반갑게 맞아 주었다. 그녀의 눈빛과 태도를 보아하니 엉뚱한 봉변을 당하는 일은 없겠구나 싶어 적이 마음이 놓였다.

"오늘 황비를 부른 것은 무슨 특별한 일이 있어서가 아니니 다른 염려는 하지 마세요. 우리는 어차피 황제의 여인들인데 서로 헐뜯지 말고 사이좋게 지내는 것이 좋을 것 같아서 부른 것입니다."

황후는 언니처럼 푸근히 말하며 내 손을 잡았다. 그녀는 계속해서 말했다.

"내가 어렵사리 황후가 되긴 했으나 잘 실감이 나지 않아요. 황후에 책봉되면서 나는 생각했답니다. 다나슈리 같은 사람은 되지 않기로요. 황상의 사랑을 조금 더 받는다고 시샘을 하고 투기를 한다면 황상의 여자로서 황상을 모욕하는 일이라는 생각이 들어요."

"마마, 대하大河와 같은 은덕에 몸 둘 바를 모르겠습니다. 어쩌면 그렇게도 마음이 깊고 넓으신지 하해河海와도 같사옵니다."

나는 진심에서 우러나는 존경심으로 그 자리에서 엎드려 절을 올렸다. 황후는 나를 일으켜 세우며 다과와 차가 준비된 탁자로 이끌고 가서 같이 앉았다. 황후가 두런두런 말을 꺼냈다.

"황후 책봉 문제가 거론되었을 때 나는 그대가 황후가 될 것이라고 믿었소. 황상께서 그대를 얼마나 총애하는지 알고 있었으니까. 상당수의 대신들도 그렇게 믿었을 것이오. 하지만 몽골 제국의 전통 때문에 그대 대신에 내가 황후가 된 것이라오. 그대의 자리를 빼앗은 셈인데 내가 밉지 않소?"

"황후 마마, 당치 않사옵니다. 한 번도 그런 생각을 한 적이 없사옵니다. 이처럼 자애로운 황후를 뵈오니 마치 집안의 언니를 만나 보는 듯 다정스럽기만 하옵니다."

"그래요. 우리는 우애로운 자매처럼 황상을 보필하면서 사이좋게 지냅시다."

다나슈리와 바얀 후투그 황후는 같은 여자인데도 어쩌면 그렇게 다를 수가 있는지 생각하지 않을 수 없었다. 정말 그녀를 황후로 세운 것이 천만다행이었다.

내가 황후전을 다녀왔다는 소식을 듣고 박불화가 찾아왔다. 새 황후가 내게 어떤 핍박을 하거나 위해를 가하려고 하지 않았는지 염려한 것이다. 그는 내게 바얀 후투그를 황후로 추천하도록 만든 책임감 때문에 잔뜩 긴장하고 있었다. 나는 박불화에게 황후와 나눈 이야기를 들려주고 당분간 황후와는 별문제가 없을 것이라고 안심시켜 주었다. 그러자 박불화가 말했다.

"마마의 자리를 굳건하게 지키시려면 속히 황자를 생산하셔야 합니다. 황자가 탄생하면 마마께서 자연히 황후의 자리에 오르실 수 있습니다. 또한 그 황자께서 황태자가 되고 황상의 자리에 오르시면 마마께서는 모후가 되시는 것이옵니다. 그것은 마마의 광영이자 우리 고려의 광영이기도 할 것입니다. 마마의 아드님이 제국의 황제가 되면 우리 고려가 원나라를 지배하는 것과 다름없지 않사옵니까?"

황자의 탄생

박불화의 말을 들으며 나는 자꾸 배시시 기어 나오는 웃음을 참지 못했다. 말을 마친 박불화가 의아한 눈빛으로 나를 바라보았다.

"마마, 어인 웃음을 그렇게……?"

"박 대감이 너무 지당한 말씀을 하시니 그렇지요. 지금 제 몸속에는 벌써 황자가 자라고 있답니다."

박불화의 낯빛이 환하게 변했다.

"마마, 진정이옵니까?"

"예. 오늘 아침에 어의가 진맥을 하고 갔습니다."

"황상 폐하께서도 아시는지요?"

"모르십니다. 태기가 있는 것 같아 어의를 부르기는 했지만 아직 확실치 않으니 좀 더 시간이 흐른 뒤에 알려드리려고요."

"마마, 감축드립니다. 이런 경사가 또 어디에 있겠습니까. 이제 마마의 광영이 제국을 비추고 우리 고려에까지도 이를 것입니다."

"고마워요. 이것이 다 대감의 덕분입니다."

나는 며칠 전부터 속이 메슥거리고 머리가 어질어질해서 무엇을 잘못 먹은 것이 아닌지 걱정을 하고 있었다. 황제도 나의 안색을 살필 정도였다. 그런데 시중드는 조 상궁은 나의 회임을 알아챘다.

"마마, 회임하신 것이 확실하옵니다. 어의를 불러서 진맥을 하여 보십시오."

나이도 많고 경험도 많은 조 상궁의 말을 따라 어의를 불렀는데 그는 맥을 짚어 보더니 목소리를 높였다.

"감축드리옵니다. 수태를 하셨사옵니다."

어의가 다녀간 뒤로 기쁨에 들떠 있는데 바얀 후투그 황후가 나를 불렀다. 어의에게 그 누구에게도 황제에게까지 회임을 알리지 말라고 입단속을 시켰건만 그사이 황후에게 소식이 전해진 것은 아닌지 적이 걱정이 되었다. 그러나 그녀는 아무것도 눈치채지 못하고 있음이 분명했다.

사실 황후에게 회임 사실을 들킨다 해도 그다지 걱정할 것은 없었다. 머지않아 황궁 전체에 알려질 일을 그녀가 미리 알아차리고 시기나 질투한들 무엇이 대수인가 싶었던 것이다.

바얀 후투그는 다나슈리처럼 채찍으로 다스릴 정도의 위인이 아니라는 확신이 있었기에 그녀를 황후로 적극 추천하지 않았던가. 나는 그녀를 경쟁자라고 생각하지 않았다. 다나슈리처럼 집안의 권세를 믿고 나를 압박할 처지도 아니었고 그런 성품을 지닌 여자도 아니었다.

또 황후는 황비가 된 지 5년이 넘었건만 한 번도 태기가 없었다. 황제는 다나슈리에게 그랬듯이 새 황후도 그다지 가까이하지 않았기에 당분간 그녀가 수태를 할 염려 또한 없어 보였다.

나는 얼마 지나지 않아 완연한 태기를 보였다. 어느 날 황제가 걱정스런 눈빛으로 물었다.

"귀비, 어디 불편한 데라도 있소?"

"아니옵니다. 황제 폐하, 저 태기가 있나 봐요."

나는 가는 소리로 소곤거렸다.

"무엇이라고? 언제부터요?"

황제는 소스라치게 놀라며 물었다.

"아마 석 달쯤 되었나 봅니다."

"이런, 왜 진작 알리지 않았소? 어의에게 진맥을 해 보았소?"

"예."

"그런데 어의란 자는 어찌 이 경사스런 일을 짐에게 고하지 않았단 말이오?"

"어의를 탓하지 마옵소서. 처음 태기를 느낀 것이라 소인이 좀 더 확실해질 때까지 함구하라 일렀사옵니다. 공연히 입 밖에 냈다가 만일 회임이 아니면 그런 망신이 어디 있어요."

황제는 아주 기특하다는 표정으로 나를 바라보더니 부르지도 않은 배를 어루만지며 아기의 모습을 상상하는 듯했다.

황궁 안은 내가 황손을 수태했다는 소문으로 조금씩 들썩이기 시작했다. 황제는 몹시 기뻐하며 큰 잔치를 베풀었다. 조정 신료들도 나의 회임 소식에 다들 기뻐하는 듯했다. 특히 고려 출신의 환관과 궁녀들은 내 수태 소식을 듣고 눈물을 흘리며 기뻐해 주었다.

만약 다나슈리가 살아 있었더라면 배 속의 아이는 이렇게 환영받지 못했으리라. 그녀는 어떻게 해서든 아이를 낳지 못하게 만들려고 갖은 음모를 꾸몄을 것이다. 생각만 해도 끔찍해서 몸이 부르르 떨려 왔다. 하지만 이제 다나슈리는 사라졌고, 나의 아이는 고려에서 공녀로 끌려온 내 삶의 어둡고 긴 터널을 빠져나오도록 이끄는 등불이 될 것이다.

나는 태교를 위해 많은 것에 신경을 썼다. 방 안에서는 자리를 반듯하게 깔고 한가운데 앉았으며 질투하거나 음탕하거나 부정한 말을 하지 않았다.

"마마, 기뻐하십시오. 황자이십니다."

1339년 9월 순제 6년, 나는 드디어 황금 씨앗인 황자를 낳았다. 황자의 탄생은 너무도 큰 기쁨이요, 너무도 큰 즐거움이었다. 내가 낳은 아들은 황제가 안은 첫아들이었다. 황제는 아들을 번쩍 들어 올리며 기뻐서 소리쳤다.

"조상이시여, 드디어 대를 이을 황손이 생겼습니다!"

황제의 총애를 받으며 앞으로 황제의 뒤를 이을지도 모를 황자를 낳은 기쁨은 그야말로 천상의 것이었다. 황자에게는 아유르시리다르愛猶識理達臘라는 이름이 주어졌다. 나는 내 아이가 정말 황제의 뒤를 이을 황태자가 될 수 있을지 생각하지 않을 수 없었다.

다나슈리가 살아 있었다면 분명 내가 황자를 낳은 것을

시기하여 황자를 해치려 했을 것이다. 물론 나도 가만두려 하지 않았을 것이다. 그녀가 세상에 있었다면 황제가 이 아이를 황태자로 세운다고 해도 나는 반대했을 것이다. 이 아이의 앞날이 무척이나 험난할 수밖에 없는 일이므로 아이의 목숨을 위해서라도 나는 극력 반대했을 것이다. 하지만 지금의 황후라면 이 아이가 황태자가 되는 것도 가능하리라. 황제가 이 아이를 황태자로 삼는다 해도 지금의 황후는 반대하지 않을 것이다.

  황자의 탄생은 모든 것을 바꾸어 놓았다. 나의 입지는 더욱 탄탄해졌고, 신하들 중에도 나에게 줄을 서는 자들이 늘어났다. 나는 권력의 짜릿한 맛에 점점 익숙해져 가고 있었다.

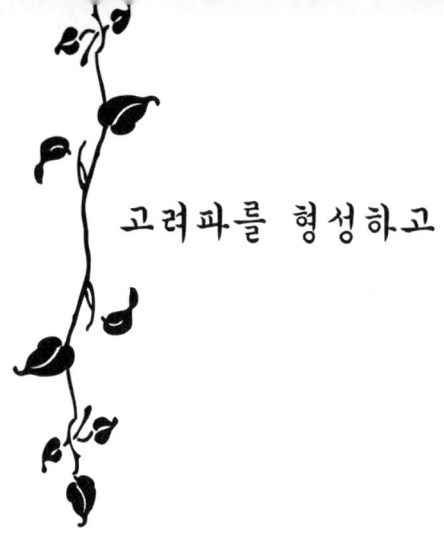

고려파를 형성하고

황자 출산 후 나에 대한 황제의 사랑은 더욱 깊어졌다. 황제는 자신을 쏙 빼닮은 아기를 보고 너무 기뻐했다. 게다가 나는 아이를 낳고 나이가 들수록 더욱 아름답고 요염해지고 있었다. 이제 내 나이 스물셋. 여인으로서 원숙미를 풍기는 꽃다운 나이가 아닌가!

황제는 내게 제2 황후의 자리를 주고 싶어 했다. 하지만 그것조차 쉽게 이루어지지 않았다. 조정의 대신들 중 내가 황상의 총애를 차지하고 있다는 사실을 모르는 이는 없었다. 게다가 황상도 일찍부터 나를 황후로 삼겠다고 밝혀 왔던 만큼 이 일을 두고 왈가왈부하는 논쟁은 발생하지 않았다.

다나슈리가 죽었으니 이제 나를 방해하는 자는 없으리라고 생각했다. 혈통을 중시하는 몽골 전통을 잘 알고 있었기에 제1 황후 자리를 넘볼 생각은 없었지만 제2 황후는 자리는 별문제 없이 차지할 수 있으리라 생각했다. 그런데 황제가 나의 황후 책봉을 결정하려는 순간 승상 바얀이 반대를 하고 나섰다.

"황제 폐하, 몽골 출신의 여인 이외에는 결코 황후로 삼아서는 안 된다는 선조의 유지를 잊으셨나이까?"

바얀의 강한 반대에 황제는 일순 불쾌한 표정을 지으며 말했다.

"짐은 바얀 후투그 황후를 폐하자는 것이 아니요. 선대 황제들이 그러했던 것처럼 제2 황후를 세우려는 것이오."

그러나 바얀은 물러서지 않았다.

"그것도 불가한 일이옵니다. 세조께서 일찍이 명하시길 이민족의 여자를 황실 종묘에 들이게 해서는 안 된다고 하셨사옵니다. 어찌 황실의 가통을 깨고 고려 여자를 종묘에 들이려 하십니까?"

"올제이 후투그 황비는 황자를 낳은 사람이오. 장차 황태자가 될 황자를 낳은 황비를 제2 황후로 맞아들이는 것이 어찌 조상에 누가 된다는 말인가!"

그런데 이상한 일은 조정 신료들이 갑자기 바얀의 반대 의견에 동조를 하고 나서는 것이었다.
"황제 폐하, 승상의 말씀이 옳은 줄 아뢰오."
갑작스런 사태에 황제는 엘티무르의 망령이 되살아난 듯한 느낌을 떨칠 수 없었다. 황제의 언성이 높아졌다.
"어째서 태자를 낳은 어미가 황후가 되지 못한단 말인가? 도대체 어떻게 해야 황후가 될 수 있단 말인가?"
그러나 조정의 신료 누구도 황제의 편에 서지 않았다. 내가 황후 자리를 차지하기에는 몽골족 내부의 전통이 너무 강고했던 것일까? 아니다. 승상 바얀이 조정 내의 실권을 모두 거머쥐고 황제를 능가하는 실력자로 부상한 탓이리라.
나는 박불화를 통해서 어전회의에서 일어난 일을 낱낱이 보고받았다. 바얀이란 자가 갑자기 두려워졌다. 그는 야수와도 같은 성정을 지닌 자라 무슨 일을 저지를지 몰랐다. 그는 몽골의 전통에 반하는 모든 일을 금기시하고 수단과 방법을 가리지 않고 제거해 나가는 인물이었다. 바얀은 내가 황자를 낳은 사실도 별로 인정하고 싶지 않은 모양이었다. 나는 박불화에게서 아주 중요한 이야기를 듣고 깜짝 놀랐다.
"선대 황제인 영종이 세상을 떴을 때 그의 나이 겨우 일곱 살이었습니다. 그때 사람들은 다음 보위에 오를 사람이 엘테그스燕帖古思昔라고 생각했습니다. 엘테그스는 문종의 아들로서 황상 폐하의 사촌 동생이기도 합니다. 그런데 부다시리布塔失里(문종의 황후)가 엘테그스는 아직 어리다며 반대하고 나섰습니다. 황태후가 그리 반대를 한 것은 자신의 아들이 황제가 된다 하더라도 엘티무르의 허수아비가 되어 어쩌면 죽임을 당할지도 모른다고 염려했기 때문이죠. 그렇게 해서 대신 황위에 오르신 분이 지금의 황상이십니다. 그런데 문제는 그때 황태후와 엘티무르가 아주 더러운 밀약을 한 것입니다."

"그게 무엇인데요?"

나는 불길한 예감이 들어서 묻지 않을 수 없었다.

"황태후와 엘티무르는 다음번 보위는 엘테그스가 이어받는다는 밀약을 한 겁니다. 황태후는 자신의 아들인 엘테그스가 성장하면 황상의 뒤를 잇는 황제로 만들고 싶었던 겁니다. 그래서 황상께서는 다음 보위를 엘테그스에게 양위한다는 서약을 하고 어렵게 황제의 자리에 오를 수 있었습니다."

나는 그런 말도 안 되는 밀약이 있었다는 데 까무러칠 뻔하게 놀라고 말았다. 황자가 태어나 세상을 다 가진 듯이 기뻐서 어쩔 줄 몰라 했는데 그것이 아니었던 것이다.

"우리 황자가 황태자가 되지도 못하고 황제로 등극하는 일도 불가능하다는 말인가요?"

"엘티무르는 죽고 없으니까 별문제가 없지만 황태후가 황실의 웃전에 버티고 있는 한 힘든 일이라고 볼 수 있습니다. 어쨌거나 황상께서 약조를 하시고 보위에 오르신 것은 사실이니까요."

"바얀도 알고 있을까요?"

"아마 그럴 겁니다. 많은 대신들이 아는 사실이니까요."

그날 밤, 황제는 다소 침울한 모습으로 나를 찾았다. 황제는 제2 황후 책봉에 대해 한마디도 꺼내지 않았고 나 또한 묻지 않았다.

나는 황제를 위해서 낮 동안 장만한 고려 음식을 내놓았다. 고려에서 들여온 자개 다반에 실백잣을 동실동실 띄운 식혜와 수정과를 올리고, 윤이 자르르 흐르는 붉은 주칠을 한 함지박에는 잣·호두·은행·밤 등 고려에서 가져온 열매가 듬뿍 담았다.

"아니, 이것은 식혜와 수정과가 아니오?"

황제는 반색을 하며 물었다.

"그러하옵니다. 오늘이 정월 대보름이라 고려 풍속대로 준비해 보았습니다."

나는 은수저로 수정과를 떠서 황제의 입에 넣어 주었다.

황제는 달콤한 수정과 국물에 섞인 향긋한 생강 냄새에 대청도에서의 추억을 떠올리는 듯했다.

"수저를 이리 주시오. 내가 떠먹으리다."

황제의 수저는 먼저 실백잣이 동실동실 뜬 수정과 그릇으로 갔다. 그리고 밥알이 동동 뜬 젖빛 같은 식혜 그릇으로 옮겨졌다. 후루룩후루룩 수정과와 식혜를 번갈아 마시면서 황제의 만면에 미소가 번져나갔다. 침울했던 표정이 금세 밝아져서 어린아이처럼 음식을 탐하는 것이었다. 방 안에는 어느새 정월 대보름날 밤의 고려 정취가 물씬 풍겼다.

"아, 고려에서 먹던 맛이랑 정말 똑같소."

황제는 밤과 호두를 빠드득빠드득 소리를 내며 깨물어 먹었다. 그 모습을 바라보고 있자니 갑자기 어깨에 힘이 쫙 빠지며 서글픈 마음이 일었다. 내 눈에는 나도 모르게 눈물이 맺혔다. 마냥 즐거운 함박웃음을 웃고 있던 황제가 깜짝 놀라서 나를 쳐다보았다.

"귀비, 무슨 일이오? 갑자기 눈물을 보이시다니. 황후 책봉 때문에 그러시오?"

"아니옵니다. 그 일 때문이라면 황상의 마음을 알고 있는데 무엇이 걱정이겠습니까."

"그렇다면 무슨 일이오? 혹시 고향의 부모님 생각 때문이오? 그 일이라면 걱정 마시오. 지난번에 고려에 보냈던 관리가 돌아왔소. 머잖아 부모님을 연경으로 모셔올 것이니 그때 맘껏 보시고 즐겁게 해드리시오."

"성은이 망극하옵니다, 폐하."

그러나 내 눈물은 쉬이 멈추지 않았다. 부모님과 가족을 보고 싶은 마음도 굴뚝같았지만 나에게는 가슴에 무거운 돌을 얹어놓은 것만 같은 새로운 고통거리가 생겼고 그것을 어찌해야 할지 모르겠기에 절로 눈물이 흘렀다. 황제는 어두운 얼굴로 나를 바라보았다.

"어찌하지요?"

"아니, 무엇을 어찌한단 말이오?"

"우리 황자의 앞날을 생각하면 너무 걱정이 되어 참으려 해도 눈물이 절로 나옵니다."

"황자의 앞날이 왜 걱정된단 말이오? 무슨 말인지 알아듣게 설명해 보시오."

"소첩도 들어 알고 있사옵니다. 다음 황위를 엘테그스에게 양위하기로 약조를 하셨다지요?"

황제는 당황한 표정으로 나를 바라보았다.

"귀비까지 그 일을 알고 있다니······."

황제는 갑자기 풀이 죽어 창가로 다가가더니 휘장을 젖히고 한동안 어두운 바깥을 응시했다. 나의 눈물은 계속 이어졌고 흐느낌으로 변해 갔다. 한참 만에 황제가 내게로 다가와 등 뒤에서 끌어안았다.

"너무 상심하지 마시오. 짐이 그런 언약을 한 것은 사실이지만 그때는 아무것도 모르던 어린 시절이었소. 지금은 엘티무르도 죽었고 황태후도 기력이 없는 나이에 이르렀소. 그리고 짐은 제국의 황제요. 우리 황자가 장성했을 때 그 약조를 기억하는 사람은 없을 것이오. 있다고 하더라도 짐의 핏줄인 우리 황자가 있는데 다른 이의를 품을 신하는 없을 것이오."

황제는 나를 달래느라고 무진 애를 쓰며 말했다.

"하지만 몽골의 핏줄이 아닌 고려의 핏줄이 섞였다고 황자를 핍박하는 자들이 있을 것입니다."

"아니, 누가 그런 짓을 할 수 있단 말이오?"

"승상 바얀은 능히 그러고도 남을 자입니다."

황제는 낮의 어전회의에서 보여준 바얀의 행동을 떠올리며 낯빛이 어두워졌다.

"하지만 바얀은 엘티무르 가문을 축출하는 데 자신의 목숨을 걸고 짐을 도운 사람이오. 그에게 많은 권세를 주었으니 짐의 뜻을 거스르지 못할 것이오."

"폐하, 바얀에게 지나치게 많은 권세가 주어진 것 같아 염려가 되옵니다. 그자는 탄기쉬 형제들보다 야심이 많고 야수와도 같은 자입니다. 다나슈리 황후를 폐하의 명도 없이 독살한 자라는 것을 명심하시고 그를 경계하셔야 합니다."

"알겠소. 바얀이 귀비의 황후 책봉을 반대하긴 했지만 나랏일을 하는 데는 짐을 잘 따르니 너무 심려치 마시오."

황제는 안심시키느라고 그렇게 말했지만 사실 별로 그렇지 못하다는 것을 나는 알고 있었다.

"폐하께서 의욕적으로 펼치신 많은 정책을 밭고랑 갈아엎듯 뒤집은 자인데도 그자를 두둔하시는지요?"

황제는 묵묵히 나를 들여다보고만 있었다. 나는 눈물 자국을 지우려고 손수건으로 눈가를 닦으면서 낮게 말했다.

"바얀은 황제께서 시행하신 과거제를 폐지시켰고, 소첩을 견제하느라고 과거를 통해서 등용된 고려 출신 관리들을 수도 없이 파직시켰습니다. 또한 자신의 권세를 늘리느라 중앙과 지방 가릴 것 없이 자신의 심복들을 요직에 심어 놓고 있습니다. 폐하, 앞으로 바얀을 정말 조심하시고 그자의 권세를 줄여 나가셔야 합니다."

"알겠소. 귀비의 말을 명심하리다."

순하기만 한 황제가 바얀을 제대로 처리하지 못하리란 것을 잘 알고 있었다. 그때부터 나는 정치력을 발휘하기 시작했다. 나는 이미 일개 공녀 출신의 시종이 아니었다. 비록 제2 황후가 되지는 못했으나 황자를 생산한 덕에 상당한 세력을 갖추고 있었다. 나에게는 단결력이 강한 고려 출신 환관과 관리들이 포진해 있었다. 특히 조정을 물샐틈없이 꿰고 있는 환관들의 정보력은 커다란 힘이 되었다.

고려의 충선왕이 연경에 만권당萬卷堂이라는 도서관을 세우고 원나라의 유명한 학자인 조맹부趙孟頫 · 염복閻復 · 우집虞集 · 요봉姚烽 등과 교유하면서 고려에서는 이제현李齊賢 · 박충좌朴忠佐 같은 학자들을 불러들여 학문을 연구하게 했다. 충선왕은 당시 황제인 인종에게 과거를 실시할 것을 주청하여 원나라에서 과거제가 실시되었던 것이다. 과거에 응시하는 사람은 글공부와 거리가 먼 몽골족보다는 한족과 고려인이 많았다.

그러자 차츰 조정에는 한인들과 고려인의 비중이 늘어 갔다. 특히 고려인은 학문에 두각을 보이며 조정의 요직을 차지하고 위세를 떨치기도 했다. 이들의 역할은 나에게도 큰 힘이 되었다. 과거를 통해 조정에 들어온 신료들이 나를 보필하고 호위하면서 고려파高麗派를 형성한 것이다.

나는 황제의 총애라는 확고한 지원까지 받는 실력자로 부상하고 있었다. 어쨌거나 내가 황자를 낳은 사실이 상황을 급변시키고 있음이 분명했다.

바얀을 제거하라

바얀 후투그 황후는 내가 황자를 낳은 후에 한 번도 나를 부르거나 사람을 보내서 축하의 말을 건네지 않았다. 그녀도 여자이기에 마냥 나를 축하해 주고 싶은 마음은 없는 모양이었다. 질투를 하거나 시비를 걸어오지 않는 것만 해도 다행이라는 생각을 하며 나는 스스로를 위안했다.

그런데 황궁 안의 질서와 정치적인 감각에 눈을 뜨게 되면서 나는 바얀 후투그 황후가 가진 막강한 권력에 깜짝 놀라고 말았다. 그 권력의 핵은 중정원이었다. 다나슈리가 가졌던 힘이 집안의 막강한 권세를 등에 업은 까닭이라고 보았는데 단지 그것만이 아니었다. 새 황후는 중정원을 그대로 인수받아서 다나슈리가 관리하던 막대한 자금과 물자를 거두어들이고 있었다.

새 황후는 다나슈리처럼 극악하게 재물을 모으지는 않았지만 소금 전매 사업으로 벌어들이는 자금만 해도 입이 떡 벌어질 정도의 어마어마한 금액이었다. 그녀는 그 자금으로 무슨 일이든지 할 수 있는 엄청난 힘을 지니게 된 것이다.

그에 비하면 나는 황제의 총애라는 무기밖에는 가진 것이 없었다. 점점 나를 따르는 사람들이 많아지고 있는데 그들에게 내릴 노자조차 마련할 구석이 없었다.

어느 날 나는 황제의 소년 시절부터의 스승인 샤라반沙剌班을 흥성궁으로 은밀히 초대했다. 그는 학문이 깊고 청렴결백하기로 명성이 자자한 인물이었다. 그는 유배에서 돌아온 천애의 고아와도 같았던 황제에게 학문과 수양을 가르친 탓에 황제에게 남다른 애틋한 애정을 지니고 있었다.

"대감, 그동안 몸이 편찮으셨다고 들었는데 많이 좋아지신 모양입니다."

그가 병을 핑계로 조정 출입을 잘 하지 않고 있다는 사실을 알고 있었기에 그렇게 물었다. 그는 바얀의 독선적인 바얀과 부딪치고 싶지 않아 그런 처신을 하고 있었던 것이었다.

"마마, 늦게나마 황자의 탄생을 축원드립니다. 이 늙은이가 이제 기력이 쇠해서 황상의 문안도 잘 여쭙지 못하고 있사오니 황송할 따름입니다. 그런데 어인 일로 신을 부르셨사온지?"

"대감께 긴히 여쭙고 의논드릴 일이 있어서이지요."

"그것이 무슨……?"

"승상 바얀과 엘테그스에 관한 일입니다."

나는 돌리지 않고 곧바로 핵심을 털어놓았다. 샤라반의 동공이 크게 열리고 얼굴 근육이 긴장으로 꿈틀거렸다.

"대감께서는 황상의 스승이시니 소첩이 믿고 말씀드리는 것입니다. 엘티무르가 죽기 전에 다음 보위를 엘테그스에게 넘기도록 황상을 겁박했던 일을 알고 계시지요?"

샤라반은 눈을 끔뻑이고 있다가 한참 만에 입을 열었다.

"알고 있습니다만 황상이 아직 보령이 훤칠한 청년이신데 그 일을 어찌 거론하시는지요?"

"소첩은 이제 막 황자를 생산한 몸이옵니다. 만약 그런 언약이 있는 줄 알았더라면 소첩은 황자를 회임하지 않았을 것입니다. 다음 보위가 약속된 예비 황제가 있는 이 상황에서 탄생한 황자의 운명이 불을 보듯 뻔하지 않습니까?"

"그것이야 황태후 마마의 욕심이 만들어 낸 것이고. 이제 황상께서 정국의 주도권을 갖고 조정을 운영하시다 보면 한낱 옛이야기가 되고 말 것입니다. 황상의 핏줄이신 어엿한 황자가 있는데 어찌 다른 사람이 보위를 넘볼 수 있겠습니까? 게다가 이제는 엘티무르 일파도 완전히 제거된 상태이니 너무 심려 마옵소서.”

“그래도 태황후전에서는 그리 생각하지 않을 것입니다.”

샤라반은 다시 생각에 잠기더니 말을 이었다.

“그런데 좀 전에 승상 바얀과 엘테그스에 관한 일 때문에 소신을 부르셨다 하셨는데, 그 일과 승상 바얀이 무슨 연관이……?”

“근래에 승상 바얀과 엘테그스가 몇 차례 만나서 무슨 일인가를 의논했다고 합니다. 또한 바얀이 자주 황태후의 처소에 드나들고 있습니다. 무엇을 뜻하는 것이겠습니까?”

“……”

“요즘 조정에서는 승상 바얀이 황상을 겁박하고 황제 위에 있는 듯 안하무인의 행동을 서슴없이 자행한다고 합니다. 소첩이 황후 책봉 문제로 앙심을 품고 하는 말이 아니니 오해 마세요. 황상을 무력화시키고 정국을 주도하려는 바얀의 의도가 엿보이기 때문입니다.”

샤라반은 말없이 고개를 끄덕이더니 잠시 허공을 응시했

다. 그의 눈동자에는 희미하게나마 단호한 결의가 스치고 지나가는 듯했다. 그는 나를 정면으로 주시하며 물었다.

"마마, 바얀이 엘테그스와 함께 역심을 품었다고 보십니까?"

나는 말없이 고개를 끄덕였다.

"그러면 바얀의 의도를 꺾을 대안이 있습니까?"

"아니요. 그래서 대감께 의논을 드리는 것입니다."

"바얀은 몽골족의 혈통을 누구보다 중시하는 자이옵니다. 마마께서 황자를 생산하셨다고는 하나 바얀은 인정하려 들지 않을 것입니다. 그래서 엘테그스를 가까이하고 있고, 엘테그스로서는 자신을 옹립할 세력이 되어 줄 바얀을 필요로 하고 있습니다. 위기를 느끼고 있는 엘테그스로서는 나라의 반쪽을 바얀에게 주는 한이 있더라도 황제 자리에 오르려 할 것입니다. 그렇다면 바얀의 의도를 꺾을 만한 힘 있는 사람이 필요합니다."

샤라반은 단호한 어투로 말했다.

"그 사람이 누구인지요?"

"어사대부御史大夫 톡토脫脫입니다."

나는 그 말에 깜짝 놀랐다. 그는 바얀의 조카였다. 내가 놀라서 말을 못하자 샤라반은 그 이유를 차근차근 설명해 주었다.

"톡토는 매사에 신중하고 정의로운 사내입니다. 그는 자기 삼촌이지만 바얀의 지나친 권력 독점에 불만을 갖고 있습니다. 마마의 말씀대로 바얀이 엘테그스와 함께 역심을 품고 있다면 그것을 막을 만한 능력을 지닌 사람은 톡토밖에 없습니다."

"그자가 자기 삼촌을 배신하고 우리 편이 되어 줄까요?"

"톡토는 충직한 사람입니다. 조정에서도 바얀의 권력 농단을 가장 많이 비판하고 있고, 바얀과는 다른 생각을 하고 있는 자입니다. 소신의 제자 중에 왕가노汪家奴란 자가 있는데 톡토와 매우 절친한 사이입니다. 그자를 통해서 황상의 뜻을 전하면 톡토는 따를 것입니다."

나는 이야기의 핵심으로 들어갔다.

"며칠 후 황상께서 사냥을 나가신다고 하는데 바얀이 제안한 것이라고 합니다. 황상께서는 워낙 사냥을 좋아하시니 거절하실 명분이 없어서 승낙하셨다고 하는데, 바얀이 엘테그스와 밀접해진 후에 일어난 일이라 무척 신경이 쓰입니다."

"마마의 판단이 옳으신 것 같습니다. 태자께서 탄생하셨으니 엘테그스로서는 마음이 조급해서 바얀의 힘을 필요로

할 것이고, 바얀은 황상보다는 엘테그스가 만만하게 움직일 수 있다는 판단을 한 것 같습니다. 이번 사냥이 위험할 수도 있겠군요. 그들이 어떤 준비를 하고 있는지 캐어 봐야 할 것 같습니다. 황상께서는 사냥을 나가시면 안 됩니다."

"대감께서 톡토를 직접 만나서 그의 심중을 떠보아 주십시오. 그가 황상께 충성을 맹세한 충직한 자라면 아무리 삼촌이라도 역모를 꾸미는 위험한 사람을 감싸지는 않을 것 아닙니까?"

"잘 알았습니다. 소신이 톡토를 직접 만나서 우리 사람으로 만들고 말겠습니다."

샤라반이 떠난 후 나는 박불화와 고용보를 불러들였다. 두 사람은 샤라반의 의견에 수긍을 했다. 샤라반을 불러서 의견을 떠본 것도 두 사람의 건의에 따른 것이었기에 이야기의 가닥은 어느 정도 잡혀 나가고 있었다. 박불화가 말했다.

"왕가노란 사람도 믿을 만합니다. 황상이 신뢰하는 충복이기도 하고요. 그런데 톡토가 나서 주느냐가 문제로군요."

"그런데 톡토를 완전히 신뢰할 수가 있을까? 어찌 되었든 바얀은 그의 삼촌이 아닌가? 잘못하면 우리가 역으로 당할 수도 있을 터!"

깐깐한 성격의 고용보는 안심이 되지 않는 모양이었다.

하지만 박불화는 샤라반처럼 톡토가 신의가 있는 사람이며 황제에 대한 충성심이 깊은 신하라고 이야기했다. 박불화는 톡토와 어느 정도 친분을 유지하고 있어서 그의 사람됨을 알고 있었던 것이다. 그래도 나는 경계심을 늦출 수 없어서 초조한 얼굴을 감추지 못했다. 내 낯빛을 보고 박불화가 말했다.

"마마, 소신이 샤라반 대감과 함께 톡토를 만나 담판을 짓고 오겠습니다."

박불화는 내 눈빛을 잠시 바라보더니 고개 숙여 인사를 하고 자리를 떴다. 그가 나가고 나자 고용보가 이렇게 전망했다.

"아마도 바얀과 황태후는 황상께 엘테그스를 황태자로 책봉하도록 요구할 것입니다. 우리 황자님은 고려인의 핏줄이 섞인 혈통이라 불가하다는 논지를 펼 것입니다. 황상께서 그 요구를 들어주지 않는다면 다른 행동으로 나오겠지요."

과연 그랬다. 다음 날부터 황태후전에서는 옛 언약을 들먹이며 엘테그스의 태자 책봉을 운운하는 소리가 흘러나오기 시작했다.

황자를 얻으면 이 세상을 다 얻는 것이라고 생각했건만 아무것도 모르고 세상에 나온 내 아들은 황제의 자리에 오르지 못하면 그 목숨조차 부지하기 어려운 운명을 타고난 것이었다. 내 아이의 목숨을 위해서라도 반드시 이 싸움에서 이겨야만 했다.

내가 싸워서 이겨야 할 상대는 너무도 막강한 상대였다. 바얀도 바얀이지만 황태후는 황실의 최고 어른이었다. 명목상의 어른이라고 할 수도 있지만 어떤 순간에는 황제보다도 더 큰 힘을 발휘하곤 했다. 특히 보위의 승계에 관한 한 황태후의 발언은 결정적이었다. 더구나 황상에게는 다음 보위를 언약한 약점이 있고, 황자에게는 고려인의 피가 섞여 있다는 약점이 있었다. 몽골 황실의 강고한 전통을 주장하는 조정 대신이 대부분인 이 황실에서 나는 기댈 곳이 없는 외로움을 느꼈다.

아기가 헤쳐 나가야 할 거친 파도와도 같은 운명을 생각하자 몸이 떨렸다. 내가 압록강을 건너 이 자리에까지 오를 수 있었던 것은, 대칸인 칭기즈칸의 후예이자 황금 씨앗인 이 아이를 수태하고 낳은 것은 어떤 운명이 기다려서일까?

나는 무슨 일이 있어도 황자를 황태자로 만들고 황제로 만들어서 변방의 조그만 나라 고려인이 제국을 손아귀에 넣는 신화를 만들어 보리라 다짐하고 또 다짐했다.

그런데 기회는 의외로 빨리 왔다. 박불화는 샤라반 대감과 함께 톡토를 만나 그를 우리 편으로 끌어들이는 데 성공했다. 톡토의 가담은 천군만마를 얻은 효과를 가져다주었다.

톡토는 바얀과는 전혀 다른 종류의 사람이란 것을 알 수 있었다. 바얀은 주도면밀하고 빈틈없는 성격이지만 독선적인 반면 톡토는 크고 우람한 체격에 어울리게 활달하고 시원시원하면서 대인다운 기상을 지니고 있었다.

톡토와 대비해 보니 바얀의 단점을 확연히 꿰뚫어 볼 수 있었다. 바얀은 지나치게 자신을 과신하는 탓에 주변 사람의 말을 경시하고 너무 일방적으로 몰아붙여서 결정적인 순간에 일을 그르치는 경우가 많았다. 그 운명의 날 또한 그러했다.

톡토는 박불화와 함께 나를 찾아와 머리를 조아렸다.

"마마, 소신을 믿어 주셔서 감사드립니다. 소신의 숙부 바얀은 무예와 지략이 뛰어나 무장으로서는 나무랄 데 없는 사람입니다. 하지만 조정에서는 너무 강한 성격 때문에 화합을 이루어 내지 못하고 있습니다. 다나슈리와 그의 일족들조차 함부로 대하지 못할 정도였기에 다들 두려워하고 있을 뿐이지 조정에는 그의 적이 많습니다. 소신은 샤라반 대감의 말씀을 듣고 원나라의 백성으로서 황상 폐하에 대한 충정의 일념으로 숙부를 조정에서 몰아낼 것을 결심하게 되었습니다.

다만 소신의 단 하나의 청은 작전이 끝난 후 숙부가 극형을 면하고 먼 변방으로 유배를 가는 것입니다."

나는 그에 청에 대해 확답을 할 수는 없었지만 폐하께 주청을 드려서 그렇게 되게 만들겠다고 대답했다.

톡토는 사냥터의 지형지물에 대해 상세하게 알고 있었고 멋진 작전 계획까지 세우고 있었다. 사냥터는 대도성 바깥 동주 땅 향아(香阿)였는데 숲이 울창해 사슴, 노루, 멧돼지 같은 짐승들이 많이 서식하는 지역이었다.

"엘테그스와 바얀 두 사람을 한꺼번에 칠 수 있는 계책이 필요합니다."

톡토는 커다란 눈으로 나와 박불화를 바라보며 자기의 생각을 풀어놓았다.

"두 사람을 한꺼번에?"

"예. 사흘 후에 사냥이 있을 겁니다. 그때 두 사람을 다 잡는 겁니다."

"사냥은 폐하와 바얀이 가기로 되어 있소. 그런데 거기에 엘테그스를 불러들이자는 말이오?"

박불화가 납득할 수 없다는 듯이 물었다.

"그렇습니다. 다만 바얀은 엘테그스가 사냥 오는 것을 모를 뿐이지요. 제가 엘테그스를 초청해 사냥을 오게끔 만들

것입니다. 그 역시 바얀이 그곳에서 사냥을 하고 있는 줄은 모를 테지요. 그리고 두 사람은 그곳에서 우연히 조우하게 될 것입니다. 그때 바얀의 수레에는 병장기가 잔뜩 있고요."

"그 무기는 누가 싣는단 말이오?"

"내 수하가 그 일을 할 것입니다. 사냥에 필요 없는 병장기가 발견된다면 그것은 역모에 쓰고자 했던 확실한 증거물이 될 것입니다."

듣고 보니 과연 놀라운 작전이었다. 그 작전은 은밀하고 치밀하게 진행되었다.

사흘 후, 황제와 바얀이 사냥을 가기로 한 날이 되었다. 전날 톡토는 엘테그스에게 사냥을 갈 것을 제안했다. 평소 사냥을 좋아하던 엘테그스는 바얀의 조카 톡토의 제안이라 아무런 의심도 하지 않고 응했다. 톡토는 작전 계획을 이렇게 설명했었다.

"바얀은 동쪽에서 사냥을 시작할 것이고, 나는 엘테그스와 서쪽에서 동쪽으로 이동하며 사냥을 할 것입니다. 그러면 바얀과 엘테그스는 중간 지점에서 만나게 되는데 우리는 이 지점에 군사를 매복해 놓고 있다가 두 사람을 체포하면 될 것입니다."

작전 계획은 완벽했고 일사천리로 실행되었다. 함정을 파놓고 그들을 잡아들이는 것이 조금 찜찜하기는 했으나 그렇게 하지 않고는 바얀을 제거할 방법이 없다는 데 동의하지 않을 수 없었다. 사냥을 할 때도 맹수의 숨통은 한 번에 끊어 내야 한다. 섣부르게 상처만 입혔다가는 도리어 맹수에게 공격을 당하기 마련이다.

바얀은 아침 일찍부터 사냥터로 향해 사냥 준비를 하고 있었고, 황제를 상징하는 용봉 무늬가 새겨진 휘황찬란한 두 대의 수레는 느지막이 황궁을 떠났다. 수레 행렬은 느릿느릿 사냥터를 향해 가고 있었다.

바얀은 매를 날리며 황제에게 자신의 사냥 솜씨를 뽐내고 싶어 무척 호기로운 마음에 들떠 있었다. 그는 활과 화살 등의 사냥 장비를 점검하고 황제가 도착하자마자 사냥을 시작할 수 있도록 매와 사냥개를 풀어놓아 준비를 끝냈다.

한편 사냥터의 서쪽에서는 톡토와 엘테그스가 만나 사냥을 시작하고 있었다.

"승상이 아니라 대부께서 사냥을 하자고 하시기에 조금 놀랐습니다. 승상과는 두 번 사냥을 해 보았는데 솜씨가 귀신같더군요."

엘테그스의 말을 듣고 톡토가 말했다.

"숙부께서는 지금쯤 황상 폐하와 사냥을 하고 계실 것입니다."

"호, 그래요?"

"숙부께서 황자 마마의 사냥 솜씨가 일품이라고 칭송을 하시던데 오늘 한번 멋진 솜씨를 보여주시지요."

"승상께서 그런 과찬의 말씀을 하셨습니까?"

"예. 그런데 저것은 방금 전 사슴이 지나간 흔적 같습니다."

톡토는 수풀 속에서 사슴의 발자국을 발견하고 외쳤다. 사슴 발자국은 동쪽 방향으로 나 있었다. 톡토는 매를 날리고 앞장서서 말을 몰았다. 한참을 달리자 나무 뒤에서 풀을 뜯고 있는 목이 긴 사슴 한 마리가 보였다. 사람들이 다가오는 소리를 듣고 사슴은 껑충거리며 달아나기 시작했다.

"황자 마마, 어서 쏘세요."

톡토는 활을 쏠 기회를 엘테그스에게 양보했다. 엘테그스는 재빨리 활을 메겼으나 한 박자 늦어서 사슴은 멀리 달아났다. 약이 오르기 시작한 엘테그스는 앞장서서 말을 달리며 사슴을 쫓았다.

그 무렵 사냥터의 동쪽에는 바얀이 황제의 전갈을 받았다. 수레의 바퀴에 문제가 생겨서 말을 타고 갈 것이니 숲 중앙에서 만나자는 것이었다. 바얀은 얼른 휘하 부하들과 몰이꾼들을 이끌고 서쪽으로 달렸다.

한창 말을 달리다 보니 사슴 한 마리가 눈에 띄는데 그 사슴을 쫓는 사람의 모습이 낯익었다. 바로 엘테그스였다.

'아니 저자가 여기를 어떻게?'

엘테그스는 사냥에 정신이 팔린 탓에 바얀 일행을 보지 못하고 사슴을 향해 화살을 날렸다. 사슴이 화살을 맞고 고꾸라지자 기쁨의 탄성을 지르던 엘테그스는 비로소 바얀을 보고 소스라치게 놀랐다.

"아니, 승상께서 여기를 어떻게?"

"황자께서 어떻게 여기를?"

그때 매복하고 있던 호위 장군 곽진이 신호를 올리자 500여 명의 군사가 바얀과 엘테그스를 겹겹이 에워쌌다. 순식간에 벌어진 상황에 두 사람은 무슨 일이 벌어진지도 모르는 채 멍청히 서 있었다.

잠시 후 바얀은 어렴풋이 일이 잘못되어 가고 있음을 알았지만 엘테그스는 주위를 두리번거리며 톡토를 찾을 뿐이었다. 그러나 그의 모습은 어디에도 보이지 않았다. 대신 호위 장군 곽진의 호통이 벼락처럼 귓전을 때렸다.

"황명이오. 역적 바얀과 엘테그스는 무기를 버리고 오라를 받으라."

바얀은 역적이라는 말에 정신이 번쩍 들었다. 그가 으르렁거리는 사자처럼 외쳤다.

"지금 무엇이라 했느냐? 나는 승상 바얀이다. 네놈이 죽지 못해 환장을 했느냐?"

"황명이오. 역적 바얀은 황명을 따르라!"

곽진은 황제의 패牌를 높이 치켜들고 외쳤다. 바얀은 사방을 둘러보았다. 자신의 수하는 30여 명에 불과했고 호위 군사는 10여 명에 지나지 않았는데 황제의 군사는 500명이 넘었다. 원나라 최고의 무공을 자랑하는 바얀이었지만 이번에는 승산이 없거니와 황제의 군사를 상대로 싸움을 벌일 수는 없는 일이었다. 바얀은 소리쳐 물었다.

"도대체 무슨 역모라는 것이냐? 이유를 밝혀라."

곽진은 바얀 일행의 수레를 가리키며 외쳤다.

"저 수레를 샅샅이 뒤져라!"

군사들이 수레의 휘장을 젖히고 보니 그 안에는 칼이며 창 같은 병장기가 수북이 쌓여 있었다. 바얀의 얼굴은 잿빛으로 어두워졌다.

'대체 누가, 어떤 놈이 저런 짓을 했단 말인가?'

바얀은 엘테그스를 바라보며 물었다.

"황자께서는 누구와 이곳에 오신 것입니까?"

"톡토 대부가 사냥이나 하자고 해서 온 것인데······."
"그럼 톡토는 어디 있습니까?"
"글쎄요. 뒤따라오고 있었는데 보이지 않아요."

바얀은 꼼짝없이 함정에 빠졌다는 것을 깨달았다. 그런데 그 함정을 그토록 믿었던 조카 톡토가 파고 있었다니! 꿈에도 생각하지 못한 일이 벌어지고 있었다.

"역적 바얀은 말하라. 저 많은 장비가 과연 사냥에 쓰이는 도구이더냐?"

더는 버티고 있을 수 없다고 판단한 바얀은 무기를 버리고 무릎을 꿇었다. 아무리 자신은 모르는 일이라고 해 보았자 눈앞의 증거가 너무도 확실해 어떤 변명도 필요치 않았다. 황제와 사냥을 가자고 제안을 한 것도 자신이고, 병장기가 실린 사냥 수레도 자신의 휘하들이 끌고 온 것이었다.

휘하 중에 톡토와 같은 배를 탄 자가 있을 터이지만 지금은 그것을 찾아내거나 변명할 때가 아니었다. 바얀은 이를 부드득 갈아 보았지만 그것도 소용없는 일이란 것을 알았다. 그러나 그는 기가 꺾인 모습을 보이고 싶지 않아서 소리쳤다.

"이것은 음모다. 어서 황상을 뵈어야 한다. 황상께 나의 결백을 밝히겠다."

그러나 아무도 그의 말을 들어주는 사람은 없었다. 바얀과 엘테그스는 오라에 묶였다. 엘테그스는 톡토를 데려오라고 소리소리 치며 억울함을 호소하고 발악을 했지만 그 또한 아무도 들어주는 이가 없었다.

그때 요란스런 말발굽 소리가 들려오더니 일단의 군마들이 다가와 멈추어 섰다.

"황상 폐하 납시오."

그와 동시에 백마를 탄 황제가 나타났다.

"바얀, 과인을 이리로 끌고 와서 무슨 일을 하려던 것이오?"

황제가 지엄한 목소리로 물었다. 바얀은 황제를 보고 벌떡 일어나려 했으나 군사들이 꿇어앉혔다.

"폐하, 이것은 음모입니다. 신은 그저 사냥만 생각했을 뿐 다른 뜻이 있을 리 있겠나이까?"

"저렇게 많은 무기를 싣고 와서 무엇을 도모하려 했던 것인가?"

황제는 분노로 이글거리는 눈빛으로 물었다.

"신은 모르는 일입니다. 신의 휘하들을 문초해 보시면 범인이 나올 것입니다. 통촉하여 주시옵소서."

"사냥터에 엘테그스를 부른 이유는 또 무엇인가? 여기

서 짐을 해치고 새로운 황제의 등극식이라도 하려 함이었더냐?"

"폐하, 오해이십니다. 대군께서는 신의 조카 톡토와 사냥을 나왔을 뿐 소신과는 아무런 관계가 없습니다."

"그래도 계속 변명을 할 텐가? 무기를 갖추고, 과인의 동생인 엘테그스까지 끌어들여서 역모를 도모하려 해놓고! 천하의 바얀답지 않구나."

황제는 씹어뱉듯 내뱉고는 숲 속을 떠나갔다.

나는 톡토와의 약속을 지키기 위해서 황제에게 바얀의 선처를 부탁했다. 바얀은 하남으로 유배되었고 거기서 자결함으로써 비참한 최후를 맞았다.

제2 황후가 되다

원나라는 매우 강력한 민족 억압 정책을 펼쳤다. 소수민족인 몽골족이 다수인 중국인을 통치하고 지배권을 확립하기 위해서는 어쩔 수 없는 선택이었다.

원나라는 종족의 신분을 4등급으로 나누어 제국을 운영했다. 제1 신분은 당연히 몽골족이었다. 제2 신분은 서역 계통의 색목인色目人이었고 고려인은 색목인과 같은 제2 신분에 속했다. 색목인은 몽골인, 중국인이 아닌 위구르인이나 이슬람인, 유럽인이었다. 행정과 군사의 요직은 대부분 몽골족이 차지하고 부족한 인원을 고려인이나 색목인으로 보충했다.

제3 신분은 중국의 한족漢族이었다. 제4 신분은 한족 중에서 남송南宋 지역민들인 남인南人이었다. 그들은 몽골에 끝까지 저항했다고 미움을 받아 말단 관직에도 오를 수 없었다. 원나라는 계급에 대한 구분을 엄격하게 지켜나갔다.

원나라는 한인과 남인들이 모반을 일으킬까 두려워해 각지에 몽골병을 주둔시켰고, 갑장제甲長制를 실시했다. 갑장제란 한인과 남인의 집 열 가구를 하나의 공동체로 묶어서 몽골병 한 사람이 감시 감독을 하는 제도였다. 이 몽골병은 열 가구 주민들 위에 군림하면서 제멋대로 부리는 두목이나 다름없었다. 맛있는 요리를 요구하는 것은 예사였고 심지어 여자까지 요구하는 등 횡포가 심했다.

원나라 권력의 원천은 몽골의 군사력에서 나왔다. 하지만 초원의 군사력만으로 제국의 구석구석까지 무력으로 통치한다는 것은 불가능했다. 쿠빌라이 칸이 '정복은 말 위에서 할 수 있지만 통치는 말 위에서 할 수 없다'는 생각을 했을 때, 정복과 수탈의 시대는 지나고 통치 행정 경영의 시대가 왔다. 중국 전역을 장악한 쿠빌라이 칸은 초원과 중화라는 전혀 다른 두 세계를 잇는 새로운 국가 형태와 체계를 만들어 냈다.

쿠빌라이 칸 이후 원나라는 '몽골의 정치 군사력', '중국의 행정력', '색목인의 상업력'이라는 세 바퀴로 움직여 나갔다. 오래전부터 몽골과 연을 맺고 유라시아 대륙의 통상을 장악하고 있던 색목인의 상업력은 대단한 것이었다. 나는 이러한 대원 제국을 움직이는 트라이앵글 체계를 만들어 낸 쿠빌라이 칸을 무척 존경하게 되었다.

내가 제2 황후의 자리를 차지하면서 세 바퀴에 기름을 치고 돌리는 것은 차츰 고려인의 몫이 되었다. 나의 황제 순제는 즉위하자마자 폐지되었던 과거제를 부활시켰다. 카스트 제도와 같은 신분제는 그대로 두었지만 과거에 응시하는 데는 인종과 신분의 제한을 두지 않았다. 몽골파의 수장인 바얀은 권력을 잡자마자 과거제를 폐지시켰는데 바얀 제거 이후 승상의 자리에 앉은 톡토는 이를 다시 부활시켰다.

원나라 역사를 돌이켜 볼 때 몽골파는 논을 갈아엎어 목초지로 만들고 몽골 고유의 풍속을 지켜야 한다고 주장하는 이들도 있고 바얀 같은 사람은 중국에서 가장 수가 많은 장張·왕王·유劉·이李·조趙의 5성姓 사람들을 살해하자고 주장할 정도로 한인漢人·한문화漢文化를 철저히 배격했으나 현실적으로는 중국의 문화와 농업을 존중하면서 이를 따르는 한지파의 주장이 정치에 많이 적용되었다.

황제는 바얀을 제거한 후 친히 정권을 잡고 친정 체제에 들어갔다. 승상 톡토는 문화주의자였고 황제와 뜻이 잘 맞아

원 제국은 9대 칸인 문종文宗 이후의 한문화 존중주의로 돌아가 《요금송삼사遼金宋三史》를 편찬하는 등 원나라 문화의 최성기를 이루었다.

 거칠 것이 없어진 황제는 나를 제2 황후로 책봉하기에 나섰다. 황제는 어전회의에서 신하들에게 말했다.

 "황실의 황자를 생산한 올제이 후투그 황비를 제2 황후로 책봉하려 하오. 일찍이 선대 황제들께서도 제2 황후를 두셨으니 올제이 후투그 황비를 제1 황후인 바얀 후투그 황후에 이어 두 번째 황후로 삼는 것은 황실 법도에도 어긋나지 않은 일이오. 과인은 경들이 따라 주리라 믿소."

 이제 원나라 조정에서는 황제의 의견을 반대하고 나설 자가 없었다. 황제는 원나라 황실의 전통을 깨고 나를 제2 황후로 삼았다.

 아, 나는 마침내 대원 제국의 제2 황후가 되었다. 순제 6년, 1340년 7월의 일이었다.

 내가 제2 황후로 책봉되고 나자 황제는 아예 잠자리를 흥성궁으로 옮겼다. 황제는 바얀 후투그 황후를 거의 찾지 않았다. 그녀가 검소하고 착한 것은 좋지만 여자로서의 매력이 떨어진다며 가까이하지 않았다. 제1 황후가 황제의 얼굴을 보는 것은 가끔 공식적인 연회나 행사에 정후의 자격으로 참석할 때뿐이었다.

황제는 제2 황후가 된 나에게 커다란 선물도 안겨 주었다. 황태후가 관리하던 휘정원의 관리권을 나에게 준 것이다. 앞서 이야기했지만 휘정원은 황태후가 관할하던 황궁의 안살림을 다루는 곳으로 궁녀를 비롯해 그에 속하는 관원만 해도 삼백 명이 넘는 방대한 조직이었다.

휘정원이 나의 수중에 들어오게 된 내력은 바얀의 역모 사건에 부다시리 황태후가 연류된 탓이었다. 황제는 황태후를 별원에 유폐시키고 그녀의 아들 엘테그스는 고려로 유배를 보냈으며 문종의 묘당을 철거해 버렸다. 이들 두 사람의 죄를 묻는 황제의 조서는 다음과 같이 준엄해서 비장감까지 느껴진다.

……부다시리는 본래 짐의 숙모인데도 간신들과 몰래 음모를 꾸며 짐의 뜻을 무시한 채 외람되게도 태황태후의 칭호를 받고서 황실에 참화를 불러들였으며 골육지간을 이간질했으니 그 죄악이 더욱 무겁도다. 대의大義에 따라 태황태후의 존호를 박탈하고 동안주東安州로 옮겨 안치安置하도록 하라. 엘테그스는 비록 어리긴 하나 도리

상 나와 같이 살 수 없다. 그러나 짐은 악당들의 전철을 밟아 잔혹한 처벌을 가하지는 결코 않을 것이니 그를 고려로 추방하라……. 아, 효를 생각할 때마다 부친의 은혜에 보답하지 못함을 한탄하노니 이에 천하를 통치하는 큰 준칙을 세워 백성의 풍속이 순후하게 되기를 기대하노라. 이 모든 것을 천하에 알려 나의 애통함을 표시하노라.

바얀을 제거하면서 황태후 모자를 축출하는 데 성공했지만 훗날 다시 불거질지 모르는 후계자 문제 때문에 나는 불안했다. 그 싹을 애초에 도려내기 위해서 비상한 수단을 써보려고 강구하기도 했으나 바얀이 자결하고 내가 제2 황후가 됨으로써 문제를 근원적으로 해결한 셈이 되었다.

어쨌거나 휘정원이 손아귀에 들어온 것은 커다란 행운이었다. 제1 황후가 관리하는 중정원의 막대한 규모의 자금력을 알고 배가 아팠던 무렵이라 휘정원을 잘 관리해서 중정원 못지않은 힘과 자금이 모이는 곳으로 만들 계획을 세웠다. 나는 휘정원을 자정원資政院으로 개편해 고용보를 초대 자정원사資政院使로 삼았다.

그때부터 고려 출신 환관들, 관리들은 물론 몽골 출신 고위 관리들도 자정원에 줄을 대기 시작했다. 조정의 젊은 신하들 중에는 나의 미모와 정숙함 그리고 예절 바름에 매료되어 따르는 자가 많았다. 황제는 권신 바얀을 제거하는 과정에서 나의 수완과 정치력을 높이 사서 점점 더 많은 국정 사항을 의논해 왔고 많은 일을 맡겼다. 나는 그런 일들을 처리하는 과정을 거치며 국가 대사가 어떻게 움직이는지 알 수 있었고 매끄러운 일 처리를 통해서 조정의 신료들에게 깊은 인상을 남길 수 있었다.

박불화와 고용보는 나의 오른팔과 왼팔 같았다. 그들은 고려 출신 환관들의 힘을 나를 중심으로 결속시키게 만들었고, 자정원파를 형성하여 원나라의 황실과 조정에서 확고한 정치적 기반을 구축했다. 그들은 내가 정치적인 입지를 다져 나가는 데 혼신의 힘을 다한 충신이었다.

나의 위세는 점차 제1 황후를 능가하기 시작했다.

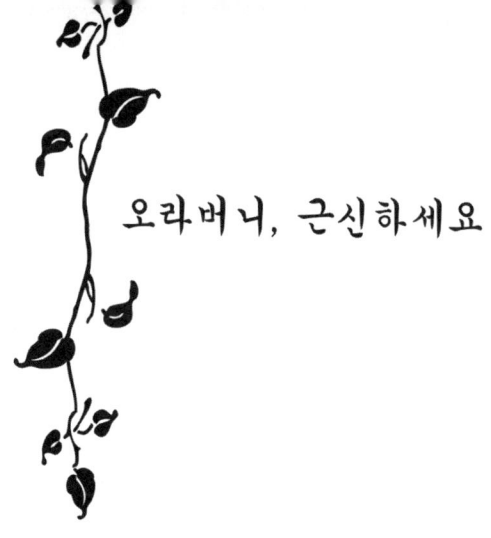

오라버니, 근신하세요

제2 황후로 책봉되면서 고려에 있는 가족들을 연경으로 불러들일 수 있었다. 그동안 황제가 고려로 사람을 보내기도 하고 철이 오라버니가 연경으로 오고 싶다는 전갈을 여러 번 보내 왔지만 나는 가족과의 상봉을 자제하고 있었다.

일개 공녀로 끌려와 그 정도면 출세한 것이 아니냐고 박불화나 고용보도 이쯤에서 가족들을 불러다 만나 보라고 권유했지만 나는 그러지 않았다. 꿈속에서도 오매불망 그리운 가족이었지만 남다른 참을성으로 견디어 냈다.

철딱서니 없는 철이 오라버니는 나를 만나기 위해 두 번이나 연경을 다녀갔지만 보지 못하고 돌아가 무척 섭섭했으리라. 더욱이 철이 오라버니는 박불화를 소개한 공을 세운 은인이 아닌가!

나는 원하는 위치에 오르기 전까지는 미천한 고려 여자가 오지랖 넓은 일을 한다는 손가락질을 받고 싶지 않아서 몸조심을 했다. 그런 것을 보면 나에게는 남다른 의지와 독한 면이 있는 모양이다.

내가 제2 황후로 책봉이 되자 황제가 말했다.

"이제는 과인에게도 황후의 어머님 얼굴을 좀 보여주시오. 가족들이 보고 싶지 않소?"

"눈물이 나도록 보고 싶지요. 제가 황궁에 와 있는 동안 아버지가 세상을 뜨셨다는 소식을 들었을 때 얼마나 울었는지 모른답니다. 어머니도 형제들도 보고 싶어 미치겠어요."

"어허, 그렇다면 내가 당장 그분들을 부르리다."

황제의 명으로 나의 가족은 연경으로 행차를 하게 되었다. 또한 황제는 나의 가족에게 원나라의 관직을 내렸다. 아버지는 영안왕榮安王에 봉해졌고 어머니는 영안왕 부인에 봉해졌다. 또한 삼대를 추존하여 왕이라는 호칭이 주어졌으니 그야말로 가문의 영광이 아닐 수 없었다. 오라버니들에게는 실질적인 권한을 행사할 수 있는 벼슬이 내려졌다.

철이 오라버니는 행성참지정사로서 정동행성征東行省을 관

할하게 되었고, 원이 오라버니는 한림학사翰林學士가 되었다. 그러자 고려에서도 덩달아 벼슬이 내려졌다. 철이 오라버니는 정승에다 덕성부원군德城府院君으로 봉해졌고 원이 오라버니는 덕양군德陽君으로 봉해졌다.

내가 제2 황후가 되던 해, 충혜왕은 오랫동안 충숙왕에 밀려 보위에 있지 못하다가 다시 복위를 한 상태였다. 원나라의 눈치를 살필 수밖에 없던 충혜왕은 나의 가족에게 갖은 예우를 갖추었다.

드디어 가족이 연경에 도착했다는 전갈이 왔다. 실로 8년 만의 해후였다. 열다섯 살의 소녀에서 스물세 살의 성인이 되어 제국의 황후 자리를 꿰찬 그야말로 격세지감을 느끼게 하는 세월이 흐른 것이다.

가족이 입궁했다는 소식을 듣자 마구 가슴이 뛰었다. 수레가 흥성궁 안으로 들어오는 것을 보고 나는 체통 따위는 생각하지 않고 성큼성큼 걸어서 마중을 나갔다. 수레가 멎고 가족들이 내리기 시작했다. 어머니의 모습이 가장 먼저 눈에 들어왔다. 우리는 한참을 부둥켜안고 울었다. 궁 안에서 시중드는 고려 출신의 환관과 궁녀들도 모두 눈물을 흘렸다.

어머니는 그사이 머리칼이 하얗게 세고 부쩍 늙어 있었다.

"오라버니!"

나는 일일이 오라버니들의 손을 맞잡고 애끓는 혈육의 정을 나누었다. 철이 오라버니는 일곱 살이 된 아들(기새인티무르奇賽因一)도 데리고 왔다. 나는 어린 조카의 손을 이끌고 가족들과 편전으로 들어왔다. 어머니는 연신 사방을 둘러보며 찬탄을 했다.

"내 딸이, 아니 우리 마마가 이런 훌륭한 궁전에서 상국의 국모가 되시다니 정말 감개무량하옵니다. 이 몸은 이제 죽어도 여한이 없습니다."

"어머니, 그런 말씀 마세요. 오래오래 사시면서 부귀와 호강을 누리시게 해드릴게요."

오라버니들은 어리둥절한 표정으로 꾸어다 놓은 보릿자루처럼 머뭇머뭇하고 있었다. 연경 물을 몇 번 먹은 철이 오라버니만 싱글벙글해서 여유를 부리고 있었다. 철이 오라버니가 갑자기 나를 자리에 앉혔다.

"앉으시지요, 황후 마마. 절을 받으셔야죠. 자, 마마는 사적으로는 누이이지만 상국의 황후이시다. 황후께 큰절을 올리도록 하자."

나는 오라버니들과 조카에게 큰절을 받고 말았다. 어머니는 한쪽 구석에서 계속해서 눈물을 흘리고 계셨다. 나의 눈에도 회한의 눈물이 흐르고 있었다.

"어머니, 눈물을 거두세요. 오늘 같은 날 기쁘지 않으세요?"

어머니는 내 손을 꼭 부여잡고 말했다.

"기쁘다마다요. 기뻐서 이리 우는 것입니다, 마마."

나는 어머니를 끌어안고 눈물로 얼룩진 볼을 비볐다.

"울음을 거두세요, 어머니."

한참 후 우리 가족은 가까스로 진정하고 고향 소식과 가족들의 신상에 일어난 일들에 관해 이야기꽃을 피웠다.

철이 오라버니가 박불화와의 인연을 만들기 위해 배를 타고 연경으로 와서 공작을 편 일도 자세히 전해 들었다. 그 이야기는 이미 박불화에게 들어서 알고 있었지만 철이 오라버니의 허풍이 섞이니 좀 더 재미있었다.

"고마워요, 오라버니. 오라버니 덕분에 내가 이 자리에 오르게 되었는지도 몰라요."

기철 오라버니의 표정이 조금 심드렁했다.

"그런데 왜 저를 만나 주지도 않으셨습니까?"

오라버니가 어린아이같이 투정이 부리는구나 싶었다.

"일개 궁녀로서 오라버니를 만나 봐야 아무 소득도 없고 서로 가슴만 아프잖아요."

"황비에 오르신 후에도 만나 주지 않으셨잖아요. 내가 두 번씩이나 박대를 받고 돌아간 것을 모르시나요?"

철이 오라버니가 예나 지금이나 여전했다. 대답할 가치도 없다고 느꼈으나 해명 차원에서 다소 차갑게 말했다.

"박불화 대감이 오라버니를 연경 최고의 기방에 데리고 갔다고 들었는데 그것이 박대인가요?"

이쯤 되자 철이 오라버니의 기세가 수그러들고 말았다.

그때 황제가 흥성궁에 모습을 나타냈다. 황제는 나의 가족을 꼭 한번 만나 보고 싶다고 몇 번이나 되뇌곤 했었다. 황제는 웃음이 가득한 얼굴로 나타나 우리 가족을 맞이했다. 그는 어머니를 무척 반기면서 최상의 장모 대접을 해주었다.

또 철이 오라버니와 많은 대화를 나누었는데 오라버니의 몽골어 실력이 장족의 발전을 한 까닭이었다. 얼핏얼핏 듣기로 그들은 정동행성과 고려의 정세에 대해 주로 이야기하고 있었다. 나는 황제가 오라버니들에게 감투를 내린다고 했을 때 그것이 명예직이기를 바랐고 그렇게 주청했었다.

정동행성은 원나라가 일본 정벌을 위해 고려에 설치했다가 지금은 두 나라 관계에서 형식적 기구의 기능을 하는 관청이었다. 그래서 나는 황제가 철이 오라버니에게 정동행성을 관할케 하는 것을 말리지 않았다. 그런데 가만히 들어보니 철이 오라버니의 생각은 나와 완전히 다른 것 같았다.

그날 밤 나는 철이 오라버니에게 물었다.

"아까 황상 폐하와 고려에 대한 이야기를 많이 하던데 무슨 이야기를 하신 거예요?"

그러자 오라버니는 자신의 포부를 비롯해서 고려 정세 전반에 대해 이야기를 풀어 놓았다.

"우리 고려는 권문세가들의 탐욕 때문에 썩을 대로 썩었지만 황상께 그런 이야기는 드릴 수 없어서 내가 맡은 정동행성의 입지를 제대로 세워 보겠다고 말씀드렸지요."

"정동행성의 입지를 제대로 세운다는 게 무슨 뜻이지요?"

"지금 고려는 권문도 아니고 세족도 아닌 사람들은 벌레만도 못한 삶을 살아가고 있지요. 제가 몸담고 있는 정동행성의 입지를 견고히 하고자 황상께 지원을 요청을 드렸습니다."

"무엇을 말입니까?"

나는 무언가 잘못되고 있는 것을 감지하고 따지듯 물었다. 그러자 철이 오라버니는 잠시 주저하더니 대답했다.

"정동행성을 제국의 다른 성들처럼 황국에 부속된 하나의 행정구역으로 수립하자는 것이지요."

"뭐라고요? 그것은 고려의 땅을 원나라에 병합하자는 이야기가 아닌가요? 고려 사람으로서 할 수 있는 말인가요?"

나의 뜻하지 않은 반발에 철이 오라버니는 무척 당황하는 것 같았다.

"고려는 고려 사람의 땅입니다. 수천 년간 이어온 우리나라라고요. 오라버니는 무슨 생각을 하며 사는 것이죠?"

나의 단호함에 기가 질린 철이 오라버니는 대답을 못하고 있다가 구차스런 변명을 떠들었다.

"구질구질하게 침략만 받고 사는 변방의 나라보다 큰 나라의 백성으로 사는 것이 더 좋지 않습니까? 이제 사해四海의 모든 나라가 마마의 것이 되었는데요."

"철딱서니 없이 굴지 마세요. 고려는 고려일 뿐입니다. 지금은 원나라의 황후가 되어 있지만 나는 태를 묻은 땅 고려를 잊지 않고 있습니다. 황제께 다시는 그런 주청을 넣지 마세요. 그것은 나라를 팔아먹는 매국노나 하는 짓입니다."

그쯤 되자 너무도 반가웠던 오누이의 상봉이 찬물을 끼얹은 듯 썰렁해지고 말았다. 그러나 나는 의사를 분명히 했다. 가문과 개인의 영광이 중하다고 해도 나라의 땅까지 이민족에게 바쳐 가면서 그것을 추구해서는 안 되는 것이었다. 나의 단호한 태도에 철이 오라버니는 얼어붙은 듯 한마디도 하지 못했다.

철이 오라버니가 정동행성을 관할하는 벼슬을 얻고 그렇게 어리석은 생각을 할 줄은 꿈에도 몰랐다. 정동행성은 일본을 정벌하는 일 때문에 설치한 기관이지 실질적인 통치 기구가 아니지 않은가!

고려는 30년이 넘게 몽골과 전쟁을 치르고 가까스로 독립을 지켜냈다. 그런데 고려가 원의 부마국이 되어 어쩔 수 없이 간섭과 지배를 받게 되자 원나라는 물론 고려의 부원배附元輩들 사이에서도 입성론立省論에 대한 논의가 솔솔 피어나곤 했다. 이른바 입성책동이란 것으로, 고려를 없애고 원나라가 직속 관할하는 하나의 성으로 만들자는 매국노적 행위를 일컫는다. 이러한 입성책동은 충렬왕 28년, 충선왕 2년, 충숙왕 10년 정월·12월, 충숙왕 후5년, 충혜왕 즉위년, 충혜왕 후4년에 무려 일곱 차례에 걸쳐 발생했다.

사실 고려를 성으로 편입시키는 것은 원나라로서도 부담스러운 일이었다. 원나라로서는 고려의 통치 체제를 이용하면서 원을 배반하지 않도록 하는 것으로 충분했다. 원나라는 고려를 성으로 편입했을 때 고려 관리들의 심각한 반발을 야기할 수 있다고 판단했다. 원나라의 전 통사사인 왕관王觀은 '고려를 내지로 만든다는 것은 헛된 명분이며 실지로는 폐해가 있다'고 반대했다. 반대 상소를 올린 왕관은 입성책동을 펼치는 자들은 "참소와 이간질을 하다가 그의 왕에게 죄를 얻고는 독심을 품고 드디어 제 본국을 뒤엎기를 꾀하여 스스로 편안하기를 기도한 것"이라며 "그들의 본심을 살펴보면 처음부터 성조聖朝(원나라)에 충성을 바치려는 것이 아니니 올빼미나 개돼지만도 못한 자들"이라고 주장했다. 원나라는 고려 관리의 대부분이 입성을 반대하고 있으니 굳이 고려에 반원 세력이 성장할 빌미를 줄 필요가 없다고 판단했다.

나는 철이 오라버니에게 다시는 그런 매국적 생각을 하지 말라고 일렀다. 철이 오라버니는 잔뜩 풀이 죽은 모습으로 내 말에 수긍했다.

가족을 만났다는 기쁨보다 철이 오라버니로 인해 새로운 근심이 생겨난 것 때문에 가슴 한군데가 무지근해졌다. 나는 근심스런 눈으로 가족을 배웅했다. 철이 오라버니가 또다시 철딱서니 없는 악동처럼 보였다. 그도 그럴 것이 이곳 황궁에서 많은 권세가들이 하루아침에 거꾸러지는 험한 꼴을 두루 보아 오지 않았던가!

나는 고려로 돌아가는 오라버니들에게 되도록 근신할 것을 당부하고 또 당부했다. 우리 가족에게 드리워진 불행한 앞날의 그림자를 얼핏 본 듯했다.

아, 고려를 어찌하랴

 제2 황후가 되고 꿈에도 그리던 가족과 눈물의 상봉을 한 후 마음의 여유가 생긴 나는 조국 고려를 생각하기 시작했다. 고려는 일곱 차례에 걸친 몽골의 침략을 막아내고 독립국가의 지위를 누리고 있었으나 몽골의 부마국에 지나지 않았다.
 고려는 자주적 명분에서 큰 타격을 입었다. 연호도 원의 것을 사용하고, 태자를 세자로 호칭하겠다고 약속하고 그대로 시행했다. 가장 중요한 것은 왕들의 시호였다.
 왕이 죽으면 원에 시호를 요청하는 것이 관례가 되었다. 원래 시호는 왕의 성격이나 공적에 걸맞은 글자를 붙이는 것인데, 원은 시호를 내릴 때마다 '충'자를 얹어주었다. 원나라에 충성하라는 강요였다. 실제로 고려는 원의 지배를 받으며 정치적 독립성을 거의 상실했다.

원나라는 자기들 입맛에 따라 고려의 왕을 갈아치웠다. 심각한 것은 원나라의 정권이 바뀔 때마다 실권자와 연줄이 닿는 사람이 고려의 왕이 되곤 했다는 점이다.

예컨대 충혜왕은 원나라 승상 엘티무르와 매우 친한 사이였기에 그가 집권하고 있을 때는 왕위에 머물렀지만 엘티무르가 죽고 그의 정적인 바얀이 집권하자 곧바로 폐위를 당했다. 충혜왕은 원나라 조정에서도 심한 냉대를 받았고 특히 바얀은 발피撥皮(망나니)라고 손가락질할 정도였다.

충렬왕과 충선왕, 충숙왕과 충혜왕은 모두 황제의 명령에 따라 폐위되었다가 이후 복위했다. 이들은 모두 부자지간이었으나 원나라의 명령에 따라 하루아침에 교체되기 일쑤였기에 부자 사이에 권력을 두고 엄청난 시기와 질투와 암투, 싸움이 벌어지곤 했다.

웃지 못할 고려 왕들의 풍속도를 두고 《고려사》를 기록한 사신은 다음과 같이 논평하고 있다.

충렬忠烈· 충선忠宣· 충숙忠肅· 충혜忠惠의 4대는 부자지간에 서로 다투면서 심지어 원나라의 조정에 함께 송사까지 함으로써 천하 후세의 비웃음을 샀다. 아비와 아들은 하늘이 낸 절친한 관계이며 효(孝)는 모든 행실에 우선하는 것으로 정치의 근본이라고 할 수 있다. 그런데도 근본을 이미 상실했으니 다른 것이야 더 볼 필요도 없으리라. 충숙왕은 만년에 국사를 내팽개치고 대궐을 떠나 지방과 도성 바깥에서 지내면서 박청(朴青) 등 내시 3명을 신임하여 모든 권한을 주어 버렸다. 이에 그 아들이나 손자들이 다 제명대로 살지 못했으니 참으로 한탄할 일이다.

이런 한심한 작태는 비단 고려 왕들의 잘못만은 아니라고 볼 수 있지만, 백성들이 보기에 저런 왕을 지도자로 두고 어찌 행복한 삶을 살 수 있는지 회의를 갖기에 충분했다.

백성들의 원성은 물론 원나라에서도 발피라는 별명까지 얻게 된 충혜왕은 고려의 왕 중에서 가장 탁월하게 음행을 저지른 그야말로 망나니이자 망종이었다.

나는 충혜왕이 저지른 일들을 보고받고 한숨을 내쉬곤 했다. 그는 세자로 원나라에 볼모로 왔다가 열여섯 살의 나이에 보위에 올랐지만 어린 나이에 정사는 돌보지 않고 주색과 사냥을 일삼으며 방탕한 생활을 하는 바람에 2년 만에 원나라에 국새(國璽)를 빼앗기고 다시 원나라로 끌려왔다. 그는 원나라에서도 음란한 짓을 계속해 승상 바얀에게 모욕적인 언사를 듣게 된 것이다. 충혜왕은 살아생전에 원에게 여러 차례 치욕을 당한 왕이었다.

1339년, 아버지 충숙왕이 죽자 충혜왕은 이듬해 다시 왕위에 복귀했다. 1340년, 그해는 내가 원나라의 제2 황후가 된 해이기도 하다.

원나라에서 돌아온 충혜왕의 행동은 그야말로 가관이라 두 눈을 뜨고 볼 수 없는 지경이었다. 그는 더 이상 왕이 아니었다. 정사는 아예 거들떠보지도 않은 채 음탕하고 포악한 짓으로 세월을 보냈다. 고려의 정사야 어차피 왕의 손을 떠나 원나라의 조종을 받는다지만, 충혜왕은 국왕으로서의 면모마저 헌신짝처럼 내던져 버리고 말았다.

충혜왕은 고려 역사상 가장 부도덕한 왕이었다. 그는 100명이 넘는 여자들을 궁중에 두고 하룻밤에도 두세 여자씩 갈아치웠다. 또한 성적 능력을 향상시키기 위해 원나라 라마승이 제조한 '열약熱藥'을 먹어가며 여자를 탐했다. 그는 여자에 관한 한 신분과 귀천을 따지지 않았다. 제 눈에 예쁘거나 아름다운 여자가 있다는 말만 들으면 남의 여자라도 반드시 쫓아가서 기어코 농락하고야 말았다.

그런데 문제는 그가 이미 몹쓸 성병인 임질淋疾에 걸려 있었다는 점이었다. 원나라에 있을 때 자신을 후원해 주던 엘티무르의 아들들과 어울려 술을 마시고 여자를 희롱하고 다니다가 위구르인 소녀와 관계하여 얻은 병이었다. 충혜왕이 세자로 입조했을 때 어찌 된 셈인지 승상 엘티무르가 그를 아들처럼 대할 정도로 사이가 돈독했다고 한다. 그래서 그는 탄기쉬 형제들과도 난행을 저지르고 다닌 것이다. 충혜왕은 관계하는 여자들에게 성병을 옮기고 다녔다.

그는 서모인 권씨와 간통하고, 장모뻘 되는 황씨를 데리고 자기도 했다. 황씨가 임질에 걸리자 충혜왕은 의승醫僧 복산福山을 불러다 태연히 치료시키기도 했다. 그래도 충혜왕은 부끄러운 낯이 없었다.

또한 충혜왕은 찬성사贊成事 권한공權漢功의 아내 강씨康氏가 미인이라는 이야기를 듣고 호위군 박이라치朴伊剌赤를 시켜 궁으로 데려오게 했는데 중간에 박이라치가 먼저 강씨를 겁탈한 사실을 알고 노한 나머지 두 사람을 때려죽였다. 그런데 얼마 후 충혜왕은 자신이 때려죽인 박이라치의 첩을 찾아가기도 했다.

이 밖에도 그의 악행은 이루 말할 수가 없었다. 틈만 나면 격구擊毬와 씨름판을 벌였고, 궁궐의 담을 넓히느라 수백 채의 민가를 헐어냈다. 남의 재산을 불법으로 빼앗고 사람을 거침없이 죽였다. 이런 후안무치한 자가 왕이라니! 실로 조선의 연산군보다 더 심한 자였다!

사신史臣은 "충혜왕은 영특하고 날카로운 자질을 가지고 있었으나 그것을 좋지 않은 곳에 썼다"고 평했다. 무엇보다 충혜왕이 자신의 명줄을 재촉한 사건은 경화공주를 간음한 것이었다. 경화공주는 몽골에서 시집온 충숙왕의 정비로, 곧 충혜왕은 아버지의 여자를 범한 것이다.

충숙왕의 왕비 복국장공주濮國長公主가 일찍 세상을 떠나자 원나라는 다시 몽골 여자와 충숙왕을 맺어주었는데 바로 경화공주였다. 젊은 나이에 시집온 탓에 충숙왕이 세상을 떠난 후에도 그녀는 어여쁜 자태를 지니고 있었다.

충혜왕은 홀몸이 된 경화공주에게 눈독을 들이다가 팔월 어느 날, 충혜왕은 영안궁永安宮 속 깊은 곳에서 외로움을 달래고 있는 경화공주를 찾아갔다.

충숙왕이 죽은 후 충혜왕이 경화공주를 위로해 준다고 수차례 연회를 열어 준 탓에 그 보답으로 마지못해 공주가 연회를 베풀자 충혜왕은 취한 체하고 돌아가지 않았다. 충혜왕은 한밤중이 되자 침실에 들어가서 공주를 덮쳤다. 경화공주가 격렬하게 반항하자 충혜왕은 심복 송명리宋明理 등을 시켜 공주의 팔다리를 묶고 입을 틀어막고 강간했다.

"짐승만도 못한 놈!"

억울하게 당한 경화공주는 분함과 창피함을 이기지 못하고 다음 날 아침 사람을 시켜 말을 사들이게 했으나 이 방면에 녹록지 않은 경륜을 자랑하는 충혜왕은 말 시장馬市이 열리는 것을 금했다. 원나라로 떠나려던 경화공주는 발이 묶이고 말았지만 원나라는 경화공주를 간통한 죄를 물어 충혜왕을 소환했다.

원나라 사신이 온다는 말에 충혜왕은 갑자기 불안해졌다. 자신이 한 짓이 있어서 왕위에서 쫓겨날지 모른다는 불안감에 사로잡혀 있었으리라. 그러나 사신이 다름 아닌 자정원사 고용보라는 말에 충혜왕은 마음을 놓았다. 충혜왕은 오래전부터 그를 우대하여 마음을 사두었던 터였다. 충혜왕은 친히 동교東郊에까지 마중 나가 고용보 일행을 맞았다. 고용보는 왕과 함께 큰 거리의 누각에서 격구와 씨름을 구경하면서 아무 일 없는 듯이 지냈다. 하지만 경화공주는 고용보에게 충혜왕에게서 능욕당한 일을 낱낱이 말했다.

"세상에 이런 패륜아가 또 어디 있소? 그런 자는 한시 바삐 쫓아내고 어진 임금을 세워야 하오."

그런데 고용보가 온 지 얼마 되지 않아 또 다른 원나라 사신 일행이 고려에 들어오자 충혜왕은 다시금 불안해졌다. 단

며칠 사이에 사신이 잇따라 들어온 예는 거의 없었다. 충혜왕은 병을 핑계로 사신을 마중 나가려 하지 않았다. 그러자 고용보가 충혜왕을 안심시키며 말했다.

"황상 폐하께서 늘 고려 왕이 불경不敬하다고 말씀하시는데 신이 굳이 변명하여 지금까지 아무 탈이 없었습니다. 그런데 조서를 받든 사신을 병을 핑계로 맞아들이지 않는다면 황상께서는 앞으로 제 말도 의심할 것입니다. 부디 마중을 나가도록 하십시오."

충혜왕은 고용보의 말을 믿고, 어쩔 수 없이 조복朝服을 입고 여러 신하들과 동교로 나가 사신을 영접했다. 그러나 고용보의 말은 속임수였다. 정동행성에 도착하여 조서를 듣는 도중 사신 도치朶赤와 나이주乃住가 왕을 발로 차서 넘어뜨렸다.

"무엄하게도 이게 무슨 짓인가?"

충혜왕은 소리쳤으나, 중서성의 단사관斷事官 두린頭麟은 포승줄로 왕을 묶었다. 충혜왕이 저항하자 그는 대뜸 칼을 빼 들었다. 여차하면 내리칠 기세였다.

"나는 고려의 왕이다. 어찌 감히 내게 칼을 들이대는가?"

그러나 두린은 차갑게 소리쳤다.

"이제 그대는 고려의 왕이 아니오."

충혜왕은 고용보에게 도와달라고 소리쳤다.

"고 원사, 무슨 오해가 있나 본데 나를 구해 주시오!"

그러나 고용보는 두린보다 더한 말을 퍼부었다.

"그대는 황제 폐하께 지은 죄가 너무 많소. 죄인은 어서 포승이나 받으시오!"

충혜왕은 그제야 깨달았다, 고용보가 미리 사신으로 온 것은 자신을 유인하려는 술책이었음을.

충혜왕은 신하들에게 구원을 요청했다. 사신 일행은 고작 8명뿐이었지만 이들이 칼을 휘두르자 고려의 신하들은 피를 흘리고 쓰러지거나 모두 달아나 숨었다. 사신들은 충혜왕을 함거檻車(죄인을 태우는 수레)에 싣고 원으로 압송했다.

충혜왕 복위 4년(1343) 10월의 일이었다. 포박을 당한 채 함거에 실려 가는 왕을 구원하겠다고 나서는 이는 아무도 없었다. 길을 가던 중 충혜왕이 몹시 괴로워하며 술을 찾자 어떤 노파가 술 한잔을 바칠 뿐이었다.

황제는 개처럼 끌려온 충혜왕을 직접 국문했다.

"너 왕정王禎은 국왕이 되어 백성의 고혈을 짜내 먹었으니 네 피를 천하의 개에게 먹여도 오히려 부족할 것이다. 그러나 짐은 사람을 죽이는 것을 좋아하지 않기에 목숨만은 살려 너를 게양揭陽으로 유배 보내니 나를 원망하지 마라!"

참으로 끔찍한 저주가 아닌가.

게양(지금 광둥 성廣東省 조주潮州)은 연경燕京에서 2만여 리나 떨어진 먼 곳이었다. 충혜왕이 탄 함거가 귀양을 떠날 때 원자元子(충목왕)가 배전裵佺을 시켜 옷 한 벌을 올리게 했는데, 배전은 옷을 전달하자마자 뒤돌아보지 않고 자리를 떴다고 한다. 그것은 충혜왕과의 악연 때문이었다. 충혜왕은 배전이 원나라에 있을 때 그의 아내와 처제를 겁탈했던 것이다. 충혜왕은 수행하는 자가 없어 제 손으로 옷 보따리를 가지고 유배지로 향했다. 그는 게양에 닿지도 못하고 1344년 1월 악양현岳陽縣에서 생을 마감했다. 혹자는 독살당했다 하고 혹자는 귤을 먹고 운명하였다고도 한다. 그의 나이 서른 살의 일이었다.

《고려사》는 이 일에 대해 이렇게 기록하고 있다.

국인國人들 중 이 소식을 듣고 슬퍼하는 사람은 아무도 없었고 소민小民들은 기뻐 날뛰며 '이제는 다시 살 수 있는 날을 볼 수 있겠다'고까지 하였으니 백성들에게 덕망이 입혀지지 않음이 이와 같았다.

그 뒤로 고려는 충목왕, 충정왕이 왕위에 오르는데 모두 어린아이들이었다.

충목왕은 8세에 즉위했으나 재위 4년 만에 죽었다. 그는 어린 나이였지만 매우 총명해서 몇몇 신하의 조언과 요구를 받아들여 정치도감整治都監을 설치해 본격적인 개혁 운동을 전개했다. 정치도감에서는 불법으로 차지한 토지를 바로잡으려는 노력을 기울였지만 권문세가의 방해로 좌절되었다.

충목왕은 후사가 없었기에 이복동생인 충정왕이 즉위하는데 그 또한 11세의 어린아이였다. 충정왕이 어린 탓에 모후인 희비禧妃 윤씨가 수렴청정을 했는데 외가인 윤씨들이 어린 왕을 둘러싸고 권세를 휘둘러 충정왕을 '윤왕尹王'이라고 부를 정도였다.

두 어린 임금이 재위하는 동안 《고려사》에 남긴 흔적은 25쪽에 불과했다.

나는 태를 묻고 온 고려가 변방의 설움받는 나라가 아니라 선진 문물과 새로운 학문을 받아들여 제국과 함께 성장하기를 간절히 빌고 있었다. 다시는 '백성의 고혈을 짜내 먹고, 자기의 피를 천하의 개에게 먹여도 오히려 부족할' 왕이 다스리기를 바라지 않았기에 새로운 고려의 왕을 천거했다. 그런데 그는 나에게 평생 애증이 엇갈리는 왕이 되고 말았다.

제6장 흔들리는 제국

개혁 군주 공민왕

기황후가 천거한 새로운 고려의 왕은 공민왕이었다.

공민왕은 충숙왕의 둘째 아들이자 충혜왕의 동복동생이다. 그의 이름은 기祺이고 몽골식 이름은 바얀티무르伯顔帖木兒이다. 공민왕은 열두 살 때 원나라에 끌려가 10년간 볼모 생활을 하다가 스물두 살 때 고려로 돌아와 왕이 되었다.

충혜왕이 쫓겨났을 때 그는 가장 유리한 위치에 있는 왕위 후보였다. 그러나 어린 두 왕이 왕위에 오르면서 고려의 정국은 더욱 난맥상에 빠진다.

충목왕은 세상을 뜨고, 그 뒤를 이은 충정왕이 즉위하자

태후인 덕녕공주와 충목왕의 모후인 희비 윤씨의 권력 투쟁으로 정세가 어지러웠다. 엎친 데 덮친 격으로 남해안은 왜구와의 전쟁터로 돌변해 있었다.

1351년, 마침내 고려 조정의 대신들은 원나라에 고려의 왕을 교체해 달라고 요청하기에 이른다.

기황후는 그동안 고려의 왕자 왕기王祺를 눈여겨보고 있었다. 왕기는 준수한 외모의 청년이었고 친형인 충혜왕과는 달리 여색을 탐하지 않고 술을 좋아하지도 않았다.

왕기는 머리가 맑고 슬기로웠으며 천품이 인자하고 어질었다. 그의 행동은 예의범절이 진중하고 법도가 있었으며 교양인으로 손색이 없는 지식도 갖추고 있었다.

원나라 상류사회에서는 왕기에 대한 칭찬이 자자했다. 왕기는 글을 잘하고 글씨를 잘 쓰고 그림을 잘 그리는 사람들을 사귀었는데 그 또한 그림에 조예가 깊고 필치가 절묘하다고 소문이 나 있었다.

원나라의 입장에서 볼 때 왕기에게는 단점이 하나 있었는데 그의 어머니가 몽골 여인이 아니라는 점이었다. 그 때문에 두 번이나 왕위 계승전에서 고배를 마셨다고 볼 수도 있다.

결국 왕기는 몽골 여인을 아내로 맞은 후에 공민왕으로

등극하게 된다. 그의 아내가 된 몽골 여인이 바로 너무도 유명한 로맨스의 주인공인 노국공주魯國大長公主이다.

두 사람의 혼례는 고려관 앞거리의 라마 사원에서 열렸다. 원나라와 고려 사이의 세 번째 국혼國婚이었다. 세 번째 국혼이라고는 하지만 충렬왕에서 공민왕에 이르기까지 5명의 고려 국왕이 모두 8명의 몽골 공주와 혼인을 맺었다.

드높은 전각 안 높게 솟은 라마 백탑 아래 두 사람이 축복받는 혼례가 열렸다. 그 혼례에는 놀랍게도 기황후가 참석해 자리를 찬란히 빛냈다.

향이 피어오르는 가운데 법사가 축하문을 외우고, 신랑과 신부는 관음보살에게 배례를 드렸다. 화려하고 장엄한 예식이 끝나자 신랑과 신부는 낙타가 끄는 수레를 타고 황궁으로 들어가 황제와 기황후에게 새로이 부부가 된 감사의 인사를 올렸다.

"황후 마마, 소신이 그린 그림 한 점을 올리옵니다."

왕기가 기황후에게 그림을 바쳤다. 그 그림을 펼쳐본 기황후는 놀라움을 금치 못하고 기뻐했다. 기암괴석을 그려 놓은 것으로 구불구불 힘찬 바위와 돌의 생긴 모양새를 그대로 담고 있었다. 바위 위에 굳은 소나무 한 그루가 서 있고 휘영청 달빛이 푸른 가운데 비파를 뜯고 있는 한 여인이 눈에 띄었다. 마치 비파 소리가 달빛을 타고 흘러나올 것만 같았다.

"왕자의 그림 솜씨가 훌륭하다더니 그것이 허언이 아니었구려. 여기 이 여인이 무척 마음에 듭니다."

"황후 마마의 소녀 적의 모습을 생각하고 그렸사옵니다."

기황후는 자신을 위해 특별히 그린 그림이라는 것에 감격했다.

"무어라, 나를 생각하고 일부러 그린 그림이라고요?"

"그러하옵니다, 마마."

"이렇게 고마울 때가 있나. 이 그림을 길이 간직하면서 두 사람의 행복을 빌어드리리다."

왕자 왕기는 이렇게 몽골 공주를 아내로 맞이함으로써 고려의 왕으로 낙점을 받을 수 있었다.

1351년 10월, 마침내 왕기를 고려 국왕으로 봉한다는 원나라 순제의 칙명이 내렸다. 이유는 간단했다. 전왕이 나이가 어려 모든 정치의 실권이 왕의 어머니 대비와 권신에게 돌아가고 백성은 학정에 허덕여 나라 형편이 날로 위태로우니, 덕망과 인품이 높고 고결한 왕자 왕기를 고려의 왕으로 봉하는 것이었다.

원나라 황제는 고려에 사신을 보내 국새를 거두고 충정왕을 강화도에 유폐시켰다. 그해 12월, 왕기는 노국공주와 함께 고려로 돌아와 왕위에 올랐다. 공민왕의 즉위는 기황후 세력의 지원과 고려 내의 지지 세력의 도움에 힘입은 바가 컸다.

원나라는 대대로 고려를 속국처럼 부리고자 고려 왕자를 숙위宿衛라는 명목으로 원나라로 불러 문화와 습성을 습득하게 하고 왕자들을 다시 고려로 보내 나라를 다스리게 했다.

원 황실은 어려서부터 원나라에서 자란 공민왕이 지금까지처럼 말을 잘 듣고 충성을 바치는 인형 노릇을 해 줄 것이라고 믿었다. 하지만 그들의 예상과는 달리 공민왕은 열두 살 어린 나이부터 10년간 원나라에 머물며 누구보다 원의 사정을 잘 알고 있는 점을 이용해 원나라의 힘에서 벗어나고자 했다. 그의 아내인 노국공주는 몽골 공주였지만 그런 공민왕을 진심으로 이해하고 지지했다.

공민왕은 원나라에서 어린 시절을 보내며 자신은 뚤루게禿魯花(인질)로 붙잡혀 있을 뿐이라는 생각을 하며 남다른 민족의식을 깨친 인물이었다. 그의 영민하고 총명한 자질로 즉위 초부터 신망을 두텁게 얻고 있었다. 또한 공민왕은 스물두 살의 청년이라고 하기에는 너무도 뛰어난 정치 감각을 가지고 있었다. 그는 자신의 왕위도 언제든 원에 의해 위협받을 수 있다는 것을 잘 알고 있었기에 홍건적이 점점 세력을 넓히는 그즈음의 중국 정세에 촉각을 곤두세우고 고려의 자주성 회복을 위한 개혁을 착착 진행하기 시작했다.

공민왕은 즉위 두 달 만에 전격적으로 정방政房을 혁파했다. 그리고 바로 다음 날에는 즉위 교서를 반포했다. 공민왕은 즉위 교서를 통해 나라를 바로 세우고자 하는 의지를 대외에 천명했다. 그는 즉위 교서에서 자신의 속마음을 숨긴 채 원나라에 충성을 맹세했다.

우리 태조께서 삼한三韓을 통일하시고 역대 선왕들께서 왕위를 이으시면서 작은 나라로 큰 나라를 섬기면서 이제 과인에게까지 이르게 되었다. ……돌이켜 보면 내가 무슨 덕이 있어 이 자리에 오를 수 있었겠느냐마는, 현재 국가의 상황은 쇠퇴의 길을 밟고 있고 풍속은 타락했으며 조정에는 부적절한 인사가 횡행하고 나라 재정은 고갈 상태이다. 또한 이웃의 왜적들이 우리 강토를 침구하고 하늘에 재변이 나타나고 있으니, 이제 내가 스스로를 가다듬고 정신을 쏟아 하루도 빠짐없이 근신하여 사악한 자들과 간특한 소인배들을 제거하는 한편 백성들을 가엾이 여기는 마음으로 관후한 정치를 행하지 않는다면 무엇으로 천자의 덕에 보답하며 선조가 남긴 왕업을 보존할 수 있을 것이며 어떻게 모친의 마음을 위로하고 국가 원로들의 기대에 부응하겠는가? 관직에 있는 백관들은 내가 부족한 점을 질정해 유종의 미를 거둘 수 있도록 노력하라.

종묘에 지극히 정성을 다해야 할 중요한 일이기에 그 제사를 올리는 데 지극정성을 다해야 한다는 것은 다시 말할 것도 없다. 이제 태조와 역대 선왕께는 마땅히 덕호德號를 올릴 것이며 ……사직社稷에 올리는 제물은 반드시 정결하게 준비할 것이며, 사전祀典에 등재되어 있는 명산과 대천 및 신묘神廟에도 덕호德號를 덧붙여 주도록 하라. 기자箕子는 우리 땅에 봉해져 지금까지 우리가 그 교화와 예악의 은택을 받고 있으니 평양부平壤府로 하여금 그 사당을 수축해 제사를 지내게 할 것이며 그 나머지 충의忠義의 인물들에 대한 제사도 모두 옛날처럼 지내도록 하라.

근래 들어 측근 신하들이 임금의 눈과 귀를 가려 백성들의 실정이 제대로 위에 전달되지 못해 결국 임금을 그르치는 지경에 이르렀다. 각 관청의 보고는 반드시 내가 직접 청취할 것이며 서연書筵에 참여하는 문신들과 나를 호위하는 무신들은 반드시 적합한 인물로 충당해야 할 것이다. 그리하면 올바르고 착실한 인재들이 늘 나의 곁에 있게 되어 언관言官과 현사賢士들의 간언이 막히지 않을 것이니, 이를 시행할 구체적인 방안을 해당 관청에서는 의논해 보고하도록 하라. ……가난한 백성으로부터 자녀를 사들인 자가 3년이 지나도 놓아 보내지 않으면 감찰사監察司와 안렴사按廉使가 철저히 조사해 형벌을 내리도록 하라. 송사가 나날이 늘어가고 있으니 감찰사와 전법사의 도관都官은 공정한 판결을 내리되, 거짓으로 고소한 자는 되레 그를 처벌하라.

또한《예기禮記》에는, 산림에 불을 놓지 말 것과 갓 알에서 깨어난 벌레를 죽이지 말 것과 길짐승 새끼와 날짐승의 알을 포획하지 말 것이 기재되어 있다. 앞으로 봄 3월과 여름 4월에 걸쳐 사람들이 불을 놓거나 수렵하는 행위를 일절 금지하며 이를 어기는 자는 철저히 치죄할 것이다. ……왜적이 변방을 침구해 인명을 잔혹하게 살상하고 민가를 불 지르며 세미稅米를 수송하는 조운선을 약탈하고 있는 바, 이는 수비군의 군율이 제대로 서지 않고 평소 적을 막을 전략이 세워져 있지 않기 때문이다. 적을 막을 계책을 가지고 있는 사람이 있으면 누구든지 조목별로 건의하도록 허용할 것이며, 그중 우수한 것을 택

해 시행하는 한편 특별히 포상할 것이다. 각종 전투에서 공을 세운 사람에게는 전리사典理司와 군부사軍簿司에서 아울러 관작을 올려주며, 자원해 왜적을 추격 체포한 사람의 경우 양반兩班은 세 등급을 올려 관직을 줄 것이고 천민에게는 상금을 줄 것이다. ……홀아비와 홀어미, 고아와 자식 없는 자, 중환자와 장애자는 삶을 이어갈 수 있도록 관청에서 돌보아주고, 효자와 효손과 의부義夫와 열녀는 전례에 따라 표창함으로써 미풍양속을 선양하도록 하라…….

명주로 꽃을 만들어 달고, 홍대촉紅大燭을 쓰는 것은 사치와 낭비 중에서도 가장 심한 것이니 사용치 마라. 위반자는 감찰사에서 적발하여 그 죄를 엄히 다스리라. ……지정 12년(1352) 2월 2일 새벽 이전에 죄를 저지른 자 가운데 불충·불효한 자와 고의로 살인한 자 및 상국의 형법에 저촉된 자를 제외한 나머지 전국의 모든 죄수의 형벌을 면제해 주노니, 이는 심기일전하여 온 나라와 함께 새롭게 출발하려고 하는 뜻이다. 선대의 신료들도 각자의 재능에 따라 서용할 것이니 너희들 또한 딴마음을 가지지 말고 전심전력함으로써 나의 뜻에 부응하라. 아아! 국가의 기강을 확립하는 것은 백성을 편안하게 만들고자 함이며, 어진 이와 유능한 인재를 등용하는 것은 오늘날 올바른 통치를 이루고자 함이로다.

공민왕이 즉위 교서에서 종묘를 강조하고, 역대 왕의 존호를 올리고, 기자의 존재를 거론한 것은 고려의 유구한 역사와 전통을 드러냄으로써 원나라와는 엄연히 다른 자주국임을 암시하려는 것이었다. 공민왕은 매우 신중하면서도 빠르게 개혁을 진행해 나갔다. 그의 정책은 반원 자주를 기조로 하는 것이었다. 물론 집권 초기에는 그러한 정책을 노골적으로 드러내지 않았지만 그는 결의를 다지고 있었다.

'나는 결코 원나라의 허수아비가 되지 않으리라!'

공민왕은 과감하게 전민변정도감田民辨正都監을 설치했다. 권신들이 불법적으로 빼앗은 토지와 노비를 본래의 주인에게 돌려주고, 노예로 전락한 양민들을 구제해서 백성들의 생활을 안정시키려는 조치였다. 공민왕은 몽골식 복장인 호복과 변발도 금지했다. 그러자 백성들은 이제 무엇인가 새로운 변화가 시작되리라는 기대를 품게 되었다.

한편으로 공민왕은 그동안 권신들 때문에 소외되었던 유능한 인재들을 찾아 등용하는 데 힘썼다. 그의 개혁은 왕권을 바로 세우고 나라를 바로 세우는 일이었다.

멀고 먼 개혁

 기철은 누이인 기황후가 걱정한 대로 잘못된 길을 걷고 있었다. 기황후는 기철에게 근신하고 근신할 것을 거듭 당부했으나 권세의 맛에 도취한 그는 그것을 깡그리 잊었다.
 기철과 형제들은 정동행성을 중심으로 움직였는데 소속 기구인 이문소는 원나라의 막강한 힘을 바탕으로 고려의 내정을 간섭하는 기구로 작용하고, 부원 세력이 자라나는 양성소 역할을 하고 있었다. 기철은 그곳의 수장으로서 자신이 고려의 왕과 대등하다는 정신 나간 생각을 하고 있었다.
 "형님, 이번 왕은 녹록지 않은 인물인 것 같습니다. 100년 이상 내려온 정방을 철폐하고 변발과 호복을 금지시킨 것을 보면 우리도 조심해야 할 것 같습니다."

도담이 말했으나 기철은 그 말을 귀담아듣는 것 같지 않았다. 도담은 점점 기철의 곁을 떠나야 할 때가 다가오고 있음을 느꼈다. 기철의 누이가 제국의 황후가 된 것은 좋은 일이지만 그로 인해 얻은 막강한 권세가 불행을 몰고 올지도 모를 일이었다.

기철은 밝고 명랑하고 따스하기까지 했던 모습은 간데없이 사라지고 권력에 취해 허장성세와 위선으로 덧칠한 모리배의 모습만 남아 있었다. 그의 형제와 일가친척들까지 덩달아 갖은 행패를 다해서 이맛살을 찌푸리게 했다.

기씨 형제들이 고려왕에게 칭신稱臣하지 않은 것은 어제오늘의 일이 아니었다. 일찍이 기황후가 원나라 순제의 제2 황후가 된 것은 충혜왕 복위 원년(1340) 4월이었다. 황제는 기황후의 아버지 기자오를 영안왕으로 추봉했다. 음관蔭官인 산원散員으로 나가 선주宣州 수령으로 벼슬을 마쳤던 기자오가 죽어서나마 왕으로 추봉되는 영광을 입은 것이었다.

그때부터 기철 일족은 자신들도 어엿한 왕가王家라는 자부심을 내세우며, 고려 왕에게 칭신하려 들지 않았다. 더욱이 기황후 소생의 태자가 황태자로 책봉되면 원나라에서 기철에게 태위太尉 관작을 내릴 것이라고 했다. 태위라면 고려 왕의 정동행성 승상보다 더 높은 지위라 가히 왕부를 뛰어넘는 위치였다.

그 무렵 시중에는 이런 말이 떠돌았다.

"아니 이게 어떻게 되어 가는 세상이야. 이 나라의 어른은 임금인가 기씨 집안사람들인가?"

"예쁜 딸이 있으면 공녀로 바쳐서 호강이나 하자꾸나."

지난날에는 딸을 공녀로 보내는 것을 무엇보다도 두려워한 고려 사람들이었지만 공녀로 끌려간 몇몇 처녀들이 원나라 조정에서 출세하고 그 일가붙이들까지 영화를 누리게 되자 이제는 그것을 오히려 부러워하는 지경에 이르렀다.

그러나 백성들은 기씨 일문을 원망하고 있었다. 기철과 그의 가족들이 힘없는 백성들을 괴롭혔기 때문이었다. 기씨 집안사람들은 욕심나는 것이 있으면 백성들의 전답을 함부로 빼앗고, 젊고 예쁜 여자가 눈에 들어오면 처녀든 유부녀든 마구잡이로 난행했다. 만일 항거하는 자가 있으면 극형에 처했다. 기씨 집안사람들에 대한 백성들의 원한은 골수에 사무쳤지만 딱히 하소연할 데가 없었다.

"전하, 기철 일당을 제거하지 않는다면 우리의 개혁은 성공할 수 없습니다!"

그렇게 말한 것은 조일신趙日新이었다. 그는 공민왕이 원나라에 볼모로 지내고 있을 때 시종을 도맡던 인물이었다. 김용金鏞, 정세운鄭世雲, 유숙柳淑과 같이 10여 년 동안 연경에서 공민왕과 아픔을 함께 하며 때를 기다린 공민왕의 수족과도 같은 신하였다. 그 공으로 공민왕이 즉위하면서 찬성사贊咸事가 되었고 시종공의 1등 공신이 되었다.

"하지만 그들 뒤에는 원나라가 있지 않소? 북변北邊은 어떻게 할 작정이오?"

공민왕이 그렇게 묻자 조일신은 대답을 하지 못했다. 그는 기철을 제거하면 사신이 와서 항의할 것만 생각했지 원나라가 거병하라고는 생각지 못했다. 조일신은 조용히 어전을 물러났다.

조일신은 원나라에서 공민왕을 시종한 공을 믿고 제멋대로 난폭한 짓을 하고, 조정에서 횡포와 전횡을 일삼아 왔다. 그는 원에 오랫동안 머물렀기 때문에 친원 세력과도 긴밀한 관계를 유지하고 있었다. 그런데 친원파의 수장이라고 할 수 있는 기철과는 서로 세력을 다투는 탓에 사이가 좋지 못했다. 기철의 힘에 밀려 기를 펴지 못했던 조일신은 호시탐탐 기회를 엿보고 있었다. 그러던 중 그는 기철이 역모를 꾸미고 있다는 정보를 입수했다.

원나라 황실에 딸들을 공녀로 보내놓고 권세를 누리던 부원배인 권겸과 노책은 기철의 집에 모여서 모의를 꾸미고 있었다. 사실 기철 일파는 공민왕의 과감한 개혁에 잔뜩 불안을 느끼고 있었다.

"원나라 풍속을 폐지하고 관제를 폐하는 것을 보니 원나라와 맞설 생각을 단단히 품고 있는 모양인데 이대로 가다간 우리는 어떻게 되겠소?"

"말할 것도 없지 않소? 원나라 황실의 힘을 빌리고 있는 우리를 가만두겠소?"

"그렇다면 가만히 앉아서 죽을 수는 없지 않소?"

"이를 말이요? 우리 목숨은 우리 힘으로 지켜야지."

그들은 여러 가지로 궁리하던 차에 왕이 자신들을 치려는 눈치가 보이면 반대로 왕을 몰아내고 원나라의 힘을 빌려서 정권을 잡자는 결론을 내렸다.

조일신은 혼자 공을 세우고 싶은 욕심에 휘하의 장수인 정천기鄭天起를 집으로 불러 기철 등을 숙청할 것을 의논했다.

"기철을 제거해야겠습니다!"

"하지만 그자의 뒤에는 기황후가 있지 않습니까?"

"주상께서는 형님이신 충혜왕이 당한 일을 늘 가슴 아프게 생각하십니다. 더욱이 태후 마마께서 충혜왕을 원나라에 고발한 자들을 원수처럼 여기시며 이를 가는지라, 효심이 깊으신 왕께서 충혜왕을 죽인 자들을 어찌 생각하시겠습니까?"

"그렇다면 주상께서도 윤허하신 일입니까?"

"그렇소이다."

조일신은 공을 세우고 싶은 욕심에 그렇게 둘러대고 말았다. 왕의 밀지가 내려진 것으로 판단한 정천기는 최화상崔和尙, 박양연朴良衍, 민환閔渙, 한범韓範, 장승량張升亮을 거사에 가담시켰다. 그들은 충혜왕이 잡혀간 뒤에 기철에 의해 원나라로 잡혀가 유배를 당했거나, 조정에서 쫓겨난 뒤로 벼슬길이 막힌 자들이었다. 기철에게 한이 맺힌 그들은 속속 조일신의 집으로 모여들었다.

"이만하면 됐소. 당장 그놈들을 처치해 버립시다."

조일신은 공민왕이 말릴 것을 걱정해서 인편으로 작전의 내용을 통고만 했다. 소식을 접한 공민왕은 낯빛이 하얗게 변하고 안절부절못했으나 달리 방법이 없었다.

밤이 이슥해지자 조일신은 작전 개시에 들어갔다. 어두운 밤을 타서 기철과 그 아우 기륜, 기원 그리고 마침 고려에 돌아와 있던 고용보의 집을 습격했다.

조일신은 검술에 능한 최화상을 앞세우고 기철의 집으로 향했다. 그러나 조일신은 처음부터 중대한 실수를 범하고 있었다. 기철의 집으로 들이닥칠 생각만 했지 정작 주살시킬 기철의 소재를 파악하지 않고 거사를 일으킨 것이다. 조일신은 평소 성격이 급하고 앞뒤를 재지 않고 욱하는 성미를 가지고 있었는데 결국 일을 만들고 만 것이다.

명줄이 길었던지 마침 기철은 새로 보아둔 계집에게 빠져 집을 비운 참이었다. 그날 조일신은 횃불을 밝혀들고 집안 구석구석을 이 잡듯이 뒤졌으나 기철의 동생 기원 하나만을 죽였을 뿐 다른 이들은 모조리 놓치고 말았다. 기철을 찾아 헤매는 사이 어느새 희뿌옇게 날이 밝아오고 있었다.

조일신은 낙심천만이었다. 그렇다고 이대로 물러섰다가는 기철 무리의 분노를 감당할 길이 없었다. 그 패거리가 아니더라도 기철의 칼날이 그를 기다리고 있을 터였다. 조일신은 공민왕에게도 매우 민망하게 되었다. 그렇다고 자기의 경솔한 행동을 뉘우칠 위인은 아니었다.

조일신은 궁궐 이궁으로 피신해 있던 공민왕을 찾아가 호위 무사까지 죽이며 왕을 겁박했다.

"전하, 신 등이 역적 기철을 잡아 죽이지는 못했으나 신에게 힘을 주십시오. 반드시 기철 일당을 잡아 국가의 기강을 바로잡겠습니다."

조일신은 왕을 협박해서 강제로 어보御寶를 열게 한 다음 자기 자신을 우정승, 정천기를 좌정승에 임명하고 그 밖의 여러 도당들에게도 각각 벼슬을 주었다. 역적들을 없애겠다더니 왕권에 도전하는 새로운 역적이 나타난 셈이었다.

조일신의 행패는 나날이 심해졌다. 그는 기철의 어머니와 아내를 비롯해 기씨 일가의 노복은 물론 죄 없는 여인들까지 함부로 잡아 옥에 가두었다. 뿐만 아니라 평소 감정이 쌓였던 사람들까지 역적의 잔당이라는 누명을 씌워 닥치는 대로 잡아 죽였다. 그러자 거리는 비명과 곡성, 원망과 피로 물들었다.

"이러다가는 조일신이란 놈이 웬만한 사람은 전부 잡아 죽이겠군."

"기철이 놈보다 몇 갑절 더 악독한 놈이야."

백성들의 원성은 날로 높아갔다. 이렇게 되니 방약무인인 조일신도 난처하지 않을 수 없었다. 그는 함께 거사를 도모했던 최화상과 장승량 등을 죽이고 정천기를 투옥시켰다. 자신이 저지른 죄를 도당들에게 전가시키기 위함이었다.

조일신의 전횡을 보다 못한 공민왕은 삼사좌사三司左使 이인복李仁複을 몰래 불러들였다. 그는 이조년李兆年의 손자로 성품이 강직하고 신중한 인물이었다. 공민왕이 물었다.

"조일신의 행패가 이렇듯 극심하니 어찌하면 좋겠는가?"

이인복이 말했다.

"난을 일으킨 자에게 벌을 주는 것은 법에 없더라도 당연한 일이옵니다. 하물며 지금 이 나라에는 그런 죄에 대한 법령이 분명히 밝혀져 있습니다. 어찌 망설이겠습니까?"

이인복은 조일신의 행동을 반란으로 규정한 것이었다. 공민왕은 원로대신들과 비밀회의를 가진 뒤, 이튿날 조일신을 유인하여 처형했다. 거사가 있은 지 불과 7일 만의 일이었다.

원나라의 보복을 두려워한 공민왕은 조일신의 폭거가 자신과 무관한 것임을 알리고자 조일신을 죽인 뒤 사면령을 내리며 이렇게 발표했다.

"과인이 천자의 명령을 받고 선조의 유업을 지키면서 나라를 잘 다스리고자 하였으나 역적 조일신·정천기 등이 흉악한 무리들을 모아 왕위를 엿보았다. 이에 선조의 신령의 덕을 입어 원흉들을 처단하였다."

원나라는 사신을 보내 조일신 사건을 심문하고 관련자를 엄벌했으나 공민왕에게는 혐의를 두지 않고 사건을 무마했다. 그러나 이 사건으로 인해 공민왕이 꿈꾸던 개혁은 물 건너가고 말았다.
 기철은 조일신이 죽은 후 다시 나타나 활개를 치고 다녔다.

황태자 책봉

그즈음, 원나라의 수도 연경에서는 전에 보이지 않던 풍경이 자주 목격되었다. 대규모의 군사가 동원되어 어디론가 원정을 떠나느라 성문 안팎이 말발굽 소리와 군호로 요란했다. 강남江南에서 반란이 끊이지 않는 까닭에 반란군을 진압하기 위한 출정이 잦아진 것이었다.

나는 나라 안이 뒤숭숭해지고 있는 가운데 고려에서 일어난 변고에 대한 보고를 전해 듣고 충격을 받았다. 공민왕 그자가 어찌 감히 대원 제국에 반기를 들 수 있단 말인가?

아마 그는 연경에서 10년을 살면서 원나라가 예전만큼 강성하지 못하다는 것을 누구보다 눈치챘을 것이리라. 또한 연경에 있는 수하들을 통해 반란군의 소식을 접하고, 고려의 자주성 회복을 기치로 내세우고 있을 터였다.

공민왕의 말대로 조일신이 단독으로 폭거를 한 것이라면 나로서도 납득이 되지 않는 면이 많았다. 조일신은 공민왕이 가장 신임하는 수하였는데 그리 어설프게 사단을 일으키고, 왕을 겁박하다가 자멸할 수 있단 말인가? 미루어 짐작건대 공민왕이 모든 상황을 꾸몄을 혐의가 짙었지만 원나라 조정은 공민왕에게 여죄를 추궁할 여유가 없었다.

조정 신료들은 저마다 밥그릇 싸움을 하느라 바빴고 황제는 정사는 돌보지 않은 채 엉뚱한 일에 빠져 있었다. 그것은 라마승에게서 배운 '연엽아법'이었다.

어느 날 전중시어사殿中侍御史 하마哈麻가 황제에게 아뢰었다.

"폐하, 미천한 신이 연엽아법에 정통한 라마승 한 명을 알고 있습니다."

"연엽아법이 무엇이냐?"

"큰 열락이란 뜻입니다."

황제는 그 뜻을 알아듣지 못하여 다시 물었다.

"그게 무슨 뜻이냐?"

하마는 잠시 주저하다가 낮은 목소리로 속삭였다.

"연엽아법이란 일종의 방중술입니다."

황제는 골치 아픈 정무를 보는 일이 귀찮았던 터라 귀가 솔깃해서 그 라마승을 불러들이라 명했다. 하마는 급히 궁을 나가 가린진迦璘眞이란 라마승을 데려왔다. 그는 기골이 장대하고 정력이 넘쳐 보이는 풍모를 지니고 있었다.

가린진이 황제에게 아뢰었다.

"소승이 닦은 술법은 '연설아법'이라 부르기도 하고 '대희락선정大喜樂禪定'이라 하기도 하고 때로는 '쌍수법雙修法'이라고도 하는데 이 모두는 운우지도雲雨之道의 길에 이르는 일종의 방중술이옵니다."

"그것은 어찌 배울 수 있는가?"

황제는 그자를 보는 순간 벌써 마음이 미혹되어 있었다.

"깊은 호흡을 하시는 법을 배우시면 되옵니다. 《장자》에도 '진인眞人의 호흡은 발바닥으로 하는 것처럼 깊고, 범인凡人의 호흡은 단지 목구멍 끝으로 하는 것처럼 얕다'는 구절이 있습니다."

황제는 그에게 깊은 호흡을 배우기 시작했는데 과연 효과가 있었다. 그러자 황제는 라마승을 궁중에 머물게 하면서 전력을 다해 연엽아법을 연습하며 점점 그에 빠져들었다.

하마는 투루티무르禿魯帖木兒를 시켜 전국 각지에서 미녀를 뽑아 입궁시켰다. 투루티무르는 집현학사로 하마의 매부인데 이들이 대원 제국이 패망하는 길을 연 장본인들이다.

라마승 가린진은 뽑혀 온 미녀들에게 비술^{秘術}을 가르쳤다. 황제는 무희들의 가무와 술 시중이 분위기를 더욱 농염하게 만드는 가운데 여러 명의 여자를 끌어안고 입을 맞추는가 하면 무릎에 앉혀 희롱하면서 열락의 바다로 빠져들었다. 황제는 두세 명의 궁녀와 관계를 갖고도 끄떡없었다.

어느 날 황제와 잠자리를 같이 한 나는 깜짝 놀랐다. 황제에게서 이전과는 전혀 다른 힘이 느껴졌다.

"폐하, 오늘 따라 힘이 넘치시는 것은 어인 일이옵니까?"

그러자 황제는 마치 넋이 나간 사람처럼 헤벌쭉 웃으며 자신이 익히고 있는 방중술을 자랑삼아 떠벌렸다.

너무도 순진하기만 한 황제가 또다시 엘티무르나 바얀 같은 권신을 만들어내는 것이 두려워 나는 그에게서 정사의 많은 부분을 빼앗아 처리하고 있었다. 그랬더니 그사이 황제는 주지육림의 세계에 빠져들고 만 것이었다.

하루빨리 황자를 황태자로 책봉하고 황제의 자리에 앉혀야겠다는 결심을 하지 않을 수 없었다. 나는 황제에게 제국의 앞날을 위해서는 황태자 책봉이 시급하다고 간청했다.

"황상 폐하, 황태자 책봉을 더 이상 미루지 마옵소서. 황자의 나이 이제 열다섯입니다. 황태자로 책봉되기엔 오히려

늦은 나이가 아닌가요?"

황제에게는 내가 낳은 두 아들 외에 다른 아들이 있는 것도 아니기에 그는 순순히 응했다. 그런데 좌승상 태평太平이 강하게 반대를 하고 나섰다.

"황태자 책봉은 이르옵니다. 신중히 생각하옵소서."

그 반대 이유 중에는 아유르시리다르 황자가 순수 몽골족의 혈통이 아니라는 데 있었지만 그 이면에는 다른 문제가 내재해 있었다.

태자 책봉은 단순히 대통을 이을 자리에만 국한되는 게 아니었다. 황태자 책봉이 이루어지면 황태자는 자동적으로 조정의 최고 기관인 중서성中書省의 수장이 되었다. 뿐만 아니라 중서령中書令을 겸직하고 추밀사樞密使로서 군사의 총 지휘권을 갖게 되었다. 그렇게 되면 좌승상의 권한이 상당히 작아지기에 태평은 황태자 책봉 문제가 거론될 때마다 강력하게 반대하고 있었다.

나는 황제에게 황태자 책봉의 승낙을 받아내고 박불화에게 지시를 내려 여론을 만들어 갔다. 황자는 장자로서 총명할 뿐 아니라, 다른 황후나 비빈에게서 후사가 없으니 황태자 책봉을 받는 것은 당연하다는 논리를 내세웠다. 박불화는 어느 정도 신하들을 포섭하여 여론이 무르익었다고 판단되자 어전회의에서 태자 책봉 문제를 거론했다.

대신들의 공론이 모아지자 태평을 비롯한 반대파들은 수세에 몰렸고 황제는 황태자 책봉을 선언했다.

"짐은 천지의 큰 복을 받고 선조로부터 전하여 내려온 정통을 이었다. 짐의 아들 아유르시리다르 황자는 온후한 성품으로나 덕으로나 온 천하 만민의 신망을 받고 있으니 마땅히 세조 황제로부터 내려오는 큰 법을 준수하여 자손만대의 대계大計를 세우려 하노라. 이에 공론에 의거하여 황실의 큰 복을 융성키 위해 황자 아유르시리다르에게 금보金寶를 내리고 황태자로 세우려 하는 바, 중서령과 추밀원에서는 예법을 갖춰 속히 책봉식을 거행토록 하라. 이는 경사스런 예식이니 온 천하가 다 같이 혜택을 받도록 살인한 자를 제외하고 대사大赦를 실시할 것이니라."

황제는 태평을 비롯한 강경파 신하들에게 쐐기를 박았다.

"오늘 이후 황태자 책봉을 반대하는 자들은 과인에 대한 반역으로 여겨 그 죄를 엄히 물을 것이니 그리 알라."

황제의 강한 의지에 신하들은 더는 반대하지 못했다.

1353년 7월, 순제 즉위 20년에 나의 아들 아유르시리다르는 정식으로 대원 제국의 황태자로 책봉되었다. 5000년 중국 역사상 한민족의 핏줄이 황태자에 오른 첫 사례였다.

홍건의 난

 나는 제2 황후이기는 하지만 그토록 원하던 자리에 올랐고, 내 아들을 황태자로 등극시키는 데 성공했다.

 황제가 정사를 돌보지 않고 쾌락에 빠져 지내는 동안 황태자와 나는 조정 대신들을 마음대로 주무르며 제국 경영의 묘미를 터득해 나갔다. 나의 야망은 아들을 원 제국의 황제로 앉히는 것이었고 그것이야말로 모든 권력을 장악할 수 있는 유일무이한 길이었다.

 하지만 정치적 야망이 커질수록 불안이 더해 갔다. 황제와 신하들은 무사안일에 빠져 있었고 서서히 천하가 어지러워져 갔다. 양자강 이남 지역을 중심으로 원나라에 반기를 든 농민 봉기가 퍼져 나가고 있었다. 각지에서 원 제국에 반기를 들고 반란군들이 할거했다.

순제 지정 10년(1350년) 방국진方國珍이란 자가 온주를 공격했고, 서수휘徐壽輝라는 자는 양자강 중류를 근거지로 세력을 모았으며, 유복통劉福通이란 자는 영주를 혁파하고 주변 지역을 장악해 나가고 있었다.

이 세 사람이 대단한 기세를 떨치고 있었지만 원나라 황실은 반란 세력을 얕보고 있었다. 사태의 심각성을 깨닫기 시작한 것은 이듬해부터였다.

한림아, 진우량 등이 기병하여 원 제국을 온통 혼란 속으로 몰아넣기 시작했다. 스스로 왕이라 칭한 자만 해도 열네 명이 넘었다. 그중에서 서수휘는 홍건紅巾이란 이름으로 '반원복송反元復宋'의 기치를 내걸고 스스로를 황제라 칭하고 나라 이름을 천완국天完國이라 했다. 이 틈을 타서 공민왕은 조정 및 고려 전체에 뿌리 깊게 자리 잡고 있던 몽골의 영향을 제거해 나가고 있었다.

사태가 이리 급박한데도 황제는 방중술에 빠져 정신을 못 차리고 있었다. 나는 황태자로 하여금 원나라의 군사를 개편하여 전시 체제에 들어섰다. 자칫 잘못하면 나라 전체가 흔들릴 수 있는 상황이라는 판단에서였다.

황제는 그제야 사태의 심각성을 알게 되었다. 그는 톡토를 총사령관으로 하는 진압군을 파견했다. 톡토가 누구이던가. 그는 대의를 위해 가족 간의 사사로운 정을 끊고 숙부인 바얀을 제거하는 데 가장 큰 공을 세운 충신이 아닌가.

톡토는 승진을 극구 마다한 채 지추밀원사에 그대로 머물면서 있는 힘을 다해 국사를 돌보았다. 톡토는 바얀에 의해 폐지되었던 과거제를 부활시켰고 역사 편찬에도 많은 관심을 가져 송, 요, 금 3왕조의 역사서를 편찬하기도 했다. 황제는 충성심이 강하고 문무를 고루 갖춘 그를 누구보다 총애했다.

그 무렵 톡토의 아비 마자르타이馬札兒台는 우승상의 자리에 있었다. 그런데 어느 날부터 그가 재물을 긁어모으기 시작했다. 그는 원래 욕심이 많은 위인이라 수단과 방법을 가리지 않고 재물을 모으는 데 혈안이 되어 있었다.

우선 그는 조방주관이란 술집을 설치하여 술을 도매했다. 그 규모가 워낙 커서 매일 술을 빚기 위한 쌀가마가 1만여 석이나 거래될 정도였다. 거기에 더해 그는 소금 장사에도 손을 댔다.

당시 소금은 개인이 사사로이 거래할 수 없도록 법으로 규정되어 있었다. 나라에서 담당 관청을 설치하여 소금을 전매했는데 사염에 비해 값이 비쌌다. 그러다 보니 몰래 사염을 팔아 이익을 챙기는 자가 적지 않았는데 마자르타이의 소금 가게는 관에서 운영하는 것보다 그 규모가 훨씬 컸다. 그는 낙타 부대와 선박 등을 이용해 소금을 운송했고 소금 시장을 장악해 나갔다. 각 지방 관리들은 불만이 쌓여 갔으나 재상이 하는 일이라 누구 하나 나서서 제지하지 못했다. 마자르타이의 비리는 황제와 나의 귀에도 들어왔다.

"폐하, 마자르타이의 욕심이 과한 것 같은데 어쩌지요?"

"좀 더 두고 봅시다. 그는 톡토의 아비가 아니오."

마자르타이에게는 동문수학한 불가려佛家閭라는 친우가 있었는데 참지정사參知政事의 벼슬에 있는 자였다. 불가려는 친우가 빗나가고 있다는 판단을 하고 그를 찾아갔다.

"자네는 재상의 자리에 있으면서 무엇이 모자라 허겁지겁 재물을 긁어모으는가? 자네가 권력의 힘을 믿고 불법적으로 축재를 하니 그 끝이 뻔히 보여서 안타까울 뿐이네. 탄기쉬 형제와 바얀이 쫓겨나 죽음을 당하는 꼴을 보지 못했는가? 지금쯤 황상께서도 자네를 지켜보고 계실 것이네."

"황상께서?"

"내가 알고 찾아올 정도이니 황상께서 모르실 리 없네. 언제까지 지켜만 보고 계실 것 같은가. 바얀과 같은 꼴을 당하지 않으려면 당장 그만두시게. 만약 일이 잘못되면 자네는 그렇다 해도 아무 죄 없는 톡토는 얼마나 억울하겠는가?"

"정말 황상께서 알고 계시다는 말인가?"

"어허, 이 답답한 친구야. 난 지금 올제이 후투그 황후께서 보내서 자네를 찾아온 것일세."

마자르타이는 그날로 모든 사업을 접고 우승상 자리도 내놓았다. 그 자리는 톡토가 물려받았다. 조정 안에는 야비한 간신배들이 늘 있는 법이라 톡토 부자에 대한 중상모략이 끝이지 않고 이어졌다. 견디지 못한 황제는 마자르타이를 감숙甘肅으로 귀양 보내고 말았다.

얼마 후 톡토가 사임을 자청하고 나섰다. 그는 놀랍게도 늙은 부친을 모셔야 하니 자기도 감숙으로 보내 달라고 청하였다. 황제가 그를 극구 말렸으나 톡토는 계속 엎드려 간청할 뿐이었다. 결국 톡토는 모든 관직을 내버리고 감숙으로 떠났다.

홍건의 무리들은 계속해서 늘어났다. 동서남북에서 연일 긴급 상황을 알리는 봉화가 피어올랐다. 반란군의 규모는 이미 이십만 명에 육박했다. 어찌된 셈인지 원나라 조정에는 반란 세력을 쳐부술 만한 장수가 없었다. 반란군을 진압할 만한 사람은 톡토밖에 떠오르지 않았다. 나는 황제에게 톡토를 불러올릴 것을 제안했다.

톡토는 우승상으로 복귀해 반란군 토벌의 수장이 되어 대군을 이끌고 서주로 떠났다. 얼마 지나지 않아 승전보가 날아들기 시작했다. 톡토는 전술에도 뛰어난 재능을 발휘해 홍건의 무리를 철저히 소탕해 들어갔다. 관선생關先生·사유이沙劉二 등 홍건적 우두머리의 목을 베고, 나머지 잔당들도 도륙했다. 톡토는 반란의 싹을 제거하기 위해서 홍건적을 도운 혐의가 짙은 그 일대의 일반 백성들도 남김없이 주살했다.

그런데 거기서 문제가 생겼다. 원나라 군대의 무자비한 진압이 알려지면서 한족 청년들이 모이기 시작한 것이다. 몽골족의 손에 비참하게 죽느니 차라리 싸우다가 죽는 편이 낫다고 판단한 것이었다. 톡토는 그들을 천하를 어지럽히는 도적 떼로 보았고 잔인하게 진압했다. 얼마 후 톡토는 개선장군이 되어 궁으로 돌아왔다.

"역시 경만큼 믿을 만한 장수는 없구려."

황제는 크게 기뻐하며 톡토의 공을 치하했다. 그에게 태사太師직을 겸하게 했으며 구슬로 수놓은 주의珠衣와 백금으로 만든 안장을 하사했다. 또한 성대한 잔치를 베풀었다. 황태자도 그를 위해 잔치를 베풀었다. 바야흐로 톡토의 시대가 다시 열린 것이다.

대기근

 잠시 정신을 차리는 것 같던 황제는 또다시 음란한 쾌락의 세계로 빠져들었다. 그 무렵 연경은 물론 전국에 기근이 들었다. 백성들은 먹을 것을 찾아 연경으로 몰려들었다. 연경이 난민으로 들끓자 곧이어 식량 부족이 일어났다.

 반란군을 진압하기 위해 관군이 대거 수도를 빠져나간 상태라 연경은 치안 상태가 엉망이 되었다. 난민들은 점차 도둑 떼로 변했고 여기저기서 도둑질이 끊이지 않았다. 그들이 대낮에 물건을 훔치거나 빼앗아도 관에서는 미처 손을 쓸 수 없었다.

 그러는 사이 질병이 돌아 수없이 많은 사람들이 굶주림과

병마에 시달리다 죽어 나갔다. 관이 없어 시신을 수습할 수 없었고, 그 시신을 매장할 만한 땅도 없어 시신이 길거리에 널브러졌다. 굶주림에 지친 사람들 중에는 시신의 고기를 뜯어 먹는 이도 있었다.

나는 밤이 깊도록 이런저런 생각에 잠을 이루지 못했다. 다음 날 박불화를 불러들였다.

"자정원에 비축된 곡식을 풀어서 백성들을 살려야겠어요. 어서 서두르세요."

대도성 성문 밖에 보급소를 차려 가마솥을 내걸고 쌀로 죽을 쑤어 수많은 난민에게 베풀었다. 어느새 이 소문은 도성 전체에 퍼져 삽시간에 수많은 사람들이 구름처럼 몰려들었다. 난민이 워낙 많은 탓에 자정원의 곡식만으로는 다 먹여 살릴 수가 없어 나는 금은과 옷감을 내어 먹을 것으로 바꾸었다. 그러자 차츰 굶는 사람이 없어지고 질병도 더는 번지지 않았다. 또한 죽은 자들의 시신을 거두기 위해 성문 밖 야산을 사서 그곳에 묻도록 조치했다.

난민 구제 사업이 잘 진행되고 있는지 살피고자 황궁을 나와 시찰을 하는데 백성들이 나를 알아보고 하나둘 모여들기 시작했다. 그들은 이마가 땅에 닿도록 절을 하고 이렇게 외쳤다.

"마마께서 베푸신 곡식으로 죽음을 면하고 살아났습니다."

백성들은 앞다퉈 내 앞으로 몰려와 눈물을 흘리며 깊이 고개를 숙였다.

"굶주려 죽기 직전인 저희들을 살려주셨습니다. 마마는 우리 원나라의 어머니이십니다."

전 재산을 털어 구제한 사실은 일반 백성들의 마음을 돌려놓는 효과를 가져왔다. 특히 원나라 조정에 적대감을 갖고 있던 한인들도 마음이 돌아서서 한족의 폭동과 반란도 어느새 주춤해졌다. 나에게 반감을 가지고 있던 조정의 여러 대신들 또한 마음을 바꾸고 황제에게 상소를 올리기 시작했다.

"이번 대기근과 홍수 때 기황후께서 자정원의 모든 재산을 털어 백성들을 구휼하셨습니다. 황후의 헌신적인 구휼이 없었다면 민심은 극도로 황폐해졌을 것이며, 한인들의 반란 또한 걷잡을 수 없이 커졌을 것입니다. 이로 인해 자정원의 모든 재산이 고갈되었을 정도입니다."

그해 기근과 질병으로 죽은 사람은 모두 20여 만 명이 넘었다. 이 재앙이 제대로 수습되는 데는 장장 1년이 걸렸다.

제7장

제국의 종말

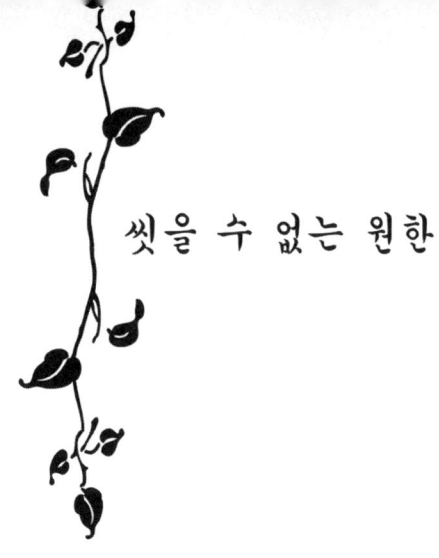

씻을 수 없는 원한

공민왕은 총명하고 예의 바르면서도 당당했고 사람을 끄는 매력이 있는 사내였다. 그를 노국공주와 결혼시킨 것도 나였고 충정왕을 재위에서 끌어내리고 공민왕을 왕위에 올린 것도 나였다. 그는 나에게 충성을 다짐했지만 고려로 돌아가서 왕위에 오른 뒤에는 태도가 돌변했다.

공민왕은 어려서부터 10년 동안이나 연경에 머물면서 변발을 하고 몽골의 옷을 입고 몽골식 교육을 받았기에 고려인이라는 자각이 없으리라 믿었건만, 실상 그가 원에서 목격하고 경험한 것은 대제국의 쇠퇴였다. 그는 누구보다 원의 약점을 잘 알고 있는 자인 것을 나는 간과하고 말았다. 이것이

나의 첫 번째 뼈아픈 실수이다.

나의 두 번째 뼈아픈 실수는 고려에 구원병을 요청한 일이었다. 1353년 5월, 장사성의 반란군을 진압하러 나간 톡토의 군사가 예상외로 강한 저항을 받고 고전하는 바람에 황제는 고려에 구원병을 요청했다.

그해 7월 초, 공민왕은 최영崔瑩·유탁柳濯·염제신廉悌臣 등의 장수에게 2,000명의 군사를 주고 원나라에 파병했다. 고려의 구원병은 톡토의 군대와 합류해 진압 작전을 성공리에 마치고 고려로 돌아갔다. 그런데 이 파병을 통해 공민왕은 원 제국이 회복할 수 없는 구렁텅이로 떨어지고 있다는 것을 확신한 것 같았다.

참전 장수 최영은 공민왕에게 이렇게 보고했다.

"원은 바야흐로 쇠락의 길로 접어든 것이 분명합니다. 원나라 백성은 피폐할 대로 피폐해 있고, 각지에서 일어나는 반란을 통제할 힘이 없어 보입니다."

공민왕은 반원 정책을 전면적으로 전개할 만한 시기를 포착하고, 마침내 1356년에 원나라의 연호 사용을 중단했다.

어느 날 박불화가 낯빛이 파리하게 질려서 나를 찾았다.

"황후 마마, 고려에서 안 좋은 소식이……."

그는 말끝을 맺지 못하고 내 눈치만 보았다.

"무슨 일인데 그러세요?"

올 것이 왔다는 느낌이 들었지만 제발 내가 생각하는 일이 아니기를 빌면서 박불화의 입을 주시했다.

"공민왕 그자가 마침내 일을 저질렀습니다."

입안의 침이 바짝 말라 버려서 말을 못하고 그를 바라보기만 했다. 두 손이 덜덜 떨리고 있었다.

"마마의 가문이……."

"뭐라고요? 어머니는……?"

박불화는 무릎을 꺾고 엎드려 펑펑 눈물을 쏟아냈다.

공민왕이 마음에 거슬리는 점은 있었으나 고려의 왕으로서 조국의 자주성을 되찾고자 몸부림치는 노력이 기특하고 가상스럽기도 했다. 홍군의 난 따위의 악재만 없었다면 나는 그와 협력해 고려의 주권을 찾는 데 도움을 주고 싶었다. 그런데 그가 그토록 무참하게 내 등에 비수를 꽂은 것이다.

아, 그리 근신할 것을 부탁했건만 권세에 취한 철이 오라버니는 스스로 무덤을 파고 들어간 셈이다. 만일 공민왕이 기철만 처단했더라면 그를 용서했을지 모른다. 그러나 그자는 어머니를 비롯해 우리 일가를 모두 잔혹하게 살해했다.

국운이 기울었다고는 하지만 아직 원나라는 거대한 제국이었고 세상의 중심이었다. 그런데 공민왕은 원나라의 관제를 폐지하고 우리 일문뿐만 아니라 황태자비의 친정인 권겸의 가문과 노책 등 친원파들을 모두 주살했다. 뿐만 아니라 원나라의 고려 내정 간섭의 상징이던 정동행성 이문소理問所를 철폐하고 고려의 관제를 부활했다. 이어 쌍성총관부, 동녕부, 탐라총관부를 차례로 철폐했다.

이 소식을 접한 황제는 크게 격노했다. 내 마음 같아서는 당장 대군을 보내 공민왕을 잡아들이고 목을 치고 싶었지만 실상 원나라에는 그럴 만한 힘이 없었다. 황제는 사신을 보내 공민왕의 처사를 책망하는 데 그쳤다.

큰일을 벌이기는 했지만 공민왕은 나름 불안했는지 북쪽 땅을 복구하는 일을 맡고 있던 서북면병마사 인당印堂에게 죄를 물어 죽인 다음 이인복을 사신으로 보내어 외교적 사죄를 구했다. 그리고 정식으로 쌍성雙城=永興, 삼살三撒=北靑 등지를 돌려달라고 요청했다.

공민왕의 청원은 단지 원나라의 체면을 세워 주기 위해 형식적으로 승인을 요청한 데 지나지 않는 속이 들여다보이는 행위였다. 이때 고려는 이미 그 지역을 점령하고 있었던 것이다.

공민왕은 쌍성총관부를 무력으로 수복하는 데 공을 세운 이자춘李子春을 동북면병마사에 임명했는데 그가 바로 고려를 멸하고 조선을 건국한 이성계의 아비다. 이씨 일문이 고려 조정에 발판을 내린 것은 바로 이때부터이다.

황제와 나는 공민왕의 속내를 뻔히 알고 있었지만 못 이기는 척하고 그의 청을 승인해 주었다. 황제는 조서를 통해 공민왕의 죄를 용서했다.

"고려 왕, 그대가 죄를 뉘우쳐 용서를 구하므로 짐은 관용을 보여 모든 허물을 덮을 것이다."

원은 반란군 진압에 골머리를 앓고 있던 때라 조정 신하들은 고려를 자극하기보다는 유화정책을 펼쳐야 한다고 주청했다. 나는 개인적 원한 때문에 나랏일을 망칠 수는 없기에 치밀어 오르는 분을 가슴속에서 삭여야 했다.

그러던 차에 원나라에 망명 와 있던 최유崔濡란 자가 은밀한 제안을 해왔다. 공민왕을 없애고 충숙왕의 아우 덕흥군德興君을 옹립하자는 것이었다. 최유는 본래 공민왕이 원나라에 있을 때부터 가까이에서 받들던 충신이었으나 왕이 즉위한 후 자신을 제대로 대접해 주지 않자 불평을 늘어놓다가 죄를 짓고 원나라로 도망한 자였다.

최유는 우직스럽게 생긴 인상의 털보였고, 눈은 부리부리하고 욕심이 많아 보였으나 대화를 나누다 보니 권모와 지략이 뛰어났다.

"마마, 소신을 믿고 도와주신다면 고려 조정 내의 불평분자들을 취합하여 반드시 공민왕을 몰아내겠습니다."

"그대의 계책을 말해 보라."

"공민왕의 심복인 김용이란 자가 홍건적의 침입을 물리친 정세운과 서로 공을 다투다가 그를 모살하고 전전긍긍하고 있습니다. 공민왕은 아직 그 사실을 모르고 있사온데 만일 밝혀지는 날이면 김용은 참수를 면하지 못할 것입니다. 그자를 이용해 공민왕을 제거하는 편이 가장 쉬운 방법일 것입니다."

나는 최유에게 그 일을 진행할 것을 명했다. 최유가 밀정을 보내 김용에게 나의 뜻을 전하자 그는 살 길이 열렸다고 기뻐했다. 공민왕만 없애고 새 왕을 옹립하는 데 공을 세운다면 정세운 등을 모살한 허물이 드러난다 하더라도 염려할 것이 없어질 터였다.

공민왕 12년 윤3월 어느 날 밤, 김용은 자신의 심복인 김수金守, 조련曹連 등 50여 명의 행동 대원을 이끌고 공민왕이 임시 행궁으로 쓰고 있던 흥왕사興王寺를 습격했다. 이들은 위 김한룡金漢龍, 환관 강원길姜元吉 등과 호위 병사 7~8명을 살해하고 공민왕의 침전으로 달려갔다. 위험을 감지한 환관 이강 달李剛達은 공민왕을 등에 업고 황급히 명덕태후가 머물고 있던 처소로 피신시켰다.

공민왕의 침전에는 환관 안도치安都赤가 꾸미고 있다가 자객들의 칼을 맞고 죽었다. 안도치는 용모가 공민왕과 비슷한지라 김용 일당은 공민왕을 제거하는 데 성공했다고 생각하고 만세를 불렀다.

그러나 김용이 다시 확인해 보니 죽은 자는 공민왕이 아니었다. 공민왕은 명덕태후의 침전에 딸린 밀실에서 담요를 뒤집어쓴 채 몸을 숨기고 있었다. 노국공주는 그 밀실의 문을 지키고 앉아서 버티었다. 역도들은 반란의 명분으로 원 황제의 명령을 내세우고 있었기에 원나라 공주인 노국공주를 감히 어찌하지 못하고 시간을 허비해 버렸다.

그사이 반란의 첩보를 접수한 밀직사 최영, 부사 우제, 지도첨의 안우경安遇慶, 상호군 김장수金長壽 등이 군사를 이끌고 홍왕사로 달려가 도당들을 진압했다.

일이 이렇게 되자 반란의 주모자인 김용은 홍왕사의 변이 자신과 무관한 것처럼 행동했다. 그는 모반의 증거를 없애고자 붙잡힌 반란군 모두를 경위도 묻지 않은 채 죽여 버렸다. 외려 그는 반란을 토벌한 공로로 일등공신이 되었다. 그러나 얼마 지나지 않아 그의 죄상이 드러나 김용은 사지가 찢기는 형벌을 받고 죽었다. 그의 머리는 개경으로 보내져 저잣거리에 내걸렸다.

공민왕은 김용이 홍왕사의 변을 일으켰다는 사실을 믿지 못했다. 김용이 처형된 후 공민왕은 눈물을 흘리며 두 차례나 탄식했다.

"가장 믿고 아끼던 자가 나를 배반하고 죽이려고까지 했으니 장차 누구를 믿고 의지할 것인가."

최유는 공민왕 제거에 실패한 후, 내게 계속해서 고려 정벌을 주청했다. 나와 황제는 공민왕의 반항적인 태도가 몹시 불쾌했고, 더 놓아두었다가는 배후의 위협 세력으로 자라날 것만 같아 마침내 고려를 침공하기로 결정했다. 심양왕이자 충선왕의 서자인 덕흥군을 고려의 왕으로 세우기로 하고 최유에게 군사 1만 명을 내주었다.

1363년 12월, 덕흥군은 최유와 군사 1만 명을 이끌고 압록강을 건넜다. 원나라 황제가 공민왕을 폐위하고 덕흥군을 왕으로 삼았다는 소식은 고려의 신하들을 동요시켰다. 지난 100년간, 원나라 황제가 내린 국왕 교체 명령이 시행되지 않은 적이 단 한 번도 없었기에 많은 신하들은 덕흥군 쪽으로 돌아섰다. 민심 또한 이미 공민왕을 떠난 듯했고 상황은 공민왕에게 불리해져 갔다.

겁을 집어먹은 공민왕은 피난을 가고자 했으나 판밀직사사 오인택이 가로막고 나섰다.

"덕흥군과 홍건적은 다릅니다. 만약 전하께서 남쪽으로 가게 되면 경성 이북에서 누가 전하를 따르겠습니까. 친히 정벌하시는 것이 최고의 방책입니다."

공민왕이 개경을 떠나게 되면 신하와 백성들은 덕흥군을 국왕으로 받아들일 것이었다. 결국 공민왕은 결전을 선택했다.

최영은 고려의 정예군을 거느리고 급히 안주로 달려갔고, 이성계가 동북면에서 급히 달려와 1,000명의 군사와 함께 전투에 합류했다. 이때 최영과 이성계가 공민왕 편에 서지 않았다면 왕위는 덕흥군에게 넘어갔을지도 모른다.

고려군은 최유가 이끄는 덕흥군의 군사에 제대로 대항해 싸우려고 하지 않았다. 그러자 최영은 장수들에게 호통을 쳤다.

"왜 있는 힘을 다하여 싸우지 않는가? 고려의 주권을 지키는 싸움이다."

최영은 공민왕과 덕흥군을 저울질하고 있던 군사들을 야단치고, 가혹한 군법으로 군대를 지휘하여 덕흥군의 군사를 패퇴시켰다. 고려는 이 전투에서 승리를 거둠으로써 원나라의 지배에서 완전히 벗어났음이 명백해졌다. 공민왕에게 최영 같은 존경받는 군사 지도자가 있었다는 것은 커다란 행운이었다.

진심으로 나는 조국 고려를 피로 물들이고 싶은 생각이 추호도 없었다. 다만 애증이 엇갈리는 그 사내, 공민왕을 몰아내고 새로운 왕을 세우고 싶었을 뿐이었다. 그러나 어찌하랴. 원 제국의 운명이 시시각각 꺼져가는 불꽃처럼 그렇게 스러져 가고 있었음을!

군사적 압력으로도 실패한 원나라는 한림학사승지翰林學士承旨 기전룡奇田龍을 사신으로 보내 공민왕을 왕위에 복위시킨다는 조서를 전달했다. 그리고 최유를 고려로 압송하여 극형에 처하게 함으로써 공민왕의 감정을 겨우 달랬다.

또 한 가지 안타까운 것은 자정원 원사 고용보가 해인사海印寺에서 피살된 사실이었다. 그는 원나라 조정 대신들의 탄핵을 받아 잠시 고려로 피신해 있었는데 공민왕 그자가 나의 수족과 같은 사람을 가차 없이 제거해 버린 것이다.

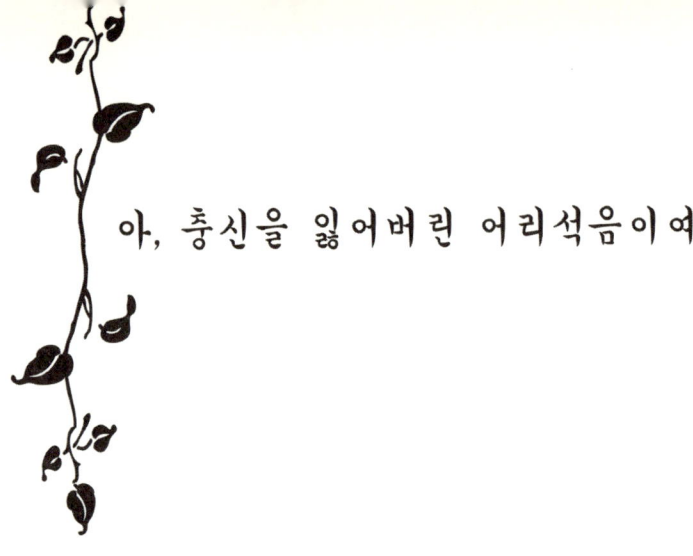

아, 충신을 잃어버린 어리석음이여

대도성 망루 위에 올라서서 거대한 제국이 저무는 황혼을 고즈넉이 내려다보았다. 공녀로 끌려와 제국의 최고 권력을 손에 쥐었건만 황제와 대신들은 무기력했고 사방에서 일어난 반란 세력은 들불처럼 번져만 갔다. 원 제국은 그 불을 끌 만한 여력을 점점 더 상실해 가고 있었다. 나는 망루에서 그 들불이 연경을 향해 번져오고 있음을 감지했다.

황제는 여전히 정치를 돌보지 않고 음탕한 생활에 젖어 있었다. 무기력한 황제를 물러나게 하고 젊고 영민한 황태자를 보위에 올리는 것이 구국의 길이라고 판단했다. 그러나 황제는 자신의 무능력을 인정하면서도 물러날 생각은 추호도 하지 않았다.

원나라 조정에는 점점 간신배들이 들끓었다. 그 원흉의 하나는 하마였다. 그자는 유약한 황제를 꼬드겨 방중술이라는 혼미한 세상에 빠뜨리더니, 나의 정신을 흐려 최고의 용장이자 현신賢臣인 톡토를 조정에서 내몰게 만들었다. 왜 간신배의 말에 미혹되어 그런 어리석은 결정을 했는지 훗날 땅을 치고 후회했지만 소용없는 일이었다.

하마는 내게 속삭이듯 말했다.

"왜 황상께서 제위를 황태자에게 물려주지 않으려고 하는지 아시옵니까?"

하마가 간사한 모사꾼에 지나지 않는다는 것을 감지하고 있었지만 그의 말에 귀를 기울이지 않을 수 없었다.

"황상 폐하와 톡토는 밀약을 맺은 것이 있사옵니다."

"그것이 무엇이오?"

"탄기쉬 형제나 바얀처럼 만일 황상께 양위를 협박하는 이가 있다면 톡토가 나서서 문제를 해결한다는 것입니다."

"무엇이라? 황태자가 양위를 요청해도 말인가?"

"그거야 황상 폐하의 의중에 달린 것입니다."

톡토가 나와 다른 의견을 가질 리 없다고 믿었다. 그는 나와 긴밀한 관계를 유지하고 있었고, 그로서는 황태자를 적극

찬성해야 할 입장이라고 믿었다. 그는 탄기쉬 형제나 바얀과는 다른 인물이라고 여기고 있었다. 그런데 그 또한 최고 권력자가 되기 위해 나와 황태자가 아닌 황제와 손을 잡고 있었다? 나의 마음속에는 톡토에 대한 의심이 생겨났다.

"황후 마마, 소신이 나서서 황상께 양위 건을 올려 보겠나이다."

"그 말이 진정이오? 정말 그래 주시겠소?"

그때 나는 조금 이성을 잃고 있었다. 아마도 간신배들에게는 이성의 밝은 판단력을 해치는 어지러운 힘이 있는 모양이었다. 나는 하마가 나의 신임을 얻기 위해서 누구도 하기 싫어하는 주청을 올려 주리라 믿었다.

그리고 나는 톡토를 생각했다. 배신의 쓰라림이 아리게 지나갔다. 그때 톡토는 반란군을 진압하기 위해 전선에 나가 있었다. 그랬다. 1354년 지정 14년 봄, 톡토는 장사성이란 자가 일으킨 반란군을 진압하기 위해 전선을 달리고 있었다. 원나라 군사는 장사성의 군사와 싸우는 족족 패했다. 급기야 조정에서는 톡토를 원수로 삼아 일체의 군권을 장악하게 한 다음 출정시켰다.

장사성은 20만 명의 대군을 거느리고 있었기에 결코 만만한 상대가 아니었다. 조정은 고려에 파병을 요청해서 합동

작전을 벌이기도 했다. 고려군의 참전으로 장사성의 반란은 완전히 진압되었고 장사성은 겨우 목숨만 건진 채 달아났다.

고려군은 철군했으나 반란군은 끝없이 이어져 톡토는 여전히 진압 작전에 매달려야 했다. 톡토가 전선으로 달려 나가자 좌승상의 자리는 태평太平이 맡았다. 톡토가 자신과 절친한 태평을 좌승상에 추천했고, 황제도 태평의 사람됨과 재능을 높이 평가하고 있었기에 가능한 일이었다.

톡토는 고우, 서역, 토번을 두루두루 거치면서 승리를 거두고 과연 톡토라는 국민적 찬사를 얻었다. 그런데 고우성高郵城 전투는 녹록지 않았다.

그런 어느 날 조정에 한 장의 상소가 날아들었다. 그것이 하마 일당이 꾸민 모략이란 것을 아는 사람은 나와 황태자뿐이었다.

톡토는 지난 석 달 동안 군사들만 지치게 하고 별다른 공을 세우지 못하고 있습니다. 아직 고우성을 함락시키지 못하고 있을 뿐만 아니라 전쟁의 와중에 공자와 맹자의 묘당에 제사나 드리면서 군사를 피곤케 하고 군 재정을 낭비하고 있습니다.

황제 대신 조정의 결재권을 집행하고 있던 황태자는 이

일을 즉각 처리했다. 톡토의 관작을 박탈하고 그를 회안淮安에 유배시키는 성지聖旨를 내렸다. 성지를 받은 톡토는 당황했다. 갑작스레 전달된 성지는 분명 좋지 않은 내용을 담고 있을 것이 뻔하기 때문이었다. 성지를 전달하러 온 흠차대신이 말했다.

"승상, 성지를 열면 그 명을 거역할 수 없소이다. 하지만 성지를 열지 않으면 승상께서는 병권을 넘겨주지 않으셔도 되오. 어느 쪽을 선택하든 자유입니다."

그것은 톡토로서는 괴로운 선택이었다. 성지를 열면 그 내용이 무엇이든 그대로 따라야 했다. 톡토의 참모가 말했다.

"승상, 전쟁터에서는 국가와 사직의 안전이 가장 중요한 것입니다. 따라서 군주의 명이라도 때에 따라서는 받지 않을 수 있습니다."

그러나 충직한 신하인 톡토는 이 말에 동의하지 않았다.

"어찌 군주의 명을 따르지 않을 수 있단 말인가?"

톡토는 성지를 열었고 군주의 뜻을 따랐다. 부하 군사들이 통곡을 하고 말렸으나 그는 군권을 넘겨주고 전쟁터를 떠나 회안으로 갔다.

그리고 뒤를 이어 들려온 소식에 나는 소스라치게 놀라

자리에서 쓰러지고 말았다. 톡토가 회안에서 독살된 것이다.

 아, 진정 나의 뜻은 그것이 아니었다. 다만 바얀처럼 절대 권력을 가진 권신으로 변모해 가는 듯한 그를 잠시 멈춰 세우고 싶었을 뿐이었다. 톡도의 신망이 너무 높아지자 견제하기 위해 수를 썼을 뿐인데…….

 나는 몸부림을 치며 괴로워했다. 그만큼 톡토를 잃은 상실감은 컸다. 그가 진행하던 각종 개혁 정책과 각지에서 일어나는 반란군을 누가 제압할 것인가…….

 자책의 눈물이 하염없이 흘렀지만 부질없는 짓이었다. 그렇게…… 그렇게…… 대원 제국의 황혼이 다가오고 있음에 나는 몸을 떨었다.

황제 양위 사건

톡토의 죽음을 접한 후, 그것이 하마의 간계로 인해 이루어진 것임을 명확히 깨달았다.

그자를 쳐낼 기회를 엿보고 있는데 일은 하마 스스로가 만들어 내고 말았다. 아니 내가 그렇게 만들었다. 나는 하마를 일부러 승상 자리에 앉혔다. 대신 그에게 조건을 걸었다.

"이제 톡토도 없어졌으니 대감께서 황태자를 보위에 앉혀 주셔야겠습니다. 일이 뜻대로 된다면 황상께 주청을 올려 대감을 승상 자리에 앉혀 드리지요."

하마는 황제가 온종일 혼미한 상태에 빠지도록 만든 장본인이었기에 그의 마음을 움직이는 것은 자신이 있는 모양이었다. 그는 나의 비위를 맞추고자 황제에게 양위를 권하여 자리를 내놓게 할 음모를 꾸미기 위해 매제인 투루티무르와 그 일을 의논했다.

그러나 나의 심복이 되어 있던 투루티무르는 곧바로 황제에게 달려가 하마의 음모를 고해 바쳤다.

"하마가 이르길 이제 황상 폐하는 황태자에게 왕위를 내주고 여생을 편히 지내심이 옳다고 하였나이다."

그렇지 않아도 나의 무언의 압박과 자신의 무능에 스스로 화가 나 있던 황제는 버럭 소리를 질렀다.

"하마 그자가 미친 것이로구나. 짐이 아직 머리도 세지 않고 이도 빠지지 않았는데 어찌 늙었다고 떠든단 말인가? 오호, 하마에게 역심이 생긴 모양이로구나! 그자가 그따위 소리를 지껄이는 저의가 무엇인지 경이 밝혀내도록 하라!"

투루티무르는 어사대부御史大夫 초스간剿思監에게 상소문을 써서 하마의 죄상을 탄핵했다. 자신을 방중술의 세계로 이끌고 그간 군주와 신하의 관계를 넘어서서 절친하게 지낸 하마였지만 황제는 가차 없이 그를 처벌했다. 황제는 하마를 광도에 유배 보내고 사람을 보내서 때려죽였다.

황제의 보위에 대한 애착에 나는 놀라고 말았다. 그의 욕심은 자신을 위해서도 나라를 위해서도 좋은 일이 아니었다.

제국은 흔들리고 있는데 무엇을 더 바라기에 황제의 자리에 연연한단 말인가? 원나라는 젊은 피로 갈아 채워서 새롭게 태어나지 않는 한 희망이 보이지 않았다.

나는 박불화를 좌승상 태평太平에게 보내 뜻을 알렸으나 그는 나서려고 하지 않았다. 황태자가 찾아가 도움을 청해도, 내가 직접 그를 불러 타일러도 태평은 몸을 사릴 뿐이었다. 나는 태평을 파직시키고 토번으로 유배를 보냈는데 그는 거기서 죽고 말았다.

하마와 태평이 제거된 원나라 조정은 비로소 나의 사람들로 움직이기 시작했다. 나는 황제를 움직여 초스간을 승상의 자리에 앉혔다. 황제는 황태자에게 중서령추밀사中書令樞密使의 직책과 함께 군권을 내주었다. 그 후 황제는 정치에 아무런 관심을 갖지 않고 무위도식하며 세월을 보냈다.

보위만 물려받지 못했을 뿐 모든 결정은 나의 의견을 반영해 황태자가 해나갔다. 나는 이 정도면 제국을 경영해 나갈 수 있으리라 낙관했다. 그런데 이것은 나의 결정적인 실수였다.

권력이란 저울추가 한곳으로 쏠리면 균형을 잡기 위해 새로운 적대 세력이 나타나는 법인가 보다. 황태자를 보호할 세력을 형성하고 세를 확립하더라도 황제가 존재하는 한 원 제국의 개혁은 참으로 지난한 일이었다.

어사대부御史大夫 라오데이샤老的沙가 고려 원정 실패의 책임을 물어 박불화의 죄를 다스려야 한다고 황제에게 상소를 올렸다. 그는 하마와 더불어 황제를 방중술의 세계로 끌어들였던 자였다. 하마와 태평 등 조정에서 자신을 비호해 주던 세력이 사라지자 위기감에 젖은 그는 황제와의 친분을 앞세워 입지를 찾아보고자 몸부림치고 있었다.

그런데 그 상소는 황제에게 가기 전에 내 손에 들어왔다. 궁으로 라오데이샤를 불러들이자 약삭빠른 그는 산서 보루티무르孛羅帖木兒의 군영으로 달아나 버렸다. 보루티무르는 반란군을 진압하는 데 혁혁한 공을 세운 장수였다. 그는 대동大同(지금의 산시 성 다퉁)에 본거지를 둔 군벌의 아들로, 아비가 죽은 뒤 그 군대를 물려받아 유복통劉福通, 양성楊誠 등을 토벌하면서 톡토를 대신할 만한 장수로 칭송받고 있었다.

"라오데이샤란 자가 우승상께서 일을 제대로 못하니 내치는 것이 좋을 거라고 황상께 고하자 폐하가 고개를 끄덕이셨다는데 이를 어떻게 생각하시오?"

박불화가 우승상 초스간에게 말하자 그의 낯빛이 뻘겋게 변했다.

"그자야말로 하마와 한통속으로 있으면서 황상을 저 모양의 폐인으로 만들어 놓은 원흉 중의 원흉이오."

그러자 옆자리에 있던 황태자가 벌떡 일어나 말했다.

"라오데이샤가 박 대감을 물고 늘어지는 것은 실은 황후 마마를 겨냥한 것입니다. 그자를 당장 잡아들여야겠습니다."

"보루티무르가 쉽게 내놓지 않을 것입니다."

초스간이 조심스레 말했다.

"내놓지 않다니요?"

황태자가 물었다.

"원래 보루티무르는 하마, 태평 등과 정치적 색깔이 같아 황제 폐하의 편에 서는 자입니다. 폐하의 명이 아니면 라오데이샤를 내놓지 않을 겁니다."

황태자는 혈기가 뻗치는지 탁자를 주먹으로 내리치며 소리쳤다.

"당장 보루티무르에게 사람을 보내 그자를 끌고 오세요."

"예, 알겠습니다."

하지만 두 번씩이나 사자를 보냈는데도 보루티무르는 라오데이샤를 내놓지 않았다. 황제의 명령이 아니면 내놓을 수 없다는 것이었다. 황제는 라오데이샤를 총애하기 때문에 그런 명령을 내리지 않을 것이었다. 하마가 죽었는데도 라오데이샤는 아무런 영향을 받지 않은 걸 보면 황제의 신임이 얼마나 두터운지 알 수 있었다.

화가 머리끝까지 치민 황태자는 초스간에게 명을 내려 보루티무르의 관직을 삭감하고 군권을 박탈했다.

"아니, 이게 말이나 된단 말인가! 불세출의 용장인 나에게 이런 수모를 안겨 주다니! 당장 황제에게 가서 따져야겠다."

보루티무르는 화가 치밀어 10만 명의 군사를 이끌고 대도성 앞까지 와서 실력 행사를 하기에 이르렀다. 깜짝 놀란 황제는 보루티무르에게 사람을 보내 그 까닭을 물었다.

"황상 폐하께서 아직 옥체 만강하신데 양위를 주장하면서 원 제국을 망치고 있는 간신배 초스간과 박불화를 처단하고 물러날 것입니다."

황제는 보루티무르의 주장에 깜짝 놀랐다. 놀래기는 황태자도 마찬가지였다. 원 제국이 마치 황제파와 황태자파로 나뉘어 내전이라도 벌어질 듯한 상황에 놓인 것이다. 저렇게 무능한 황제를 지지하는 세력은 무엇을 도모하려 함인가 그 점이 너무나 궁금했다.

궁중의 신하들은 서로 의견이 분분해 설전에 휘말렸다. 직접적으로 초스간과 박불화를 넘겨주자는 주장을 하는 이는 없었지만 만약에 보루티무르가 대도성을 공격해 들어온다면 별수 없이 두 사람을 내주어야 한다는 의견에 비중이 실렸다. 협상을 주장하는 자도 많았다.

"우리끼리의 싸움은 막아야 합니다. 보루티무르를 직접 만나 순순히 물러나도록 잘 달래야 합니다."

"같은 원군끼리 칼끝을 겨누면 기뻐할 사람은 남쪽의 주원장밖에 없습니다. 힘을 하나로 합쳐도 모자랄 판에 분란을 벌일 이유가 무엇이겠습니까?"

보루티무르는 협상을 거부하고 박불화와 초스간을 내놓을 것만 주장했다. 나는 이번 사태가 벌어진 것이 황제와 보루티무르 사이에 어떤 교감이 오간 것이 아닌지 의심이 들기 시작했다. 하는 수 없이 내가 나서야겠다 결심한 사흘째 되던 밤 염려하던 일이 터지고 말았다.

누군가 안에서 성문을 열어 보루티무르의 군사들이 물밀듯이 밀려오고 만 것이다. 도성 안의 군사래야 1만여 명에 지나지 않아서 중과부적이었다. 나는 각 부대에게 서로 싸우지 말 것을 다급하게 지시했다. 대도성 안에서 같은 원군끼리 피를 흘려서는 아니 될 일이었다. 졸지에 황제와 나는 보루티무르의 포로가 되고 말았다.

황태자는 천여 기의 기병을 이끌고 황궁을 빠져나가 말을 달렸다. 황태자는 태원太原(지금의 산시성 타이위안)에 있는 코케티무르擴廓帖木兒의 군영에 도착해 구원을 요청했다. 코케티무르는 즉각 출병 명령을 내렸다. 보루티무르의 군사가 수시로 코케티무르의 구역을 무단출입하는 바람에 두 사람은 앙숙 관계였다.

황태자는 코케티무르가 이끄는 20만 명의 대군을 거느리고 대도성으로 출발했다. 바야흐로 원 제국은 황제파와 황태자파로 나뉘어 내전으로 치닫고 있었다.

"무엄하구나. 그대는 어느 나라의 장수이기에 이다지 방약무인이란 말인가!"

내가 잔뜩 핏대를 올리고 꾸짖는데도 보루티무르는 빙글빙글 웃기만 했다. 그가 이죽거리듯 말했다.

"이제는 마마 뜻대로 되지 않을 것입니다. 우리 원 제국을 고려인의 치마폭 속에 가두어 놓고 요리를 하고 계시는데 그래서는 안 되지요. 나라 꼴이 이 모양이 된 것은 마마의 책임입니다."

나는 할 말을 잃고 산적 같은 그의 털북숭이 얼굴을 바라보며 치를 떨었다.

"황상 폐하께서 아직 옥체 강건하신데 고려 여인 마음대로 나라를 주무르고, 몽골의 순수 혈통도 아닌 황태자에게 양위를 하도록 강요한다면 내가 가만두지 않을 것입니다. 오늘 폐하께서 소장을 우승상으로 봉하시고 원나라 군사의 통솔권을 맡기셨습니다. 하하!"

"박불화와 초스간은 어찌하였느냐?"

"아, 그 죄 많은 자들은 지금 죗값을 치르고 있습니다. 황태자 소식은 아니 궁금하십니까?"

보루티무르는 계속 느물거리며 나를 조롱했다. 황태자 이야기가 나오자 입안에 침이 바짝 마르고 어지럼증이 일어 몸이 휘청거렸다. 보루티무르는 그런 내 모습을 빤히 바라보다가 획 돌아서서 방을 나가 버렸다.

보루티무르의 군사들은 마치 자신들의 대장이 황제나 된 듯 으스대면서 도성 안을 휘젓고 다녔다. 초스간과 박불화는 모진 고문을 당하다가 처형당했다는 소리가 소문으로 들려왔다.

박불화를 지켜주지 못한 것이 너무도 슬퍼서 쏟아지는 눈물을 참을 수 없었다. 무엇보다 걱정스러운 것은 황태자의 일이었으나 도성을 무사히 탈출했다는 것 외에는 알 수 없었다. 나는 시중드는 궁녀 하나만 데리고 침전에 갇혀 있었기에 아무런 연락을 할 수 없고 아무 소식도 받을 수 없었다. 심지어 황제의 소식조차 알 수 없었다.

좀 더 과감하게 황제를 폐위시키고 황태자를 등극시켰더

라면 이런 사단이 벌어지지 않았으리라는 생각을 하면서 뼈저리게 후회했다.

그때 대도성 밖에서는 황태자가 감숙甘肅, 요양遼陽, 섬서陝西의 군대와 보루티무르와 앙숙인 코케티무르의 군대 20만 명을 이끌고 나타났다. 나는 제발 내전만은 일어나지 않기를 빌었다. 이 상황에서 원나라 군사끼리 전쟁을 벌인다면 제국이 끝장나는 것은 불문가지였다.

한편 황제는 황제대로 연금 상태에 놓여 있었다. 우승상의 자리를 내주고 군권을 주었는데도 보루티무르는 황제에게도 방자한 태도로 일관했다.

"장군, 절대로 아군끼리의 전투를 벌이면 안 되오. 저들은 짐의 군대이고 황태자의 군대란 말이오."

"알고 있습니다. 그렇지만 코케티무르란 놈은 반드시 제 손으로 요절을 내고 말 것입니다."

"전쟁을 하겠다는 말인가?"

"아닙니다. 코케티무르란 놈만 죽일 것입니다."

"이보시오, 장군. 지금 무슨 소리를 하는 것인가? 지금 그대의 사사로운 감정 때문에 온 백성이 불안에 떨고 있는 것을 모른단 말인가?"

"폐하, 심려치 마옵소서. 소장이 코케티무르를 단칼에 베고 오겠습니다."

보루티무르의 의중이 의심스러울 수밖에 없었다. 황제는 분노에 몸을 떨면서 진작 자신이 국정을 살폈더라면 이런 수모는 겪지 않았을 것이라고 뒤늦은 반성을 했다. 그래도 황제의 총기는 아직 살아 있어서 자유롭게 성안을 활보하고 다니던 위순왕威順王의 아들 호샹和尙에게 보루티무르를 제거하라는 밀지를 내리는 기지를 발휘했다. 호샹은 절친한 벗인 서사본徐士本과 작전 계획을 세우고 용사 샹도오마上都馬 김노카이金那海 등을 규합해서 실행에 들어갔다.

다음 날 아침 보루티무르가 집무를 보기 위해 등청을 하는 순간, 문 뒤에 숨어 있던 용사들이 단칼에 보루티무르의 목을 베어 땅에 떨어뜨렸다.

보루티무르의 목은 대도성 높은 처마에 걸렸고 성 안팎의 군사들은 안도의 숨을 내쉬며 다시 본연의 자세로 돌아갔다. 황제는 코케티무르를 하남왕으로 봉하고 원나라 군사의 통솔권을 주어 주원장의 홍건군을 진압하게 했다.

연경을 버리고

 대도성 안팎에서 원나라 군끼리 대치하는 어처구니없는 사건이 마무리되고 있을 무렵 제1 황후 바얀 후투그가 세상을 떠났다. 나는 그녀의 죽음을 슬픔도 기쁨도 아닌 무덤덤한 마음으로 받아들였다. 나로서는 꿈에도 잊지 못할 야망이 실현되는 기회를 얻게 된 셈이었지만 가물가물 꺼져 가는 원제국의 제1 황후가 된다고 그다지 기쁠 일도 없을 터였다.
 1365년 지정 25년 12월, 중서성에서 나를 정후로 책봉해야 한다는 의견이 나왔다. 그러나 황제는 선뜻 그 건의를 받아들이지 않았다. 아마 내가 황태자를 앞세워 황제의 자리를 빼앗으리라고 믿는 탓이리라. 그렇다고 황제는 '몽골족이 아니면 황후의 자리에 오를 수 없다'는 규정 따위를 늘어놓지는 않았다. 이제는 조정 신료들 중에도 그런 소리를 하는 자는 없었다. 나는 자정원을 숭정원崇政院으로 개편하고 제1황후가 세상을 떠서 주인을 잃은 중정원도 숭정원에 예속시키면서 제1황후로 올라섰다.

황태자는 지난 사건들을 겪으면서 한 뼘 더 성장했다. 황태자는 어려서부터 영민함과 대장 기질을 가지고 있어 '왕좌지재王座至才'라는 말에 어울리는 장부가 되어 있었다.

조정의 거의 모든 업무는 황태자가 처리하고 있었고 아주 중대한 사항만 나와 의논을 했다. 황제는 여전히 정무에는 관심이 없었고 이제는 방중술에 빠질 기력도 잃었는지 서책을 읽으며 나날을 보내고 있었다.

남쪽에서의 반란 소식은 점차 일상화되어 별로 충격적으로 다가오지도 않았다. 코케티무르를 비롯한 원나라의 장수들은 열심히 반란군과 맞서 싸워 때론 이기고 때론 졌다.

주원장은 호주漆洲를 함락시키고 1356년 남경을 점령했다. 그는 나라 이름을 명明이라 하고 욱일승천의 기세로 세력을 넓혀 나가고 있었다. 그가 언제 연경으로 쳐들어올지도 모를 일이었으나 나는 그다지 걱정하지 않았다. 쿠빌라이 칸의 초창기 시절 남에 송宋이 있었듯 지금은 명이 있고 북에는 우리

원이 있는 판도로 당분간 지속되리라는 판단이었다.

　나는 수레를 타고 비밀리에 도성 안팎을 돌아다니는 취미를 갖게 되었다. 백성들이 사는 모습이며 지나가는 바람에 들리는 그들의 목소리를 듣고 싶어서였다. 고려의 백성이나 제국의 백성이나 사람 살아가는 것이 먹고사는 문제에서 시작되고 거기서 끝나는 것이었다.

　어느 날 나는 고려장 지역을 돌아보다가 그 일대에 고려문門, 고려진鎭, 고려촌村 등 '고려'라고 이름 붙은 지역이나 건물이 많다는 것에 놀랐다. 나를 수행하던 환관이 고려 노인 한 사람을 소개해 주었다. 흰 수염을 길게 기른 70대 노인은 이 지역의 내력에 대해 해박하고 언변이 좋아서 궁금해하던 것을 많이 깨우쳐 주었다.

　노인은 놀라운 이야기를 했다. 이 지역은 고구려와 당의 전쟁 당시 당나라 태종이 안시성에서 발이 묶였을 때 연개소문이 기습 공격으로 장악한 고구려 땅이라는 것이었다. 태종 이세민은 안시성에서 양만춘의 화살을 맞아 눈알 하나를 잃고 물러났지만 연개소문은 중원 정벌 전쟁에서 성공을 거두고 연경까지 고구려의 영역을 넓혔다는 것이다.

　승리를 거머쥔 연개소문은 거기에 그치지 않고 북쪽에서 당나라를 위협하고 있는 유목 민족인 철륵, 실위와 동맹을 맺고 중원을 압박하면서 하북의 점령지를 굳건하게 지켰다고 한다. 또한 연개소문은 새롭게 정복한 하북 일대의 성을 보다 견고하게 구축하는 한편 북경 육십 리 북쪽에 터를 닦고 새로운 성을 축조하도록 명했다는 한다. 듣고 보니 아주 짜릿한 기분을 갖게 하는 이야기였다. 노인은 말했다.

"연개소문은 이곳에 성을 쌓았지요. 만리장성 안에 고려성高麗城을 쌓은 것입니다. 지금 남아 있는 고려문, 고려진, 고려촌이 다 그때의 유물입니다. 연개소문은 고려성이 완성되자 요동성과 숙군성의 고구려 병사 3만 명과 백성 3만여 명을 이주시켰습니다. 연개소문은 고려성으로 많은 이주민을 차별 없이 받아들였지요. 이주민 중에는 고구려인뿐만 아니라 거란족, 말갈족, 심지어는 한족, 돌궐족도 있었습니다. 고려성에 다민족 사회가 형성되자 자연스레 국제무역이 이루어져 이곳은 번영을 누리게 되었습니다."

그러면서 노인은 당나라 시인 번한蕃漢이 이 고려성을 두고 '고려회첩시高麗懷貼詩'란 시를 지어 읊었다고 전해 주었다.

황량한 들판에 새 성이 생기니
눈 덮인 들에 꿩이 날게 되고
맑은 냇물에는 저녁놀이 잠기도다.

군사의 북소리는 구름 끝까지 일고
마을엔 별보다 많은 촛불이 타고,
온갖 꽃들이 땅을 수놓아 덮고
보화가 번쩍이는 번화한 저자에는
옥퉁소 음악 소리 그칠 새가 없도다.

나는 고려장을 둘러보며 중국 땅에 왜 연개소문의 전설이 남아 있는지 의문이 풀렸다. 연개소문은 중국 사람들에게 두려운 존재로서 무서운 신으로 강림해 있었던 것이었다.

나는 태묘太廟도 자주 찾았다. 그곳은 몽골 제국의 시조인 칭기즈칸을 비롯한 역대 황제의 위패를 모신 황실의 사당이었다. 여기에는 문이 세 개 있는데 신분에 따라 출입하는 문이 달랐다. 황제와 황후만이 중간 문을 이용했다. 나는 중간 문으로 천천히 발걸음을 옮겨 칭기즈칸을 모신 위패 앞에 섰다. 향로에 향을 꽂고 두 손을 모아 정중히 절을 올렸다.

"황제여, 대제국이 바람 앞의 촛불처럼 위태롭사옵니다. 부디 현신現身으로 강림하사 반란군 주원장을 제압할 수 있도록 도와주소서. 대제국이 천하를 제패하고 다시 일어날 수 있도록 도와주옵소서."

정후의 자리에 오른 지 2년. 이제야 온전히 천하를 품었건만 시련을 내리는 하늘이 원망스럽기만 했다. 이번 위기만 잘 넘기면 원나라를 온전한 반석 위에 올릴 자신이 있었다.

그러나 그토록 우려하고 겁내던 일이 벌어지고 말았다.

"주원장의 50만 명 대군이 대도로 몰려온다 합니다."

드디어 올 것이 왔구나.

"코케티무르 장군은 무엇을 하고 있다 합니까?"

황태자에게 물었다.

"주원장과의 전투에서 패퇴해 전열을 가다듬고 있다 합니다. 대도성을 구원하러 오기는 힘들다는 전갈이 왔습니다."

나는 기운이 쫙 빠지는 것을 느꼈다.

조정 대신들은 의견이 분분했다.

"성 안의 5만 명의 군사로는 50만 명에 달하는 주원장의 대군과 맞설 수 없사옵니다."

"무슨 소리요? 대도성은 우리 원 제국의 상징입니다. 대도성을 버린다는 것은 우리 원을 버리는 것과 다름없소. 죽을 때까지 항전합시다."

"여기서 허무하게 죽기보다는 차라리 잠시 피신해 있다가 후일을 도모하는 게 나을 것이오."

"무슨 나약한 소리를 하는 것이오? 우리 선조들은 이보다 훨씬 많은 군사들과 맞서 싸워 천하를 제패하였소이다."

아무리 떠들어도 결론이 나지 않는 그러나 결론은 뻔한 논쟁이 시끄럽게 이어졌다. 황제는 묵묵히 신하들의 논쟁을 지켜보고 있을 뿐이었다. 황태자가 나서서 결론을 내렸다.

"코케티무르 장군의 부대마저 무너졌습니다. 5만 명의 수비병으로는 저들의 정예군을 감당할 수 없습니다. 결사 항전의 정신도 좋지만 개죽음을 당할 것입니다. 일단 북으로 피신해 군사를 정비하고 다시 대도성을 탈환하도록 하지요."

누구 하나 입을 뻥긋하는 자가 없었다. 혼자 남아 결사 항전을 하며 의롭게 죽어갈 사람은 없는 모양이었다.

"미안하오, 황후. 진작 당신의 말을 들었어야 했는데."

황제가 손을 잡고 말했다. 눈에 눈물이 그렁그렁했다.

어가가 대도성을 떠난다는 소식을 듣고 백성들이 통곡하는 소리가 천지를 진동했다.

"우리는 대도성을 버리고 달아나는 게 아니오! 잠시 중도中都에 피신했다가 훗날 군사를 모아 다시 올 것이오."

마차의 휘장을 젖히고 오열하는 백성들을 바라보았다. 나도 모르게 눈물이 흘러나와 뺨을 적시고 있었다.

'다시 돌아오리라. 반드시 다시 돌아오리라!'

휘장을 내리고 눈을 감았다. 마차는 빠른 속도로 북쪽으로 난 건덕문建德門을 빠져나와 북으로 달렸다.

초원에서의 회한

1370년, 새로운 황제의 즉위식이 거행되었다. 나의 아들 아유르시리다르가 드디어 원 제국의 16대 소종昭宗 황제에 오른 것이다. 얼마나 소망하고 갈망하던 꿈이던가!

"황제 폐하, 만세 만세 만만세!"

연경에서 대관식을 치렀더라면 더욱 좋았겠지만 화림和林(카라코름)의 궁성도 연경 못지않았다. 이곳은 1235년에 2대 황제 오고타이 칸이 금나라를 멸망시키며 세운 도성이자, 몽골인이 최초로 건설한 제국의 수도이기도 했다. 지리적으로는 몽골의 한가운데 위치해 몽골 고원의 동서남북 교통로가 교차하는 중심지였다.

훗날의 역사가들은 원나라에 대해 중원을 내주고 초원으로 쫓겨온 초라한 제국 정도로 묘사했지만 1370년대 무렵에는 명나라가 장악한 중원의 땅보다 2배가 넘는 땅을 차지하고 있었다. 당시 세계에서 가장 넓은 영토를 가진 나라였다.

나의 남편 순제는 세상을 떠났다. 순하고 어진 이였지만 강한 사람은 아니었다. 그가 조금만 더 독하고 모질고 교활했더라면 원 제국은 아직도 중원을 호령하고 있을 것이다. 하지만 어쩌랴! 다 지나간 세월의 회한인 것을.

소종이 등극한 이후 나는 정치에서 손을 놓았다. 대신 책을 읽거나 말을 타고 초원을 달리는 일을 즐겼다.

와와 수수 와와 수수…….

말달리며 점점 강하게 불어오는 바람에 초원의 갈대들이 일제히 쓰러지는 소리를 좋아했다.

몽골에서는 5세 아이부터 여자아이도 말을 탔다. 너르디너른 초원을 오가는 데는 말이 필수이기 때문이다.

잠시 말을 멈추고 말 조련사가 아이들에게 말에 대해 가르치는 것을 지켜보았다. 평민의 복장을 하고 다녔기에 누구도 나의 신분을 알아채지 못했다.

"말은 본디 무리를 짓고 사는 야생동물이란다. 이놈들은 한 마리의 수말이 열 마리 이상의 암말과 망아지를 거느리고 다니지. 힘이 셀수록 많은 무리를 거느린단다. 말들이 초원에서 휴식할 때 암말은 머리를 안쪽으로 해서 둥글게 진형을 만들고 새끼를 보호한단다. 적이 침범하면 자신의 강력한 무기인 뒷발로 차려는 것이지. 이때 수말은 진형으로부터 떨어져서 높은 곳에 올라가 사방을 경계하다가 위험이 닥치면 신호를 보낸단다. 너희도 이런 지혜를 배워야 한다."

아이들은 고개를 끄덕이며 귀를 기울여 듣고 있었다. 조련사의 말이 끝나자 아이들은 각자 말을 타고 달리기 시작했다. 나도 아이들과 같이 말을 달렸다.

얼마 후 고려에서 공민왕이 죽었다는 소식이 들려왔다. 애증이 엇갈리는 그의 부음 소식에 명복을 빌어주고 싶다는 생각이 우선 들었다. 내 겨레를 몰살시킨 것은 밉지만 그의 개혁이 성공적으로 끝나기를 빌었다. 고려는 나의 태를 묻은 땅이 아니던가!

압록강을 건너온 뒤로 다시는 고국산천을 밟아보지 못했다. 온 가족이 불귀의 객이 된 지금은 다시 돌아가야 할 이유가 없지만 언제나 고국이 그리웠다.

나는 초원을 말달리며 칭기즈칸이 남긴 시를 소리쳐 읊조렸다.

집안이 나쁘다고 탓하지 마라.
나는 아홉 살 때 아버지를 잃고 마을에서 쫓겨났다.
가난하다고 말하지 마라.
나는 들쥐를 잡아먹으며 연명했고,
목숨을 건 전쟁이 내 직업이고 내 일이었다.
작은 나라에서 태어났다고 말하지 마라.
그림자 말고는 친구도 없고 병사로만 20만 명,
백성은 어린애와 노인까지 합쳐 100만 명도 되지 않았다.
내가 세계를 정복하는 데 동원한 몽골 병사는
적들의 200분의 1에 불과했다.
배운 게 없다고, 힘이 없다고 탓하지 마라.
나는 내 이름도 쓸 줄 몰랐으나
남의 말에 귀를 기울이며
현명해지는 법을 배웠다.
너무 막막하다고,
그래서 포기해야겠다고 말하지 마라.
나는 목에 칼을 쓰고도 탈출했고,
뺨에 화살을 맞고 죽었다 살아나기도 했다.
적은 밖에 있는 것이 아니라 내 안에 있었다.
나는 내게 거추장스러운 것은 깡그리 쓸어버렸다.

나를 극복하는 그 순간 나는 칭기즈칸이 되었다.

그렇다! 아, 나는 기황후가 되었다!